Karin B. Holmqvist
Herzschrittmacher gesucht!

PIPER

Zu diesem Buch

Der Alltag mit ihrem Ehemann Artur auf dem alten Hof in Südschweden ist zwar ganz beschaulich, doch manchmal sehnt Selma sich nach ein bisschen Abwechslung. Die kommt schneller als gedacht: Überraschend zieht Disa, die jahrelang im Ausland gelebt hat, nebenan ins verwaiste Häuschen ihrer Eltern. Auch sie ist nicht mehr die Jüngste, weiß aber das Leben zu genießen und bringt mit Traumfängern und Räucherstäbchen neuen Schwung in Selmas Leben. Doch nicht alle Veränderungen sind so erfreulich. Auf einem Grundstück ganz in der Nähe werden neuerdings laute Zeltevangelisationen veranstaltet. Damit nicht genug – zufällig entdeckt Artur einen Schlüssel, der zu einem Bankschließfach zu gehören scheint ... Es gilt eine Menge Missverständnisse zu klären, ehe im idyllischen Tommarp wieder Ruhe einkehrt. Und hinterher sind alle Beteiligten ein bisschen klüger als zuvor.

Karin B. Holmqvist, geboren 1944 im südschwedischen Simrishamn, machte eine kurze Karriere in der Kommunalpolitik und entschied sich schließlich für eine Ausbildung zur Sozialarbeiterin. In ihrer Freizeit ist sie Zauberkünstlerin und Kabarettistin und hat mehrere Romane sowie Gedichtsammlungen veröffentlicht. Nach den Überraschungserfolgen »Manneskraft per Postversand«, »Villa mit Herz« und »Zwei Damen auf Männerfang« ist »Herzschrittmacher gesucht!« ihr viertes Buch auf Deutsch.

Karin B. Holmqvist

Herzschrittmacher gesucht!

Roman

Aus dem Schwedischen von
Annika Krummacher

Piper München Zürich

Mehr über unsere Autoren und Bücher:
www.piper.de

Von Karin B. Holmqvist liegen bei Piper vor:
Manneskraft per Postversand
Villa mit Herz
Zwei Damen auf Männerfang
Herzschrittmacher gesucht!

FSC
Mix
Produktgruppe aus vorbildlich bewirtschafteten Wäldern und anderen kontrollierten Herkünften
www.fsc.org Zert.-Nr. GFA-COC-001223

Deutsche Erstausgabe
April 2011

Titel der schwedischen Originalausgabe:
»Rosa elefanter«, Kabusa böcker, Göteborg 2010

Umschlagkonzept: semper smile, München
Umschlaggestaltung: Eisele Grafik-Design, München
Umschlagmotiv: Julia Hoersch / Jahreszeiten Verlag
Autorenfoto: Lars Söderbom
Satz: Kösel, Krugzell
Papier: Munken Print von Arctic Paper Munkedals AB, Schweden
Druck und Bindung: CPI – Clausen & Bosse, Leck
Printed in Germany ISBN 978-3-492-26435-8

1

»Mir war so, als hätte ich jemanden in Bloms Fenster gesehen«, sagte Selma Jacobsson und drückte ihr Gesicht gegen die Autoscheibe, während sie die Augen zusammenkniff.

»Das ist bestimmt Nils Blom, der als Wiedergänger umgeht.«

»Der ist doch längst tot, du Dummkopf«, schnaubte Selma.

»Natürlich ist er tot, sonst wäre es ja auch kein Wiedergänger, sondern der richtige Nils Blom.« Artur Jacobsson hielt das Steuer mit festem Griff umklammert, während er auf den Hof einbog.

Selma sah einen Moment lang verwirrt aus, doch dann siegte die Neugierde. Sie drehte sich um und warf einen Blick zum Haus schräg gegenüber. Artur hielt an und ließ Selma am Kücheneingang aussteigen, dann lenkte er das Auto weiter über den Hofplatz hinüber zur Maschinenhalle, wo er den Wagen abzustellen pflegte.

Selma eilte ans Küchenfenster und sah wieder zum Haus der Bloms hinüber, an dessen gelber Fassade sich bereits der Putz löste. Sie zuckte zusammen, als sie Artur die Küchentür zuknallen hörte.

»Mir ist so, als würde ich auch am Küchenfenster der Jacobssons jemanden stehen sehen«, sagte er scherzhaft, während er sich auf die Küchenbank setzte.

Selma ging schnell hinaus in die Diele und hängte ihre Jacke auf.

»Bald gibt es nicht mehr genug Kinder hier im Dorf, dass

sich der Schulbetrieb noch lohnen würde.« Artur schlug die Tageszeitung auf und versank in einem Artikel.

»Tja, so ist das, Schulen und Geschäfte werden geschlossen«, sagte Selma seufzend. »Und bald schließen sie vielleicht auch noch die Kirche.«

»Eine Kirche kann man doch wohl nicht schließen?« Artur sah nachdenklich aus.

»Natürlich kann man das ... genau wie eine Schule.«

»Na ja, dann kauft sich bestimmt einer dieser Großstädter die Kirche und eröffnet eine Galerie oder so ein Bed and Dingsda.«

»Breakfast«, ergänzte Selma, nicht ohne Stolz in der Stimme.

»Komisch, dass solche Dinger so erfolgreich sind. Haben die Leute eigentlich kein Zuhause mehr? Ständig sind sie unterwegs.«

In der Küche der Jacobssons schien die Zeit stillgestanden zu sein. Das Blumenmuster des Linoleumbodens war an den Stellen, wo der Verschleiß am größten war, kaum noch zu erkennen. Vom Flur zum Küchentisch hatte sich ein kleiner Pfad gebildet, und an der Spüle waren richtige Vertiefungen im Bodenbelag entstanden. Rechts und links vom hohen Küchenfenster hingen dünne Nylongardinen mit ausgeblichenen Streifen. Die Fensterbank zierten zwei hoch aufgeschossene Grünpflanzen und ein kleines Etui aus bunten Perlen, das Selma vor vielen Jahren beim Basar des kirchlichen Handarbeitskreises erstanden hatte. Über dem länglichen Küchentisch hing eine dunkelorangefarbene Glaslampe, die ein warmes, behagliches Licht ausstrahlte.

»Oder sie eröffnen einen Nachtclub«, sagte Artur sinnierend und ließ die Zeitung sinken.

»Wo denn das?«

»Na, in der Kirche natürlich. Über die reden wir doch

gerade. Schließlich gibt es eine Orgel, auf der sie spielen können, und vielleicht können sie ja den Abendmahlswein gleich mit übernehmen.«

Selma kicherte und setzte sich an den Küchentisch. Sie nahm sich einen Zahnstocher aus einem kleinen Glas und begann, ihre Nägel zu reinigen.

Die Küche war sauber und ordentlich und von einer menschlichen Wärme geprägt, die sie trotz ihrer Mängel gemütlich wirken ließ.

Draußen war es umso düsterer. Der graue Nebel lag wie ein dunkles Leintuch über der Gegend. Dieses Jahr war die Finsternis des Februars besonders undurchdringlich gewesen. Davon, dass die Tage laut Kalender allmählich heller werden sollten, war noch nichts zu spüren.

Mitten auf dem Hofplatz stand der ausrangierte Traktor, wie ein Monument vergangener Zeiten. Auf der Pfütze unter dem Fahrzeug schimmerte eine Ölschicht in Blau, Lila und Grün und erinnerte an die Innenseite einer Muschel. Ein Milan segelte dicht über dem Hof, leicht zu erkennen an seiner charakteristischen Schwanzform.

Selma stand auf und sah hinaus. Ihr Blick fiel auf das Geländer der Küchentreppe, wo ein beigefarbenes Geschirrtuch aus Leinen mit hellblauem Muster und dem Monogramm SN zum Trocknen hing. Es stammte aus Selmas Mitgift, und die Initialen standen für ihren Mädchennamen, Selma Nilsson. Sie selbst hatte das Tuch seinerzeit bestickt. Spaß hatte ihr das nicht gerade gemacht als junges Mädchen. Aber es hatte sich so gehört. Man musste etwas in sein neues Zuhause mitbringen, und einen Teil davon sollte man selbst angefertigt haben. Wenn die Küchentücher fadenscheinig wurden, benutzte Selma sie als Lappen, um hier und da etwas abzuwischen, wo es gerade nötig war.

Sie starrte das Geschirrtuch dort draußen auf dem Geländer wütend an und ärgerte sich, wenn sie an die Mühe dachte, die sie investiert hatte. Diese ganzen Kreuzstiche! Sie ärgerte sich nicht nur über die Kreuzstiche, sondern auch über den aufwendigen Saum und die Aufhänger, die sie mühevoll angenäht hatte … Und jetzt hing das Geschirrtuch auf dem Geländer als alter, bald völlig ausgedienter Lappen.

»Hast du eine Ahnung, wofür diese Stickereien eigentlich gut waren?«, fragte sie ihren Mann.

»Was denn für Stickereien?« Artur legte die Zeitung ein weiteres Mal aus der Hand.

»Auf den Geschirrtüchern. Meine Güte, ich weiß doch, dass es meine Tücher sind, ohne das meine Initialen darauf stehen. Dann hätte ich ja genauso gut ›Meins‹ draufsticken können.«

Artur sah sie hellwach an, doch er verstand beim besten Willen nicht, wovon sie sprach. Selma sagte lauter und mit irritiertem Unterton: »Und natürlich stehen auf den Geschirrtüchern nur die Initialen der Frauen, weil ihr Kerle sie sowieso nie in die Hand nehmt, oder?«

»Aber auf unseren Bettlaken steht mein Name«, sagte Artur schnell, um eine unangenehme Diskussion zu verhindern.

»Hast du die etwa selbst bestickt?«, fuhr Selma fort. »Das Bett benutzen, das tut ihr Männer natürlich. Und ihr braucht auch keine Monogramme, um hinzufinden. Schlaf und Liebe ist das Einzige, woran ihr denkt. Und wenn ihr das nicht kriegt, werdet ihr in beiden Fällen ziemlich unleidlich.«

»Jetzt reicht es aber!« Artur stand auf. »Hörst du nicht selbst, wie albern das klingt? Du regst dich über einen alten Lappen auf, der draußen zum Trocknen hängt, und auf einmal stecken wir mitten in einer Diskussion über unser Zusammenleben.« Heftig schob er einen Stuhl zur Seite, der im Weg stand, setzte die Schirmmütze auf und ging hinaus.

Selma stellte sich erneut ans Küchenfenster. Ihre schlechte Laune war verschwunden, und sie lächelte, als sie ihren Mann über den Hofplatz marschieren sah. Ja, da gehst du, Artur Jacobsson, mit deiner schlimmen Hüfte und deinen schmerzenden Knien, dachte sie. Aber wenn du zu mir ins Bett springst, bist du noch immer geschmeidig wie ein Panther und allzeit bereit.

Natürlich war sie dankbar und froh, dass er sie immer noch begehrte, denn ihre Schönheit hatte sich längst nach innen verlagert. Ein bisschen überempfindlich war Artur mit den Jahren schon geworden, aber meistens war er nett und freundlich und ganz und gar nicht nachtragend. Sie wusste, dass die heutige Diskussion höchstens noch ein paar scherzhafte Kommentare nach sich ziehen würde.

Selma kniff die Augen so fest zusammen, dass sie auf den Innenseiten der Lider Sternchen sah. Den ganzen Sternenhimmel sah sie, kleine, funkelnde Sterne, die ihren Charakter änderten, je nachdem, wie fest sie die Augen schloss. Sie öffnete das linke Augenlid und sah zum Wecker hinüber. Es war einer dieser seltsamen Abende, an denen sich der Schlaf nicht einstellen wollte. Der Körper war müde und schwer, doch das Gehirn schien auf Hochtouren zu laufen. Wirkliche Sorgen, die sie wach gehalten hätten, hatte Selma eigentlich nicht, aber dennoch kam ihr alles dramatischer vor, wenn die Dunkelheit sie umschloss.

Die Sache mit Bloms Fenster ging ihr einfach nicht aus dem Kopf. Es war nicht nur die Tatsache, dass sie glaubte, jemanden gesehen zu haben, nein, sie war überzeugt davon, dass auf dem Fensterbrett ein Blumentopf gestanden hatte, der bis vor Kurzem noch nicht dort gewesen war. Nils Blom und seine Frau Nancy waren seit vielen Jahren tot. Sie hatten zwar eine Tochter, die das Haus geerbt hatte, aber die war höchstens mal im Sommer kurz da gewesen. Aber, Herrgott, die Tochter hatte doch das gute Recht, auch zu anderen Jahreszeiten ihr Elternhaus zu besuchen.

Trotzdem ließ sie der Gedanke ans Nachbarhaus nicht los. Vielleicht war es verkauft worden? Artur und sie hatten oft darüber gesprochen, was wohl geschähe, wenn das Haus in andere Hände geriete. Wer zöge dort ein, und wäre es vorbei mit der Ruhe in ihrer kleinen Dorfstraße?

Ein weiteres Haus, das ein Stück entfernt an derselben Straße lag, war vor nur einem Monat an neue Bewohner vermietet worden. Selma und Artur hatten sie noch nicht gesehen, aber irgendwas Komisches schien dort im Gange zu sein. Die neuen Mieter hatten ein großes Kreuz im Garten aufgestellt und davor etwas hingebaut, was einem Altar ähnelte. Was hatte das hier zu suchen? Gott sei Dank wohnten hier ja sonst nur »normale« Leute, wie Artur zu sagen pflegte.

Selma kniff die Augen wieder zusammen und versuchte nachzudenken. Wie hieß Bloms Tochter noch mal? Genau, Disa. Sie öffnete die Augen und starrte an die Decke. Ein bisschen merkwürdig war Disa ja immer schon gewesen. Sie war nach Stockholm gezogen, sobald sie mit der Schule fertig gewesen war. Auf irgendeine Kunsthochschule war sie gegangen, erinnerte sich Selma. Ihre Eltern hatte sie nicht gerade häufig besucht, aber jedes Mal, wenn sie in Tommarp gewesen war, hatte die Dorfbevölkerung ihre seltsame Kleidung kommentiert: lange Röcke und Tücher, die sie sich mehrmals um den Hals gewickelt hatte. Dazu komische Sandalen mit einem eigenartigen Stab zwischen den Zehen. Soweit Selma wusste, war Disa unverheiratet geblieben, und außerdem war sie ins Ausland gezogen, in die USA, und zwar schon in jungen Jahren.

Oje, oje, jetzt war Selma so aufgekratzt, dass sie dringend aufstehen und ein Glas Wasser trinken musste. Auf dem Weg in die Küche entdeckte sie Artur, der auf dem Sofa vor dem Fernseher eingeschlafen war.

»Aufwachen, Artur, Bettgehzeit!«

Artur zuckte zusammen. »Ich schlafe doch gar nicht, Selma. Ich habe nur kurz die Augen zugemacht ... aber ich höre schon noch zu, jawohl.«

»Alles klar, du hast einfach die Musik genossen, oder? Dieses Rockgeschrammel hast du ja immer schon besonders gern gemocht.«

»Das hat doch gerade eben erst angefangen. Davor kam nämlich eine interessante Tiersendung.«

»Ja, ja, ab ins Bett jetzt«, brummte Selma.

Ein bisschen genervt war sie schon. Artur konnte einfach nicht zugeben, dass er einschlief, sobald er vorm Fernseher saß. Selbst wenn er schnarchte, dass die Kaffeetassen auf dem Couchtisch nur so klapperten – er hätte es niemals zugegeben. »Man wird doch wohl die Augen kurz schließen dürfen, ohne gleich zu schlafen«, pflegte er zu sagen. Natürlich konnte er auf dem Sofa schlafen statt im Bett, wenn er wollte, aber das Geschnarche störte Selma. Manchmal, wenn sie eine Talkshow sehen wollte, musste sie die Lautstärke hochdrehen, um die Leute im Fernseher zu verstehen.

Sie trank ein Glas Wasser und füllte es gleich noch mal nach, ehe sie es mit ins Schlafzimmer nahm. Ein bisschen Bettwärme war noch da. Selma seufzte zufrieden und zog die Decke bis zum Kinn.

»Hast du die kleinen Lampen ausgeschaltet, Artur?«, fragte sie, als ihr Mann ins Schlafzimmer kam.

»Es ist so wie immer: Du schaltest sie an, und ich schalte sie aus.«

Die gemütlichen kleinen Lampen waren schon immer Gegenstand lebhaftester Diskussionen zwischen den beiden gewesen. Auch wenn Artur kein Geizkragen war, bemühte er sich doch um Sparsamkeit und mochte keine unnötigen Ausgaben.

Inzwischen hatten sie ihre Felder verpachtet, und sie hielten auch keine Tiere mehr, abgesehen von ein paar Hühnern, die im alten Stall untergebracht waren. Früher, als sie noch beide auf dem Hof arbeiteten, den sie seinerzeit von Arturs Eltern übernommen hatten, pflegte Selma abends vor Artur ins Wohnhaus zu gehen, um das Essen vorzubereiten. Als Erstes hatte sie die gemütlichen kleinen Lampen angeschaltet – sogar im Esszimmer, das sie nur selten nutzten, weil sie meist in der Küche aßen. Dort gab es eine Fensterbeleuchtung in Form kleiner grüner Glaskegel, deren Lichtschein Selma sehr anheimelnd fand. Sobald Artur ins Haus gekommen war, hatte er dieselbe Runde wie kurz zuvor seine Frau gedreht und alle Lampen wieder ausgeschaltet.

»Vierzig Watt mal neun Lampen. Das sind fast zwölf Kronen die Woche«, sagte Selma spöttisch, denn sie hatte sich beinahe jeden Abend Arturs Rechenbeispiele anhören müssen.

»Ja, da siehst du mal«, sagte Artur sichtlich zufrieden darüber, dass seine Informationen offenbar bei Selma angekommen waren.

»Oho, das wären zwölf Kronen die Woche auf mein Vergnügungskonto«, sagte Selma beleidigt.

Artur war nicht mehr dazu in der Lage, ihre Antwort angemessen zu kommentieren, denn er hatte schon begonnen, den ersten Baum zu zersägen. Sein Schnarchen füllte das Zimmer.

»Dafür sind die Lampen im Sommer ja nicht so lange angeschaltet«, fuhr Selma schläfrig fort.

Artur zuckte zusammen und hörte auf zu schnarchen. »Was hast du gesagt?«

»Ich habe gesagt, dass die Lämpchen im Sommer nicht so lange brennen.«

»Siehst du, dann hast du sogar noch Geld übrig für ein heißes Würstchen auf dem Marktplatz, Selmaschatz.« Er tätschelte etwas unbeholfen über ihre Bettdecke, drehte sich um und zog die Decke über die Schultern.

Selma lag noch eine Weile wach. Die roten Ziffern auf dem Radiowecker leuchteten im Dunkeln wie Glühwürmchen. Auf dem alten Schaukelstuhl mit dem gestreiften Kissen lag ordentlich zusammengefaltet die gehäkelte Tagesdecke. Selma hatte sie selbst angefertigt. Es hatte einige Jahre gedauert, die vielen kleinen Quadrate einzeln zu häkeln und sie dann zusammenzufügen. Artur war manchmal sogar ein bisschen genervt von ihrem ständigen Gehäkel gewesen, aber hatte doch zugeben müssen, dass das Ergebnis gelungen war, als die Decke schließlich fertig auf dem Bett lag. Die wenigen Male, wenn er selbst das Bett machte, beschwerte sich Artur natürlich über das Gewicht der Tagesdecke, für die man fast ein Hubwerk brauche, um sie an den richtigen Platz zu schaffen. Aber dennoch lag sie jeden Tag sauber und ordentlich auf den Betten ausgebreitet.

Am Kopfteil thronte tagsüber eine Zigeunerpuppe, die ein hübsches rotes Seidenkleid mit Volants trug. Selma achtete darauf, das Kleid jeden Morgen dekorativ um die Puppe herum zu drapieren. Wenn Artur hingegen das Bett gemacht hatte, lag die Puppe achtlos hingeworfen da, manchmal sogar mit dem Kleid über dem Gesicht.

Als die Digitalziffern der Uhr auf 23:15 umsprangen, schlief auch Selma ein.

Draußen fraß sich der Nachtfrost in die Zweige der großen Ulme an der Hofeinfahrt. Der Mondschein spiegelte sich im Eis der Wasserpfütze unterhalb der Küchentreppe, auf dem Geländer flatterte noch immer das bestickte Geschirrtuch im Wind, und wer genau hinschaute, entdeckte in den beiden Nachbarhäusern Gestalten, die sich im Kerzenschein bewegten.

»Siehe, der Herr kommt! Mach dich bereit!« Arne Hernemo kniff die Augen genauso fest zusammen, wie er seine Hände faltete. Er stand vor einem Tisch, der mit einem goldfarbenen, bodenlangen Seidentuch bedeckt war. Auf der Tischfläche befanden sich ein Kruzifix und ein großer Kandelaber mit brennenden Kerzen sowie eine Bibel und einige weitere Schriften.

Arnes Ehefrau Britt stand ebenfalls mit gefalteten Händen da, allerdings wirkte sie eher nervös. Sie trug einen grauen Faltenrock und dazu eine grün geblümte Bluse aus Polyester, die am Hals mit einer Schleife geschlossen wurde. Ihre Haare waren kurz und dauergewellt, und an den Füßen hatte sie kräftige, aber gut gepflegte Spazierschuhe.

Das Haus war spartanisch eingerichtet: mit einfachen Möbeln und in Farbkombinationen, angesichts deren es einem Einrichtungsexperten so richtig in den Fingern gejuckt hätte. Die Wände waren kahl – abgesehen von zwei großen Porträtfotos der bekannten Prediger Arne Imsen und Målle Lindberg in schweren Goldrahmen.

»Bist du bereit, den Herrn zu empfangen, Britt?«, fragte Arne in beinahe vorwurfsvollem Ton.

»Ich bin bereit«, antwortete Britt mit dünner und kläglicher Stimme.

Arne murmelte ein Gebet, während Britt ernst und mit gebeugtem Kopf dastand, die Hände noch immer fest gefaltet.

Ihr Mann fuhr fort, indem er etwas Unverständliches herunterleierte. Er schloss mit einem langen und nachdrücklichen »Aaamen«. Dann blies er heftig die Kerzen aus, woraufhin er eine andere Gestalt anzunehmen schien. Seine bisher so straffe Haltung sackte in sich zusammen, der Heiligenschein, der ihn vorher zu umgeben schien, verschwand plötzlich, und seine ungepflegten, fettigen Haare standen im krassen Kontrast zu Britts beinahe pedantischem Aussehen.

Arne schaltete den Fernseher an, in dem gerade ein alter Western lief, und setzte sich zufrieden aufs Sofa, dessen schlimmste Mängel von einem karierten Wollplaid bedeckt wurden. Seine Frau ging leise und vorsichtig aus dem Zimmer.

Als die rote Ziffernanzeige von Selmas und Arturs Radiowecker auf 6:00 umsprang und die Morgendämmerung allmählich heranschlich, wusste keiner von ihnen, was der neue Tag bringen würde.

»Hab ich's nicht gesagt?«, meinte Selma, als sie mit der Tageszeitung, die sie gerade aus dem Briefkasten gefischt hatte, in die Küche trat.

»Was hast du gesagt?«

»Dass jemand in Bloms Haus ist.«

»Nicht zu fassen.« Artur eilte zum Küchenfenster, gerade noch rechtzeitig, um eine Frau auf der Straße davonspazieren zu sehen.

»Da siehst du mal. Auf meine Intuition kann man sich verlassen.«

Artur sah seine Frau mit großen Augen an, fragte aber lieber nicht nach, was Intuition bedeutete, denn er ahnte ohnehin, was sie gemeint hatte. Er fand, dass Selma nicht schon so früh am Morgen Oberwasser haben musste.

Als sie sich an den Frühstückstisch setzten, lag Arturs Stirn in tiefen Falten.

»Hast du gesehen, wer das war?«, fragte er.

Na ja, ich habe Disa ja schon jahrelang nicht mehr gesehen, aber die Frau sah zumindest so aus wie sie ... *Hör auf, Artur!*«

Selma hielt sich die Ohren zu und kniff die Augen zusammen.

Artur hatte sich angewöhnt, an seinen Fingern zu ziehen, langsam und nacheinander, bis die Gelenke knackten. Manchmal weigerte sich ein Finger, da packte er ihn noch einmal fester an. Er gab nicht auf, ehe nicht alle Finger ein vernehmbares Geräusch von sich gegeben hatten.

»Bist du dir sicher, Selma?«

»Ja, ich bin mir sicher. *Hör auf,* um Gottes willen!«

»Dass es Disa war, meine ich.«

»Ich habe doch gar nicht gesagt, dass es Disa *war,* ich habe nur gesagt, sie hat ausgesehen wie Disa ... Artur, wenn du so weitermachst, werden deine Finger eines Tages herunterhängen wie Kuhzitzen.«

Selma blätterte hektisch in der Zeitung und riss dabei die Seiten beinahe auseinander. Artur hingegen bestrich sorgfältig sein Brot und schüttete sich noch mehr Dickmilch auf den Teller. Er spürte, dass er Selma irritiert hatte, weshalb es am besten war, das Thema zu wechseln. Während er mit dem Löffel in der Dickmilch rührte, sagte er ruhig: »Die Dickmilch ist auch nicht mehr das, was sie früher mal war.«

»Inwiefern?« Selma legte die Zeitung aus der Hand.

»Weißt du noch, als wir im Sommer die Milch ins Fenster stellten und unsere eigene Dickmilch herstellten?«

»Na, lecker war sie schon, aber es war schon ziemlich unhygienisch mit den ganzen Fliegen und dem anderen Getier, das bei den Dickmilchschüsseln herumkrabbelte.«

»Stimmt, aber damals hat man das nicht so eng gesehen. Zu der Zeit waren die Kinder auch nicht so oft krank. Dabei hat ein bisschen Dreck noch keinem geschadet. Kajsa und Björn zum Beispiel sind ständig krank.«

»Ach, so schlimm ist es auch wieder nicht.«

»Viren, Allergien und anderes Teufelszeug. Elna muss doch andauernd in der Arbeit fehlen, weil die Kinder krank sind.« Als Selma nicht antwortete, fuhr er fort: »In diesen Zeiten will man wirklich nicht Arbeitgeber sein.«

»So ist es eben heutzutage«, versuchte Selma ihn zu beschwichtigen.

Ihr gemeinsamer Sohn Klas und die Schwiegertochter Elna wohnten in einem modernen Einfamilienhaus bei Simrishamn. Sie hatten zwei Kinder, den zehnjährigen Björn und die fünfjährige Kajsa. Da Selmas und Arturs Haus in Tommarp nur knapp zehn Kilometer entfernt lag, sahen sie sich oft, und die Großeltern sprangen häufig als Babysitter ein. Natürlich liebte Artur seine Enkel, aber er fand, dass sie von den Eltern verzogen wurden. Unruhig und laut waren sie außerdem. Manchmal musste Artur sich zurückziehen und seine Ohren ausruhen, wenn sie zu Besuch gewesen waren.

»Übrigens fahre ich heute mit dem Bus nach Simrishamn.« Selma faltete die Zeitung zusammen. »Ich muss zur Bank, und außerdem brauche ich ein Paar neue Schuhe.«

»Ich kann dich auch hinfahren.«

»Ach, mit dem Bus ist es billiger, und es zerrt so an meinen Nerven, mit dir durch die Läden zu ziehen.«

»Immer musst du übertreiben. Wenn du nicht so alt wärst, könntest du dich beim Dramatischen Theater in Stockholm bewerben.« Artur streichelte Selma liebevoll über die Wange.

Dabei hatte Selma tatsächlich viele Erinnerungen an verrückte Einkaufstouren mit Artur. Als sie einmal bei Ikea gewesen waren, um neue Matratzen zu kaufen, war ihr Artur plötzlich abhandengekommen. Sie hatte überall nach ihm gesucht, bis sie eine Traube von Menschen erblickte, die in einer Wohnzimmerausstellung standen und kicherten. Als sie näher kam, sah sie Artur in einem Sessel sitzen und schnarchen. Die Füße hatte er auf den dazugehörigen Fußschemel gelegt, und das Schnarchen war schon von Weitem zu hören. Nun ja, Artur war beim Einkaufen eben eher unengagiert, deshalb vermied sie es, ihn in die Stadt mitzunehmen.

Auf dem Weg zur Bushaltestelle versuchte Selma möglichst unauffällig einen längeren Blick auf Bloms Haus zu werfen. Doch, sie hatte recht gehabt: Es stand tatsächlich ein Blumentopf am Fenster, und so einen stellte man doch nicht hin, wenn man nur vorbeikam, um mal eben nach dem Rechten zu sehen, oder? Sie seufzte. Nun ja, Bloms waren ordentliche Leute gewesen, und Disa war sicher auch völlig in Ordnung, auch wenn sie immer ein bisschen anders gewesen war als die anderen.

Mehr Sorgen machte sie sich wegen des Ehepaars, das das andere Haus gemietet hatte. Die beiden wirkten scheu und hatten sich nicht einmal vorgestellt. Selma und Artur hatten sich mit den anderen Dorfbewohnern unterhalten, doch niemand wusste irgendwas über die neuen Mieter. Als Selma an deren Haus vorbeiging, sah sie, wie sie gerade ein großes Zelt im Garten aufbauten. Kein normales Campingzelt, sondern ein richtig großes, fast wie ein Zirkuszelt.

Plötzlich drehte Selma ruckartig den Kopf, bis sie die Rückseite ihrer Beine betrachten konnte. Das war eine Bewegung, die seit Jahrzehnten in ihr steckte, beinahe so, als sei sie darauf programmiert worden. Seit der Ära der Nylonstrümpfe. Das war schon ein Elend gewesen mit den Nylonsstrümpfen damals. Die Naht hinten war ständig verrutscht und hatte manchmal sogar auf der Innenseite der Beine gesessen. Seinerzeit waren die Frauen oft mit verdrehtem Hals und diesem Kontrollblick herumgelaufen und hatten ständig nachgeprüft, ob die Naht auch mittig saß, um sie gegebenenfalls gleich zu korrigieren.

Die Strumpfbänder waren auch nicht viel besser gewesen. Selma hatte sich bemüht, die Strümpfe so fest wie möglich zu spannen, und dabei die Strumpfbänder bisweilen so weit unten an den Strümpfen befestigt, dass diese kaputtgegangen waren und die Maschen wie kleine Rinnsale die Beine entlanggelaufen waren. Solange sie noch nicht den Kleidersaum erreicht hatten, griff man schnell zu einer Flasche Nagellack, um die Maschen am Weiterlaufen zu hindern.

Es war ein angenehmer Spaziergang hinunter zur Landstraße, wo die Bushaltestelle lag. Es gab sogar ein Wartehäuschen, in dem man unabhängig vom Wetter bequem auf den Bus warten konnte. Die Gegend war für ihre beißenden Winde bekannt, und es hieß, dass fünf Grad minus im südschwedischen Schonen sich genauso kalt anfühlten wie zwanzig Grad unter null in Nordschweden. Der Frost war dieses Jahr Gott sei Dank nicht so schlimm gewesen, aber die Winde und der graue Nebel waren so unangenehm, dass Selma mit einer gewissen Erleichterung am Buswartehäuschen eintraf. Sie setzte sich auf die Bank und stellte sich die Tasche auf die Knie.

Manchmal machte sie sich Sorgen um sich selbst. Ständig kontrollierte sie alles doppelt und dreifach. Hatte sie den Busfahrschein dabei … und das Portemonnaie? Wo hatte sie das Taschentuch hingetan, für den Fall, dass … und den Spiegel? Und hatte sie womöglich die Handcreme vergessen?

Selma wühlte in der Tasche herum, und erst als sie die Lage wieder im Griff hatte, entspannte sie sich. Nach wenigen Minuten wiederholte sich das Ritual. Manchmal fragte sie sich, wie es wohl wäre, wenn Artur und sie eine Flugreise unternehmen müssten: Wie sollte sie da den Überblick über die Reisetaschen, Fahrkarten und Hoteladressen behalten? Aber das war zum Glück nie der Fall gewesen, denn sie machten höchstens mal eine Busreise, und die waren so gut organisiert, dass man nicht einmal nachzudenken brauchte, ob man mal austreten musste. Pinkelpausen, Ausflüge und Mahlzeiten – alles wurde von den Busfahrern geplant. Ja, Busreisen konnten Selma und Artur wirklich gut leiden.

Als der Bus an der Kurve zu sehen war, stand Selma auf. Und ehe sie einstieg, kontrollierte sie ein letztes Mal, ob sie alles dabeihatte.

2

Disa Blom stolperte über einen Karton, der auf dem Küchenfußboden stand, und trat ihn mit ihren kräftigen Boots beiseite. Abgesehen von den drei Kerzen auf dem Tisch gab es keinerlei Beleuchtung. Es roch etwas modrig in dem alten Haus. Vom Transistorradio auf dem Büfett ertönte Bob Dylans »Blowin' in the wind«. Die weiche Stimme des Sängers wirkte in der altmodischen Küche ein bisschen deplaziert, half Disa aber dabei, sich zu entspannen und positiv zu denken. Während sie sich an den Küchentisch setzte, klirrten ihre vielen Armbänder, die das Handgelenk und ein Stück des Unterarms bedeckten, und blitzten auf, sowie das Licht der Kerzenflammen sie traf.

Gerade hatte sie die Augen kurz geschlossen, als es in der einen Zimmerecke knallte. Ihre Gesichtszüge verhärteten sich, und sie stand auf, um eine Taschenlampe zu holen. Dann hockte sie sich in die Ecke, von wo der Knall gekommen war. Sie nahm vorsichtig und angewidert die tote Maus aus der Falle, öffnete die Tür zum Garten und warf den unwillkommenen Gast ins Gebüsch.

Disa hatte auch andere ungebetene Gäste: Kellerasseln in den Küchenschränken und Silberfischchen in der Spüle. Wenn sie etwas nicht leiden konnte, dann waren es Ungeziefer und natürlich die verfluchten Mäuse, die sie oben auf dem Dachboden nagen hörte.

Plötzlich kam ihr ein Gedanke. In einem der indischen Aschrams, in denen sie eine Zeit lang gelebt hatte, gab es eine Art Ritual, um Ungeziefer zu verjagen und auszurotten.

Sie meinte es irgendwo aufgeschrieben zu haben. Vielleicht lag der Zettel ja in ihrem Yogabuch? Disa verschwand so schnell, dass der Perlenvorhang rasselte, der die Wohnzimmertür ersetzte.

Als sie zurückkam, lächelte sie. Das Ritual hatte in Indien funktioniert, und jetzt würde sie ausprobieren, ob es auch in Tommarp funktionierte. Laut Anweisung sollte man sich ein Tuch um die Brust knoten und Brotkrümel hineinstecken. Danach sollte man abwechselnd Kerzen und Räucherstäbchen in einem Kreis aufstellen und anzünden. Räucherstäbchen hatte sie mehr als genug.

Disa las weiter auf ihrem Zettel: Anschließend sollte man mit Lockrufen um die Kerzen und Räucherstäbchen herumtanzen. Dahinter steckte der Gedanke, dass die Brotkrümel und das Ritual beim Ungeziefer irgendwelche Instinkte weckten. Das Ganze beendete man, indem man das Zelt oder in diesem Fall das Haus verließ und die Brotkrümel ausleerte, die letztlich die Tiere anlocken sollten.

Sie setzte sich an den Küchentisch. Leichte Zweifel befielen sie. Aber warum eigentlich? Niemand würde sie sehen, und einen Versuch war es doch wert.

Disa legte das Tuch ab, das sie um den Hals gewickelt hatte, hob den Pullover und band es sich stattdessen um die Brust. Dann zerkrümelte sie zwei Brotscheiben und verteilte die Brösel gleichmäßig auf ihrem Busen. Anschließend zündete sie die Kerzen und die Räucherstäbchen an und begann in der Küche herumzutanzen.

An die Lockrufe konnte sie sich nicht mehr ganz genau erinnern. Sie gab Laute von sich, die ein bisschen an die Joikes der samischen Urbevölkerung erinnerten. Dazu tanzte sie und tanzte, und auf einmal hatte sie das Gefühl, in Trance zu geraten. Ihr Atem ging immer schwerer, und die Schatten spielten an den Wänden.

Nach einer Weile löschte sie alle Kerzen und ging hinaus auf die Vortreppe. Dort blinzelte sie ein bisschen ins Gegenlicht und schob dann den Pullover hoch, nahm das Tuch ab und versuchte, die Brösel abzuschütteln. Aber Disa hatte beim Tanzen geschwitzt, und die Brotkrümel saßen ziemlich fest an ihren Brüsten. Sie klemmte sich den Pullover unters Kinn, sodass ihr Busen unbedeckt war, und versuchte die Krümel einzeln zu entfernen. Es war ziemlich mühsam, und am Ende wackelte sie ein bisschen mit den Brüsten, um die letzten Krümel loszuwerden. In dem Moment kam das Postauto vorbei, und Disa erhaschte gerade einen Blick auf den sichtlich erstaunten Briefträger Arvartsson.

Voller Zufriedenheit, weil sich die juckenden Brotkrümel endlich gelöst hatten, sah Disa in ihren Garten. Er war verwildert, und man konnte nur schwer erkennen, wo einst die Blumenbeete gewesen waren. Das oberste Scharnier der Schuppentür hatte sich gelöst, weshalb diese schief hing und jedes Mal ein quietschendes Geräusch von sich gab, wenn der Wind sie ergriff. Der Schuppen war vollgestellt mit Packkisten, einem rostigen Fahrrad und Unmengen an Feuerholz. Über dem Rahmen des undichten Sprossenfensters hingen Spinnweben wie eine Tüllgardine, und auch bei Tageslicht konnte man kaum hindurchschauen.

Doch die Kisten im Haus und im Schuppen kündeten davon, dass sich schon bald einiges tun würde.

Wie immer, wenn Selma weggefahren war, wanderte Artur ruhelos durchs Haus. Erst setzte er sich aufs Sofa im Fernsehzimmer. Mit geradem Rücken und verlorenem Blick. Dann spazierte er ins Esszimmer, um anschließend eine Runde durch die Küche zu drehen und ins Schlafzimmer zu gehen. Dort legte er sich aufs Bett, nur um gleich wieder aufzustehen und den gleichen Rundgang in der umgekehrten Reihenfolge zu machen.

Er verstand selbst nicht, warum er so rastlos war, sobald Selma das Haus verließ. Manchmal grübelte er darüber nach, wie es wohl wäre, wenn sie vor ihm sterben würde. Der Gedanke machte ihm Angst.

Erst als er mehrmals nacheinander dieselbe Runde gedreht hatte, ging er hinaus. Auf dem Weg griff er sich die Mülltüte, die Selma auf die Vortreppe gestellt hatte, und warf sie in die Mülltonne.

Plötzlich blieb er stehen. Was um alles in der Welt war denn das? Kirchliche Gesänge am helllichten Tag, und zu allem Überfluss laut und unschön gesungen. Ob das wohl diese Disa war? Er wollte nicht zur Straße hinuntergehen, weil ihm das neugierig vorgekommen wäre. Stattdessen stand er eine ganze Weile da und lauschte.

Jetzt hörte er es hämmern und klopfen. Das war schon seltsam. Sonst war es hier doch immer so ruhig und friedlich. Irgendwann verstummte die Musik, und Artur hörte nur noch das Hämmern – und die Katze, die maunzend vor dem leeren Milchschälchen auf der Treppe stand.

Auf einmal wurde die Stille wieder unterbrochen. Ob es ein Lied aus dem Gesangbuch war? Nein, es klang eher wie von der Heilsarmee. Artur hielt seine Hand wie einen Trichter ans Ohr. »Wenn meine Wand'rung endet, der klare Glanz mich blendet, der hell erstrahlt im himmlischen Morgenlicht«, ertönte es.

»Nee, verdammt«, brummte Artur und trat wütend gegen das leere Milchschälchen, woraufhin die Katze erschrocken unter der Treppe verschwand.

Dann ging er zurück zum Wohnhaus und stieg die Treppe zum Dachboden hinauf. So aufgeregt war er, dass er ganz vergaß, seine schmutzigen Schuhe auszuziehen. Die Holzdielen knarrten, als er zum Giebelfenster hinüberging und es zu öffnen versuchte. Es war schon seit vielen Jahren nicht mehr offen gewesen, und er musste seine ganze Kraft hineinlegen, ehe es ihm gelang, das Fenster krachend aufzustoßen.

»Ich hab ein Heim, ein wunderbares Heim – jenseits der goldenen Sonne«, dröhnte es von draußen. Artur streckte den Oberkörper hinaus und konnte so den ganzen Schotterweg bis zur Straße überblicken. Erst schaute er zu Disas Haus hinüber, doch dort war alles ruhig. Dann wanderte sein Blick zum Haus der Hernemos. Arturs Augen weiteten sich, und er hielt den Atem an.

»Ich hab ein Heim, ein wunderbares Heim«, äffte Artur die Musik nach. Oder vielleicht eher: »Ich *hatte* ein wunderbares Heim«, dachte er. Was in Gottes Namen war das für ein Spektakel? Ein riesiges Zirkuszelt mitten in Tommarp? Nein, das war mehr, als er aushalten konnte ... und dann noch dieses verfluchte Gejaule.

Er setzte sich auf einen alten Koffer, der unter dem Fenster stand. Sein Blick flackerte ruhelos durch den Dachboden. Leere Kartons, Teppiche, ein Kleiderständer mit seinem alten Frack und Selmas abgelegten Kleidern.

»Den Herrn will ich loben für seine großen Gaben!«, wurde draußen gerade gesungen.

Artur knirschte mit den Zähnen, erhob sich und knallte das Fenster zu. Dann sank er wieder hinunter auf den Koffer.

Als unten die Haustür ging, zuckte er zusammen.

»Was machst du da oben, Artur?« Selmas Stimme klang erstaunt.

Ein bisschen ertappt fühlte er sich schon und stellte sich schnell an die Treppe.

»Und die schmutzigen Schuhe hast du auch angelassen!«

Der Ton seiner Frau war anklagend, und er bückte sich schuldbewusst, zog sich die Schuhe aus und hielt sie in der Hand, während er die Treppe hinunterschlich.

»Na, hast du Schuhe gefunden in der Stadt?«, fragte Artur mit angespannter Stimme.

»Schon, aber keine Schuhe für *drinnen*«, brummte Selma.

Artur streckte seinen Rücken durch und meinte: »Es gibt jetzt wichtigere Dinge zu besprechen als Schuhe.«

Selma hängte ihre Jacke auf, stellte die Lebensmittel in den Kühlschrank und setzte sich mit Artur an den Küchentisch.

»Meinst du das Haus gegenüber von Disa?«, erkundigte sich Selma.

»›Jenseits der goldenen Sonne‹. Das ist wirklich nicht zu fassen.« Artur raufte sich sein dünnes, graues Haar.

»Geh mit dem bisschen Haar, das du noch hast, lieber vorsichtig um«, meinte Selma und betrachtete verwundert Arturs fahriges Haareraufen.

»Hast du es denn nicht gehört?«, fragte er und legte die Hände auf den Tisch.

»Schwerhörig bin ich nicht, und das Gejaule ist für einen normalen Menschen wohl kaum zu überhören. Und das Zelt sieht auch jeder. Glaubst du, das sind solche Freikirchlichen?«

»In dem Fall sind ihre freien Tage gezählt, so wahr ich Artur Jacobsson heiße.«

»In Bloms Fenster steht übrigens tatsächlich ein Blumentopf. Ich bin mir sicher, dass Disa hierher gezogen ist.«

»Na, ein Unglück kommt ja selten allein.« Artur zog sich seinen alten, zerschlissenen Parka über.

»Wo willst du hin?« Selma sah besorgt aus.

»Ich gehe runter und erkundige mich, ob sie eine Verstärkung für ihren Hallelujachor gebrauchen können.«

»Artur!«

»Willst *du* etwa, dass hier solche verdammten Erweckungsveranstaltungen stattfinden? Um unseren Nachtschlaf ist es dann jedenfalls geschehen.«

»Sag bitte nichts Dummes, Artur. Wir wissen doch gar nicht, was das Ganze ist oder werden wird.«

»Eben, und genau das will ich ja herausfinden.«

Selma stand auf, als wollte sie ihn am Gehen hindern. Doch er ignorierte sie, atmete tief durch und knallte die Küchentür hinter sich zu.

Jetzt war es an Selma, unruhig auf und ab zu gehen. Sie sah auf den Weg hinaus, seufzte und setzte sich wieder an den Küchentisch. Dann holte sie ihren beigefarbenen Stoffbeutel, den sie irgendwo umsonst bekommen hatte und gerne mitnahm, wenn sie in die Stadt fuhr. Sie hatte die Gelegenheit genutzt, in die Stadtbibliothek zu gehen, wenn sie schon mal in Simrishamn war. Die war so praktisch gelegen, genau neben der Bushaltestelle.

Sie mochte die schönen Räumlichkeiten und setzte sich manchmal eine Weile hin, um in einer Illustrierten zu blättern, während sie auf den Bus wartete. Sie hatte zwar noch ein angefangenes Buch aus der Bücherei zu Hause herumliegen, war aber dennoch der Versuchung erlegen, eine weitere Neuerscheinung eines englischen Autors auszuleihen, die sie interessant fand.

Vorsichtig blätterte sie im Leihbuch und schnaubte plötzlich verächtlich, weil sie an Brita Olofsson denken musste, die ebenfalls in Tommarp wohnte. Ein paarmal, wenn sie ihr im Bus begegnet war, hatte Selma versucht, mit ihr über Literatur zu sprechen, weil sie wusste, dass Brita viel las.

Kürzlich hatte Brita erzählt, dass sie gerade ein ganz schlechtes Buch gelesen habe. Als Selma hörte, um welches es sich handelte, meinte sie ganz erstaunt: »Aber das Buch ist doch so beliebt!« Da hatte Brita geantwortet: »Die Kapitel sind zu lang.« Sie blätterte offenbar immer als Erstes ganz ans Ende des Buchs, um festzustellen, wie viele Seiten es insgesamt hatte und wie es sich mit der Kapiteleinteilung verhielt. Mehr als vier Seiten dürfe ein Kapitel nicht haben, fand sie. »Wenn das Buch zu dick ist, die Kapitel zu lang und es zu wenig Dialoge gibt, verliere ich gleich die Lust am Lesen«, hatte Brita erklärt.

Über den Inhalt von Büchern hingegen verlor sie nur selten ein Wort. Ebenso wenig über die Handlung oder darüber, wie sich die Romanfiguren entwickelten. Selma war immer völlig erschöpft, wenn sie mit Brita über Literatur gesprochen hatte.

Also wirklich, zu lange Kapitel, dachte sie. Brita Olofsson war schon ein Kapitel für sich.

Artur ging mit entschiedenen Schritten den Weg entlang. Der Gesang war verstummt, und es waren nur noch emsiges Hämmern und leise Stimmen aus dem Garten zu hören. Artur zögerte, dann klopfte er fest an die Tür, die zum Weg hin lag. Vorsichtig wurde geöffnet, und eine Frau sah erschrocken heraus.

»Das ist also die Stelle, wo der Zirkus eröffnet werden soll, ja? Freikarten brauchen wir keine, denn das ganze Elend ist bis zu uns nach Hause zu hören. Als würdet ihr in unserer Küche sitzen und singen«, knurrte Artur.

Die Frau kniff die Augen zusammen, als wollte sie sich nicht mit ihrem Gegenüber konfrontieren. Doch dann überlegte sie es sich offenbar anders.

»Aha, Sie sind also der Nachbar von dort drüben«, sagte sie mit freundlicher Stimme und streckte die Hand aus. »Ich heiße Britt Hernemo, und wir sind gerade erst hierhergezogen.«

Artur kam die Frau vor ihm so schwach und ängstlich vor, dass er sich schämte, sie so erschreckt zu haben. In seiner Hitzköpfigkeit hatte er sich wohl ein bisschen zu sehr ereifert. Auch er streckte seine Hand aus und sagte: »Artur Jacobsson ... Meine Frau heißt Selma.« Dazu lächelte er etwas schief.

Plötzlich kam ein Mann von hinten aus dem Haus und schob Britt auf brutale Art und Weise beiseite.

»Worum geht es?«, fragte er.

Artur fiel es nicht schwer, seine Wut wiederaufwallen zu lassen, als er den arroganten Gesichtsausdruck des Mannes sah und wie er seine Frau wegschubste.

»Worum es geht? Genau das wollte ich *Sie* fragen!«, gab Artur zurück.

»Arne, das ist unser Nachbar«, erklärte Britt vorsichtig.

»Das heißt noch lange nicht, dass der sich so aufdrängen kann.« Arne warf seiner Frau einen Blick voller Verachtung zu, und schob sie gleichzeitig weiter in den Flur zurück.

»Könnte ich gefälligst eine Antwort auf meine Frage bekommen, was hier vor sich geht? Haben Sie eine Baugenehmigung für das Zelt? Und was diese Musik betrifft, ist sie wirklich mehr als störend ...«

»Das ist keine Musik ...«, unterbrach Arne Hernemo ihn.

»Na, zumindest in dem Punkt sind wir uns einig. Das ist keine Musik, das ist Lärm.«

»Ich meine, das sind Kirchenlieder ... oder besser gesagt religiöse Lieder«, fügte Hernemo rasch hinzu.

»Das gilt aber nicht als mildernder Umstand, das ist nämlich ein Höllenlärm!«

»Der Herr hört dich«, sagte Hernemo mit ernster Miene. Als Artur nicht reagierte, fuhr er fort: »Der Herr wird kommen.«

»Ja, es sind bestimmt mehrere Herren nötig, um das Riesenteil abzureißen, das ihr dort im Garten aufgestellt habt.«

Arne Hernemo schnappte nach Luft und schlug die Tür zu.

Artur ballte seine Hand in der Hosentasche zur Faust. Dieser Mensch war obendrein auch noch unfreundlich. Auf dem Heimweg ärgerte er sich. Jedes Mal, wenn er etwas Wichtiges sagen wollte, war es das Gleiche: Im Kopf waren die Gedanken so schön formuliert, aber sobald sie das Hirn verließen, verwandelte sich alles in ein einziges Kuddelmuddel.

Am Küchenfenster sah er Selmas blasses Gesicht. Als er das Haus betrat, sagte er mit lauter Stimme: »Jetzt gibt es Krieg, Selma, glaub's mir! Der Herr wird kommen! Ja, Dinge muss man sich anhören ...«

3

»Nimm dir einen Apfel, bevor sie vergammeln, Artur.« Selma reichte ihm die Obstschale. Er antwortete nicht, sondern hielt seinen Blick starr auf die Mattscheibe gerichtet, wo eine Antiquitätensendung lief.

»Du sagst immer, dass ich Äpfel kaufen soll, und dann isst du keine«, fuhr Selma fort.

Nun griff Artur tatsächlich nach einem Apfel. Er polierte ihn sorgfältig an seinem Pullover, ehe er ein großes Stück abbiss.

»Mund zu beim Kauen! Du klingst wie ein Häcksler«, witzelte Selma. »Pst, schau mal, zwanzigtausend Kronen für eine alte abgenutzte Vase.«

»Ist das nicht so eine, wie wir im Regal stehen haben?«, meinte Artur hoffnungsvoll.

»Ach Quatsch, die haben Klas und Elna uns aus Tunesien mitgebracht. Aber du hast recht, die erinnert wirklich an unsere.«

»Das ist schon komisch mit diesen Antiquitäten. Man hat den Eindruck, je fleckiger und abgestoßener das Zeug aussieht, desto wertvoller ist es.«

»Wir haben doch jede Menge alten Plunder auf dem Dachboden stehen. Vielleicht sollten wir das mal versteigern?«

Artur hob vorsichtig seine Füße auf den Couchtisch, aber nahm sie wieder weg, sobald er Selmas strengen Blick sah.

Das Fernsehzimmer war ursprünglich Klas' Kinderzimmer gewesen, das sie nach seinem Auszug neu eingerichtet hatten. Der alte grüne Teppichboden lag noch da, aber sie hatten neu tapeziert: Mittlerweile schmückte eine grün geblümte Tapete die Wände. Der Raum war mit einem hellbraunen Sofa in Lederimitat und zwei Sesseln mit einem beigefarbenen groben Stoffbezug eingerichtet.

Richtig zufrieden war Selma nicht mit dem Sofa. Sie fand, dass das Material sich am Hintern zu kühl anfühlte und außerdem leicht feucht wurde, wenn sie darauf saß. Deshalb legte sie sich eine karierte Mohairdecke unter, wenn sie fernsah oder strickte.

In dem kleinen Zimmer war kaum Platz für weitere Möbel, abgesehen vom Fernseher und dem Couchtisch, der aus Teakholz war und eine kleine Zeitungsablage hatte. Auf der Längsseite, die zum Hofplatz hinausging, befanden sich zwei Fenster, und unter dem einen davon stand ein schön dekorierter Blumenkasten. An die fensterlose Giebelwand hatten sie den Fernseher gestellt. Darüber hing ein ausgeblichenes Luftbild von ihrem Hof, und neben dem Fernsehgerät leuchteten zwei kleine Lämpchen aus Rauchglas.

»Ich hoffe, dass du dich nicht gleich mit unseren neuen Nachbarn angelegt hast?« Selma sah Artur anklagend an.

»Ich habe sie nur gefragt, was bei ihnen los ist ... Das ist ja wohl mein gutes Recht! Richtig unfreundlich war der Kerl. Seine Frau, ich glaube, sie heißt Britt Hernemo, tut mir leid. Du hättest mal sehen sollen, wie verschreckt sie geguckt hat. Er hat sie in den Flur geschubst, bevor er die Tür zugeworfen hat. Diese scheinheiligen Typen sind die Allerschlimmsten. Schau dir nur mal die ganzen Kriege auf der Welt an. Die haben sich doch auch immer wegen der Religion in der Wolle.«

»Artur Jacobsson, wie du dich wieder auskennst. Was weißt denn du von den Kriegen auf der Welt? Das Einzige, was du liest, sind doch die Lokalseiten in der ›Ystads Allehanda‹ – von den Grundbucheinträgen bis zu den Familienanzeigen.«

Selma machte Artur oft zum Vorwurf, dass er sich nicht für die Weltereignisse interessiere. Er verteidigte sich damit, dass er es nicht aushalte, sich Krieg und anderes Elend anzusehen. Da musste ihm Selma sogar recht geben. Ihr Mann war wirklich weichherzig: Sobald ein Bericht über hungernde Kinder oder Armut gezeigt wurde, kullerten Artur die Tränen über die rauen Wangen. Richtig große Tränen sogar, das war schon ein rührender Anblick.

»Ich finde, wir lassen heute Abend den Kaffee ausfallen, Selma. Ich bin eh schon so wirr im Kopf von allem, was passiert ist, da wird mir das Einschlafen auch ohne Kaffee schwer werden.«

Sobald die Sendung vorbei war, schaltete Selma den Fernseher aus.

»Und was, wenn ich vielleicht weiterschauen will?«, bemerkte Artur verärgert. »Du schaltest mir den Fernseher einfach so vor der Nase aus.«

»Aber ich weiß doch, dass du einschlafen würdest, noch bevor ich in der Küche wäre.«

Artur brummte vor sich hin und stand auf.

»Ich stelle der armen Katze ein bisschen Milch hin, falls die sich überhaupt noch hervortraut«, sagte er.

»Hervortraut?« Selma klang erstaunt.

»Ich bin vorhin so wütend geworden, dass ich das Milchschälchen mit dem Fuß von der Treppe gestoßen habe, gerade als die Katze daraus trinken wollte. Sie hat sich in einem Affenzahn unter die Treppe verzogen.«

»Aber Artur …«

Während er hinausging, legte Selma die Mohairdecke auf dem Sofa zusammen, ging zu den Blumen hinüber und pflückte ein paar trockene Blätter ab.

»Jetzt fahren sie weg!« Artur stand wieder aufgeregt in der Tür.

»Na, Auto fahren werden sie wohl noch dürfen.«

»Ich werde jedenfalls hingehen und mir den Garten mal ein bisschen genauer anschauen.«

»Nie im Leben«, zischte Selma. »Britt, oder wie sie nun heißt, ist vielleicht noch da, oder womöglich ist sie weggefahren, und ihr wütender Mann ist zu Hause geblieben.«

»Ist mir egal, was du sagst. Ich gehe jetzt.«

»Dann gehe ich mit, damit du dich nicht unglücklich machst wegen dieser Menschen. Wenn wir zu zweit gehen, denken die Leute, dass wir gerade einen Abendspaziergang machen, aber wer sollte schon hier im Dunkeln auf dem Schotterweg vorbeikommen?«

Auf dem Hofplatz begann Selma zu kichern.

»Was ist denn jetzt so lustig?«

»Es ist bestimmt schon zwanzig Jahre her, dass wir zuletzt zusammen spazieren gegangen sind ... Und außerdem musste ich an eine Anekdote denken, die ich vor langer Zeit mal beim Friseur gehört habe.«

»Was für eine Anekdote?«

»Es ging um einen Druckkochtopf, der explodiert ist, woraufhin ein Ehepaar aufgrund des Drucks aus dem Fenster gepresst wurde.«

»Und was ist daran so witzig?«

»Na ja, der Mann sagte: ›Liebling, das ist das erste Mal seit zehn Jahren, dass wir zusammen unterwegs sind.‹«

Selma kicherte weiter, während Artur einfach den Weg entlangging, ohne zu reagieren.

»Schau mal«, sagte Selma, als sie an Bloms Haus vorbeikamen. »Gardinen hat sie immerhin schon aufgehängt.«

»Das ganze Haus ist voller Firlefanz. Sieh dir nur mal das Fenster an. Federn und Herzen. Man könnte glauben, dass sie schon die Weihnachtsdekoration angebracht hat.«

»Sagst *du*, wo du doch am liebsten schon im November den Weihnachtsschmuck rausholen würdest, vor allem die alten schiefen Kerzenleuchter, die du seinerzeit im Werkunterricht geschnitzt hast.«

Schräg gegenüber lag das Haus der Hernemos.

»Es scheint keiner zu Hause zu sein«, stellte Artur fest.

Er drehte sich um und sah die Straße hinunter, ehe er sich dem Gartentürchen näherte.

»Artur, komm, lass uns nach Hause gehen.« Selmas Stimme klang ängstlich.

»Dann geh eben nach Hause und koch Abendkaffee, wenn du willst. Ich werde auf jeden Fall den Garten unter die Lupe nehmen.« Artur hob den Riegel des Gartentürchens. Es knirschte, und Selma hielt den Atem an.

Sie traute sich weder, allein nach Hause zu gehen, noch Artur in den Garten der Hernemos zu folgen. Selma hatte das Gefühl, als wären ihre Schuhe am Straßenbelag festgeklebt. Ihr fiel ein, dass sie vergessen hatte, ihr Blutdruckmedikament zu nehmen, und sie war davon überzeugt, dass ihr Herz deshalb völlig aus dem Takt geraten war.

Es war schwierig, sich im Dunkeln voranzutasten. Selma stolperte über irgendwas und zog Artur am Arm.

»Das hier ist der reinste Wahnsinn, und lebensgefährlich ist es auch noch. Bleib stehen, verflixt noch mal. Ich habe meinen Schuh verloren.« Sie hielt sich an Arturs Arm fest, während sie sich den Schuh wieder anzog.

Als sie nach einem wackligen Spaziergang auf der Rückseite des Hauses angekommen waren, sahen sie das große Zelt. Die Außenbeleuchtung von der Hintertür der Hernemos verbreitete ein schwaches Licht, und es ließen sich ein paar Details erkennen. Artur hob das Zelttuch an.

»Schau mal, Selma! Hier passen bestimmt hundert Leute rein.«

Selma streckte den Kopf vor und spähte vorsichtig hinein.

»Das Zelt ist ja ganz leer. Vielleicht planen die ein Zeltlager, womöglich sind sie ja Pfadfinder oder so was?«

»Na, allzeit bereit wirkte der zumindest. Nein, Selma Jacobsson, das ist was anderes, da kannst du Gift drauf nehmen. Ich spüre mein linkes Knie, und da ist immer irgendein Teufelszeug im Gange.«

»Du redest wirklich Unsinn«, zischte Selma. »Was sollte denn dein Knie mit dem Zelt zu tun haben?«

»Warte nur, du wirst schon sehen.«

»Ich warte nicht eine Sekunde. Ich gehe nach Hause. *Jetzt.*«

»Und schau mal da!«, sagte Artur. »Das ist bestimmt dieser komische Altar, von dem der Briefträger neulich erzählt hat.«

»Ach, du hast einfach eine blühende Phantasie. Das soll bestimmt ein Grillplatz werden oder so.«

»Du denkst aber auch nur das Beste über die Menschen ...«

»Was ist denn daran verkehrt?«, unterbrach ihn Selma.

Plötzlich packte Artur ihren Arm. »Pass auf, Selma. Fall nicht hin!«

Als Selma genauer hinschaute, sah sie vor sich eine tiefe Grube. Erschrocken standen sie da und blickten hinunter.

»Was sagst du jetzt?«, fragte Artur mit siegesgewisser Stimme.

»Ich sage gar nichts«, fauchte Selma. »Das ist ganz einfach eine Grube, aber es ist ein Glück, dass ich nicht hineingefallen bin.«

»Siehst du denn nicht, dass die Grube an ein Grab erinnert?«

»Jetzt mach aber mal halblang.«

In diesem Moment sahen sie Autolichter die Straße entlangkommen, und Arturs Griff um Selmas Arm verstärkte sich.

»Aua, bist du verrückt?«, zischte Selma.

»Stell dir vor, das sind die Hernemos!«

»Daran hättest du früher denken sollen.«

»Wir müssen uns durch die Hecke auf der Rückseite des Hauses schlagen, sonst sehen sie uns.«

»Falls sie es sind.«

Im selben Augenblick glitten zwei Lichtkegel über die Rasenfläche. Die Hernemos waren auf ihre Auffahrt eingebogen. Artur zog Selma rasch von der Hecke weg.

»Sch! Bleib ruhig stehen, damit es nicht raschelt. Wir müssen hier warten, bis sie im Haus sind.«

Selmas Gesicht war so blass, dass es beinahe im Dunkeln geleuchtet hätte. Ihre Jacke hatte sich in einigen Zweigen verfangen, und ihr Herz tanzte Wiener Walzer. Was, wenn sie hier in der Hecke einen Herzinfarkt bekäme und das Zeitliche segnete? Wie würde das aussehen? Und was würden bloß die Leute sagen?

Sie hörte Autotüren zuschlagen und entfernte Stimmen, konnte jedoch nichts verstehen. Artur hielt sie fest, als hätte er Angst, dass sie sich aus dem Staub machen könnte.

Die Stimmen näherten sich.

»Hilf doch mit! Steh nicht einfach da rum«, war Arne Hernemos mürrische Stimme zu hören.

»Es ist aber so schwer!«, stöhnte Britt.

Ein schleifendes Geräusch erklang, und Artur starrte durch die Hecke, um etwas zu erkennen.

»Siehst du was?«, flüsterte Selma.

»Sch…«

Als der schwache Schein der Außenbeleuchtung das Ehepaar Hernemo erreichte, stellten Artur und Selma fest, dass die beiden einen schwarzen Müllsack hinter sich herschleppten. Zwischendurch blieben sie immer wieder stehen und atmeten tief durch, ehe sie ihn erneut anpackten.

»Das ist wirklich unangenehm«, seufzte Britt.

»Wenn du nicht machst, was ich sage, *wird* es unangenehm«, zischte Arne, und nun war es Selma, die Artur packte, damit er nicht nach vorn auf die Rasenfläche trat.

Die Hernemos blieben an der Grube stehen und ließen den Müllsack am Rand liegen. Arne wischte sich die Hände am Rasen ab, während Britt reglos dastand.

»Steh nicht da wie eine Salzsäule, sieh zu, dass du ins Haus kommst.« Arne schob seine Frau Richtung Eingang. Sobald die Haustür zu war, erlosch auch die Beleuchtung.

Selma und Artur standen da wie paralysiert und konnten gar nicht fassen, was sie gesehen hatten. Dann versuchte Selma sich einen Weg durch die Hecke zu bahnen.

»Nicht da«, zischte Artur. »Die können uns doch sehen. Wir müssen die andere Richtung nehmen.«

»Welche andere Richtung? Hier gibt es doch wohl keine andere Richtung.«

»Über die Felder auf der Rückseite des Grundstücks natürlich.«

»Meinst du allen Ernstes, dass wir mitten in der Nacht über die Äcker stolpern sollen?«

»Ach, das kleine Stück schaffen wir bestimmt.«

»Du mit deinem linken Knie«, bemerkte Selma säuerlich.

Arturs magere Gestalt stapfte mit großen Schritten im Mondlicht voran, während Selma vorsichtig in den tiefen Ackerfurchen entlangtippelte. Sie hörte, wie Arturs Atem immer angestrengter wurde, und spürte, wie schnell ihr eigener Puls ging. Sie war so aufgeregt, dass sie ganz vergaß, sich Sorgen um ihr Herz zu machen.

Nach dem schrecklichen Spaziergang über die Felder standen Selma und Artur schließlich etwas verwirrt auf ihrem Hofplatz. Selma war weit bis über die Knöchel voller Lehm, und Arturs Hosenbeine sahen aus, als hätten sie unten einen dunkelbraunen Saum. Als sie in den Flur traten, nahm Artur die lehmigen Schuhe seiner Frau in Augenschein.

»Es ist eben noch etwas nass auf den Feldern«, sagte er und lächelte verlegen.

»Ja, die müssen in der nächsten Zeit wirklich nicht bewässert werden«, fauchte Selma.

Artur ging ruhelos umher. Selmas schlechte Laune lag wie eine Gewitterwolke über dem Haus. Es war nicht der richtige Moment, darüber zu sprechen, was sie im Garten der Hernemos gesehen hatten, aber Artur ließ der Gedanke an den schwarzen Müllsack einfach nicht los.

»Willst du die Teppiche abnutzen? Geh schlafen, wenn du nichts Besseres zu tun hast!«

»Vielleicht wäre so ein Abendkaffee doch gar nicht so schlecht«, schlug Artur mit sanfter Stimme vor.

»Der Nachtclub schließt um zehn. Koch dir deinen Kaffee selbst, wenn du welchen willst. Dagegen habe ich gar nichts, aber mit Tischgesellschaft kannst du nicht rechnen. Zumindest nicht mit meiner. Gute Nacht!«

Selma griff nach einer Tageszeitung und legte sie auf den Flurfußboden. Mit einem angewiderten Blick stellte sie ihre und Arturs Schuhe darauf und verschwand dann im Schlafzimmer.

Vorsichtig setzte sie die Zigeunerpuppe auf den Boden. Dann faltete sie die Tagesdecke ordentlich zusammen und legte sie über den Schaukelstuhl.

Im Badezimmer sah sie meistens in den Spiegel. Ein besonders schöner Anblick war das zwar nie, aber an diesem Abend zuckte sie fast zusammen, als sie ihr Spiegelbild betrachtete. Sie sah weitaus blasser und elender aus als sonst. Ihre Haare standen in alle Richtungen ab, und an der Wange musste sie ein Zweig aus der Hecke erwischt haben, denn sie blutete.

»Was für eine unnötige Aktion«, sagte sie halblaut zu sich selbst.

Sie setzte sich auf den Toilettendeckel und ließ den Blick durchs Badezimmer wandern. Die Wanne war gelb gehalten, wie auch die Fliesen – bis auf die oberste Reihe, die mit bräunlichen Blumenranken versehen war. Das Waschbecken war ebenfalls gelb, darüber hing ein alter Badezimmerschrank. Auf dem Spiegel befanden sich ein paar dunkle Feuchtigkeitsflecken, die Selma teilweise mithilfe einiger kleiner Aufkleber mit Entenmotiven abgedeckt hatte.

Vier Frotteehandtücher hingen im Bad: die beiden großen verwendeten sie nach dem Duschen oder Baden und die beiden kleinen für Gesicht und Hände. Das Gästehandtuch hatte sie selbst gehäkelt – aus grüner Baumwolle mit einem beigefarbenen Rand. Es hing an einem Handtuchhalter in Herzform mit der Aufschrift »Gäste«. Mit demselben Garn hatte sie einen kleinen Beutel gehäkelt, in dem sie Wattebäusche aufbewahrte. Der PVC-Boden sah ein bisschen abgenutzt aus, aber wie überall sonst war es auch im Bad sauber und ordentlich.

Plötzlich spürte Selma, wie die Müdigkeit sie übermannte. Sie wusch sich, putzte die Zähne und zog rasch die Bürste durch ihre dünnen Haare. Nach Kaffee roch es nicht, konstatierte sie, als sie wenig später im Schlafzimmer stand. Wenn Artur vor dem Fernseher eingeschlafen ist, dann muss er eben liegen bleiben, dachte sie. *Sie* würde ihn jedenfalls nicht wecken.

Selma zog sich ihren rosafarbenen Schlafanzug mit den hellblauen Blumensträußchen an. Sie mochte es nicht, wenn das Oberteil hochrutschte und den Bauch freigab. Deshalb beendete sie ihre Bekleidungszeremonie immer damit, dass sie das Oberteil in die Hose steckte und diese so weit hochzog, wie es ging, ohne dass sie im Schritt einschnitt.

Im Winter benutzte sie fast immer Bettsocken. Genau genommen waren es keine speziellen Bettsocken, sondern ganz gewöhnliche Baumwollsocken, deren Bündchen besonders weich waren. An diesem Abend bereute sie, dass sie sie schon zu den Wintersachen auf den Dachboden gebracht hatte.

Selma kroch seufzend unter die Decke. Sie schaltete die Bettlampe aus und grübelte darüber nach, was alles passiert war. Die Ereignisse im Garten der Hernemos waren schon etwas sonderbar, aber sicher gab es irgendeine Erklärung dafür. Allerdings wirkten die beiden wirklich nicht besonders freundlich …

Es war nicht immer ganz einfach mit der guten Nachbarschaft. Die Aussicht, Disa als neue Nachbarin zu bekommen, war weitaus vielversprechender. Das konnte richtig nett werden! Disa war ein paar Jahre älter als sie und Artur und ging vermutlich schon auf die siebzig zu.

Auf einmal hörte sie, wie Artur in der Küche herumschlich, die Kühlschranktür öffnete und mit dem Küchenstuhl über den Boden schrammte. Selma vermutete, dass das benutzte Milchglas auch am nächsten Morgen noch auf dem Küchentisch stehen würde.

Sie tat so, als schliefe sie, als Artur nach einer Weile ins Schlafzimmer kam.

»Schläfst du, Selma?« Er war ein bisschen enttäuscht, dass sie nicht antwortete, zog sich im Dunkeln aus und kroch ebenfalls ins Bett. Dann lehnte er sich an Selma und fragte noch einmal: »Schläfst du, Selma?«

Selbst wenn sie noch wach wäre, würde sie womöglich

gar nicht antworten, dachte er. Sie war ja ziemlich genervt gewesen, und er musste sich eingestehen, dass es vielleicht doch etwas übertrieben gewesen war, den Weg über die Felder zu nehmen, aber er hatte in dem Moment keine andere Möglichkeit gesehen.

Arturs Füße fühlten sich an wie Eisklumpen, und er steckte sie vorsichtig unter Selmas Decke.

»Nimm deine fiesen, kalten Füße da weg!«, schrie sie mit einer so schrillen Stimme, dass Artur beinahe aus dem Bett gepurzelt wäre. Wäre da nicht die Bettkante gewesen, wäre er bestimmt auf den Boden gefallen, davon war er überzeugt.

»Sieh an, du bist ja doch wach«, sagte er erfreut.

Plötzlich fühlte sich Selma auf irgendeine merkwürdige Weise erleichtert, und wie immer, wenn ihre schlechte Laune nachließ, wurde sie albern und kicherig.

»Dass ich einen komischen Kauz geheiratet habe, ist mir ja schon lange klar, aber heute hast du deinen eigenen Rekord um Längen geschlagen.«

»Meinst du? Na, das war schon ein merkwürdiger Tag heute. Hast du eigentlich schon die Federn in Disas Küchenfenster gesehen? Wie ein ganzer Hühnerhof sieht das aus«, und dann kicherte auch Artur vorsichtig und ein bisschen steif.

»Das hast du von deinen Federn«, meinte Selma und zog ihm ihr Kissen über den Kopf.

Artur beugte sich über seine Frau, streichelte ihr lieb die Hand und gab ihr einen flüchtigen Kuss auf die Wange. Ihm war auf einmal so, als wäre wieder Licht bei ihnen eingekehrt, obwohl die Lampen ausgeschaltet waren.

Er traute sich nicht, die Diskussion über die Hernemos wiederaufzunehmen, aber das würde er am nächsten Tag tun, wenn sich die Aufregung ein bisschen gelegt hatte. Er beschloss, den Tag stattdessen mit eher allgemeinem Geplauder zu beenden.

»Übrigens habe ich letzte Woche Karna Modig in der Bank getroffen. Es ist wirklich schlimm, sie ist aufgegangen wie ein Hefekloß. Mindestens zwanzig Kilo muss sie zugenommen haben, seit ich sie zuletzt gesehen habe. Ich hab mir gedacht, vermutlich geht es schneller, über sie drüberzuhüpfen, als außen um sie herumzugehen.«

Selma kicherte, und Artur war zufrieden. Vielleicht hatte sie doch recht, als sie fand, er habe überreagiert, was die Ereignisse bei den Hernemos betraf.

Draußen auf dem Feld begann der Frost sich das Wasser in den Ackerfurchen vorzunehmen. Die Oberfläche kräuselte sich, als das Wasser zu frieren begann. Der Wasserhahn im Badezimmer tropfte im selben Takt, wie die Elektroheizung klickte, und Artur wickelte seine kalten Füße in seine Decke, woraufhin er in einen tiefen Schlaf fiel.

Disa packte ihre Umzugskisten eine nach der anderen aus. In allem, was sie tat, war sie systematisch. Es gab nicht so viele Schränke, in denen sie ihre Habseligkeiten unterbringen konnte, aber da sie ohnehin nur wenig Sachen dabeihatte, war das kein Problem für sie. Im Schuppen war auch noch Platz für Dinge, die sie drinnen nicht unterbringen konnte.

Ein größeres Problem stellten die Mäuse dar. Noch immer knallten die Mausefallen in den Ecken wie Kastagnetten. Das Ritual mit den Brotkrümeln auf der Brust hatte offenbar nicht funktioniert. Schwedische Mäuse hatten anscheinend nicht dieselben Instinkte wie ihre indischen Cousins und Cousinen. Disa hatte aufgehört, die toten Mäuse ins Gebüsch zu werfen. Stattdessen sammelte sie sie vorübergehend in einem alten Alueimer, den sie auf die Küchentreppe gestellt hatte. Die Gemeinde hatte versprochen, dass die Müllabfuhr schon in der kommenden Woche funktionieren würde, und darüber freute sie sich.

Es war ihr noch nicht gelungen, die Feuchtigkeit und den Muff aus dem Haus zu verscheuchen, obwohl der kleine Holzofen die ganze Zeit brannte. Der Feuerholzstapel im Schuppen schwand schnell, und Disa hatte beschlossen, sich einen Ölofen zu kaufen, um die Beheizung des Hauses zu verbessern. Die ersten Nächte waren die Laken so feucht gewesen, dass sie in ihrem Fleeceanzug hatte schlafen müssen. Zum Glück funktionierte der alte Gaskocher, sodass sie zumindest einfache Mahlzeiten zubereiten konnte.

Disa fragte sich, ob es hier auf dem Land wohl jemanden gab, der Energieheilung anbot. Ihr bekamen alternative Methoden sehr gut, und sie versuchte, nach ayurvedischen Prinzipien zu leben. Die Darmspülungen waren zwar nicht so angenehm, aber mit dem Ergebnis war sie zufrieden. Als sie im Bett lag, beschloss sie herauszufinden, was es in dieser Gegend an alternativen Methoden gab. Irgendjemand hier musste doch wohl Energieheilung anbieten …

Das Mondlicht fiel durch das kleine Küchenfenster. Es beleuchtete die Esoterikschriften und die Bücher, die auf dem Tisch ausgebreitet lagen und so gar nicht zum übrigen Haus passen wollten. Als die Mausefalle wieder einmal lautstark zuknallte, schien es fast so, als würde das Mondlicht kurz aufflackern, um dann ein bisschen schwächer zu leuchten als zuvor.

4

»Hat das Servicepersonal gestern früher Feierabend gemacht?«, erkundigte sich Selma am nächsten Morgen spöttisch, während sie Arturs Milchglas vom Tisch nahm und mit einem Knall in die Spüle stellte.

»Und den Lehm hat auch keiner von den Schuhen gekratzt«, versuchte Artur zu scherzen.

»Mist und Dreck sind Männersache. Am besten kratzt du sie selbst sauber. Und zwar draußen«, schlug Selma vor.

Als das Telefon klingelte, hob sie gleich ab.

»Jacobsson ... Hallo Elna ... Schon wieder die Ohren? Das kommt mir gar nicht so lange her vor, dass er zuletzt Ohrenschmerzen hatte ... Aha ...«

Artur verdrehte die Augen, schüttelte den Kopf und zog Grimassen. Er flüsterte Selma zu: »Ich fahr gleich mal mit dem Rettungswagen vor, am besten mit Blaulicht.«

»Warte mal, Elna, ich geh mal an den anderen Apparat.« Selma legte den Hörer auf, warf Artur einen wütenden Blick zu und schloss die Schlafzimmertür hinter sich.

Artur zog sich rasch die Jacke über und hob die Zeitung mit den Schuhen auf die Treppe. Dann sah er zur Dorfstraße hinunter, die völlig verwaist dalag. Manchmal verging ein ganzer Tag, ohne dass ein einziges Auto zu sehen war – abgesehen vom Postauto natürlich, das jeden Morgen pünktlich zum Elfuhrkaffee kam.

Die Katze schlich vorsichtig die Treppe herauf und strich um Arturs Beine.

»Ja, Murran, gleich bekommst du Milch. Heute werde

ich dich nicht so erschrecken wie gestern … Aber man weiß natürlich nicht, was noch alles passieren wird.«

Er streichelte die Katze sanft über den Rücken, und sie drückte sich an ihn. Wie immer beendete Artur das Ritual mit einer Streicheleinheit, die vom Kopf der Katze über den ganzen Körper verlief, woraufhin er die Hand über den Schwanz strich und schließlich ein kleines bisschen daran zog, sodass die Katze einen Satz in die Luft machte. Selma mochte es nicht, wenn er das tat, aber er selbst fand, dass es witzig aussah, und er war überzeugt davon, dass es auch Murran gefiel.

Arturs Gedanken kehrten zu den Entdeckungen auf dem Nachbargrundstück zurück. Was passierte eigentlich dort unten bei den Hernemos? Hatte es nicht vor einigen Jahren im mittelschwedischen Knutby einige bizarre Mordfälle gegeben, bei dem ausgerechnet ein freikirchlicher Pastor die fatale Hauptrolle gespielt hatte? Ziemlich unangenehm fand Artur das Ganze schon, vor allem aber war ihm der nächtliche Spaziergang auf den Feldern im Nachhinein ganz schön peinlich.

Artur hatte einen Lappen mit nach draußen genommen, mit dem er die Schuhe abzuputzen gedachte. Doch der Lehm war getrocknet, und wie er auch auf dem Leder herumrieb, wurden die Schuhe nicht richtig sauber. Er machte mit der Scheuerbürste weiter, die Selma auf die unterste Stufe der Vortreppe gelegt hatte und die sie normalerweise benutzte, um die Flickenteppiche zu reinigen. Ein bisschen Wasser hätte nicht geschadet, dachte er, befand sein Werk aber für gut und machte sich auf in Richtung Stall.

Dort angekommen, zog er die Tür hinter sich zu und blieb eine Weile stehen. Hier fühlte er sich wohl, aber er vermisste die Kühe und Schweine. Immerhin gackerten die Hühner noch und verbreiteten ein bisschen Gemütlichkeit. Er öffnete die rückwärtige Stalltür, die nach Westen ging. Von dort aus bot sich eine bezaubernde Aussicht über die Felder. Noch sah es karg und düster aus, aber wenn die Saat allmählich zu sprießen begann, schien alles zu neuem Leben zu erwachen.

Wie immer, wenn Artur dort stand, zogen vor seinem Inneren viele Ereignisse und Geschichten vorbei, von denen er gehört oder die er selbst miterlebt hatte. Zusammen mit den Insekten schwirrten die Erinnerungen in der Luft herum und erwachten plötzlich zu neuem Leben. Meist waren es positive Gedanken, manchmal aber, wenn er in düsterer Stimmung war, ließ er auch traurige Ereignisse Revue passieren.

Bisweilen war Selma um die Ecke gekommen und hatte gefragt: »Was stehst du hier und grinst, du Dummkopf?« Dann hatte er ihr erzählt, woran er gerade gedacht hatte, und sie hatten gemeinsam darüber gelacht.

Eines Morgens war er so früh im Garten gewesen, dass die Sonne gerade erst am Horizont aufgetaucht war. Sonne und Mond sehen sich schon ähnlich, hatte er gedacht und leise in sich hineingekichert, weil er sich an eine angeblich wahre Geschichte erinnerte. Einem Großbauern, der gut zehn Kilometer entfernt wohnte, wurde nachgesagt, geizig und knickerig zu sein und seine Arbeitskräfte ziemlich auszunutzen. Eine Saison lang hatte er zwei Knechte angestellt, die beide ein bisschen langsam im Kopf waren. Eines Nachts, als der Vollmond hell vom Himmel schien, beschloss der Bauer, die Knechte zu wecken und zu behaupten, dass die Sonne hoch am Himmel stehe und es Zeit sei, aufzustehen und sich an die Arbeit zu machen. Die Knechte hatten sich aus ihren Betten geschält und angefangen, im Garten zu graben. Nach einer Stunde war schließlich die Sonne aufgegangen. Da hatte der eine der beiden Knechte kurz innegehalten, seine

Mütze gelüpft, sich die Stirn abgewischt und gesagt: »Heute wird's aber warm, verdammt noch mal, da kommt nämlich noch so eine verflixte Sonne!«

Artur lächelte und ging ein Stück aufs Feld hinaus. Gerade als er zum Stall zurückkehren wollte, öffnete sich die Tür von Bloms Haus. Ungläubig starrte er hinüber und rieb sich die Augen, ehe er schließlich den Kopf verlegen abwandte. Bevor er den Stall betrat, schaute er ein letztes Mal zu Bloms Haus hinüber und schüttelte den Kopf.

Als er wenig später in die Küche kam, saß Selma am Tisch und schrieb einen Einkaufszettel.

»Ich glaube, der Teufel ist los!«

Selma schrieb weiter. »Soll ich ein bisschen Hackfleisch kaufen, wenn wir eh schon in der Stadt sind?«, fragte sie.

»Selma, hast du nicht gehört? Der Teufel ist los!«

»Aha ... schon wieder die Hernemos?«

»Die Hernemos, nein, wir sind hier in Irrenhausen gelandet.«

»Gibt es hier denn noch mehr Irre außer uns?«, witzelte Selma.

»Weißt du, diese Disa ...«

»Da bist du hoffentlich nicht auch noch gewesen?«

»Nein, natürlich nicht. Ich war hinter dem Stall, und als ich zu ihrem Haus hinübergeschaut habe ... Es ist kaum zu glauben.«

»Na los, jetzt sag schon.« Selma schob die Brille hoch und sah ihren Mann fragend an.

»Also, Disa ist nackt aus ihrem Haus getreten und ...«

»Nackt?«

»Keinen Faden hatte sie am Körper.«

»Und das bei dieser Kälte.« Selma schob die Brille wieder an ihren Platz und sah über den Brillenrand hinweg zu Artur.

»Ist das alles, was du zu sagen hast: ›Und das bei dieser Kälte‹? Sie kann doch nicht mehr alle Tassen im Schrank haben. Ihre Brüste hingen herunter wie zwei Euter.«

»Und was hat sie da draußen gemacht?«

»Du wirst es mir nicht glauben. Es hat ausgesehen, als würde sie Fliegen verscheuchen.«

»Es gibt doch gar keine Fliegen in dieser Jahreszeit.«

»Ich habe gesagt, dass es so *aussah,* als würde sie Fliegen verscheuchen. Oder vielleicht besser, als wollte sie sie wegdrücken.«

»Wegdrücken? Du sprichst in Rätseln.«

Artur wirkte noch immer aufgeregt und versuchte zu demonstrieren, was er gesehen hatte.

»Schau mal. Die Arme hat sie so vorgestreckt, beinahe wie ein Dirigent.«

»Das sieht eher aus wie Gymnastik, aber draußen … und bei der Kälte?«

»Mit so einem Gesindel werden die Immobilienpreise in der Gegend aber sinken … Lauter Mörder und Nackttänzerinnen in den Gärten.«

»Denk mal nach, was du sagst, Artur. Du hast weder für das eine noch für das andere irgendwelche Beweise.« Selma machte sich wieder an ihren Einkaufszettel.

»Vielleicht haben sie sich ja zusammengerottet?«

»Wer hat sich zusammengerottet?« Jetzt klang Selma richtig genervt.

»Vielleicht soll sie ja im Zelt der Hernemos auftreten? Als Nackteinlage …«

»Zu Kirchenliedern? Pass auf, dass deine Phantasie nicht mit dir durchgeht. Für das meiste auf der Welt gibt es vollkommen logische Erklärungen. Interessierst du dich eigentlich gar nicht für dein Enkelkind? Björn hat Mittelohrentzündung.«

Das war Artur allerdings peinlich. Er hatte das Telefonat ganz vergessen.

»Der Arme«, sagte er in mitleidigem Tonfall. »Muss Elna jetzt wieder von der Arbeit zu Hause bleiben?«

»Vormittags bleibt sie zu Hause, aber nachmittags hat sie irgendeine Sitzung, und ich habe ihr versprochen, dass wir hinfahren und auf ihn aufpassen.«

»Na klar, das machen wir, Selma, aber findest du nicht auch, dass sie ganz schön viele Sitzungen haben? Kein Wunder, wenn die alten Leute alleine in ihren Betten sterben – die Mitarbeiter des Altenheims hocken ja immer in irgendwelchen Sitzungen. Hoffentlich sind die Verhältnisse nicht so, wenn ich eines Tages ins Heim muss.«

»Keine Sorge, so wie du dich über das aufregst, was hier gerade passiert, wirst du bestimmt eines Tages ohne Vorwarnung tot zusammenklappen. Zack bumm.«

Arturs Augen weiteten sich erschrocken.

Angst vor dem Tod hat er wirklich, dachte Selma und musste innerlich grinsen. Sie kannte das schon und konnte es ihm inzwischen an den Augen ablesen. Sobald sie über Krankheiten sprachen, schien ihm die Todesangst aus den Augen zu leuchten. Eines Abends beim Fernsehen hatte er sich über die Brust gestrichen. Plötzlich hatte er laut aufgeschrien und war aufgesprungen. »Hier ist ein Knoten im Brustkorb, Selma! Glaubst du, das ist Krebs?« Er hatte sich über Selma gelehnt, damit sie nachfühlte, und wäre dabei fast auf sie draufgepurzelt. Selma hatte schon ähnliche Situationen erlebt, weshalb sie ihre Hand ganz ruhig auf Arturs Brust gelegt hatte. Dann hatte sie sie in die Brusttasche seines Hemds gesteckt und eine Lutschpastille herausgezogen. »Hier hast du dein Krebsgeschwür«, hatte sie gesagt und die Pastille in seine Hand gelegt. Er war fürchterlich verlegen gewesen und war hinausgegangen, um nach den Hühnern zu sehen, obwohl die seit Langem schliefen.

Disa Blom stand gerade am Küchenfenster und sah hinaus, als ihre Nachbarn vorbeifuhren. Die Federn im Fenster schaukelten sachte im Hauch ihres Atems. Es knisterte gemütlich im alten Holzofen, und inzwischen füllte die Wärme auch die letzten Ecken des Hauses.

Es war schon viele Jahre her, dass sie Jacobssons zuletzt gesehen hatte. Wie hieß Selmas Mann noch mal? Er war auf dem Hof geblieben, wo er schon als Junge gewohnt hatte. Zu Schulzeiten war er ein ganz schöner Lausbengel gewesen. Selma hatte mit ihren Eltern unten im Ort gewohnt, erinnerte sich Disa. Dass aus den beiden ein Paar geworden war! Nett und freundlich waren sie, aber sie hatten sicher noch nie den Landkreis verlassen. Was für ein beschränktes Leben sie geführt haben mussten.

Disa seufzte. Träumerisch betrachtete sie das Plakat von Che Guevara, das zwischen einer Petroleumlampe und einem alten Tellerbord an der Wand hing. Während sie Reisen in alle Welt gemacht hatte, waren sie hier draußen im Lehm herumgestapft.

Sie setzte sich im Lotossitz auf ein Kissen, das sie auf dem Küchenfußboden platziert hatte, legte die Hände auf die Knie und schloss die Augen. Für eine Weile hatte sie das Gefühl, in eine andere Welt zu sinken. Das Feuerholz knisterte im Ofen, und aus dem Wohnzimmer war eine Jimi-Hendrix-Platte zu erahnen.

Plötzlich erstarrte sie und stürmte zum Küchenfenster. beugte sich so weit vor, dass sie ein paar von den Federn beiseitepusten musste, die an ihrer Nase hängen geblieben waren. Ihr eben noch so entspanntes Gesicht hatte einen wütenden Ausdruck. Sie schob ihre Füße in die Sandalen, öffnete die Haustür und ging mit entschlossenen Schritten auf das Haus der Hernemos zu.

Die Gärten sind wirklich hübsch, dachte Artur, während er mit dem Auto ins Neubaugebiet außerhalb von Simrishamn einbog. Selma schien seine Gedanken gelesen zu haben.

»Gartenteiche mit Springbrunnen und große Blumentöpfe. Das ist schon was anderes als unser lehmiger Hofplatz zu Hause«, meinte sie.

»Dafür kostet es auch einiges«, konterte Artur schnell, denn er befürchtete, dass Selma Flausen im Kopf bekommen könnte und dann womöglich zu Hause alles verändern wollte.

Björn öffnete ihnen. »Hallo, Oma!«, rief er.

Selma umarmte ihn, und Artur fühlte sich plötzlich ausgeschlossen. Es stimmte schon, er las den Enkelkindern nie Geschichten vor oder spielte Gesellschaftsspiele mit ihnen, aber nett war er zu ihnen, das stand fest.

»Was für ein Glück, dass ihr kommen konntet«, sagte Elna lächelnd. »Was würde ich nur ohne euch tun?«

Eine warme Welle durchströmte Selmas Körper, und sie lächelte zurück. Elna zog sich den Mantel über, nahm Björn in den Arm und ging zur Tür.

»Du weißt, wo der Kaffee steht, Selma, oder? Ich glaube nicht, dass das Meeting so lange dauert. Ich hole Kajsa auf dem Heimweg im Kindergarten ab.«

»Worum geht es eigentlich in den ganzen Sitzungen, die ihr immer habt?«, erdreistete sich Artur zu fragen.

»Tja, das frage ich mich auch«, meinte Elna lachend, ehe sie die Tür hinter sich schloss.

»Kannst mal sehen«, sagte Artur triumphierend.

»Was denn?«

»Sie weiß ja nicht mal selber, wofür sie diese ganzen Sitzungen haben. Was für eine Geldverschwendung ...«

Björn zog Selma am Rockzipfel.

»Komm mal mit, Oma, ich zeig dir was.«

Björns Zimmer war voller Spielsachen. Schöne Autos, Legosteine und Kuscheltiere lagen auf dem Boden zerstreut, und auf seinem Schreibtisch stand ein Computer. Eifrig setzte er sich hin.

»Guck mal, ich kann die ganzen Soldaten totschießen. Hier unten füllt man die Patronen nach.« Björns kleine Finger bewegten sich über die Tastatur, und Selma konnte nicht fassen, wie schnell es ging. Dann plötzlich erschien die Ansicht eines Kriegsschauplatzes auf dem Bildschirm, und Björn schoss und schoss, während die kleinen Figuren blutend zu Boden fielen.

»Aber Björn«, sagte Selma beunruhigt. »Darfst du solche Spiele spielen?«

»Ich hab's von Papa bekommen. Guck mal!« Björn machte weiter, und Selma versuchte zu begreifen, was auf dem Bildschirm vor sich ging. Sie hatte noch nicht mal ihren Blick irgendwo fixiert, als auch schon woanders etwas passierte. Es blitzte in ihren Augen, und sie blinzelte.

Artur stand schweigend in der Tür und verfolgte das Geschehen. Er biss die Zähne zusammen, sodass sich an den Schläfen kleine Knötchen bildeten, dann schnaubte er und verließ das Zimmer.

»Probier mal, Oma«, sagte Björn erwartungsvoll.

»Ich kann das nicht, das weißt du doch.«

»Das ist ja bloß, weil ihr keinen PC habt ... Omi und Opi haben einen.«

Schon wieder, dachte Selma. Das traf sie wie eine Speerspitze mitten ins Herz. Omi kann dies, und Opi hat das. Das musste sie sich ständig anhören. Elnas Eltern arbeiteten in der Gemeindeverwaltung: Kerstin in der Finanzabteilung und Erland in der Sparte Freizeit, Sport und Kultur. Sie hatten mehrere Computer bei sich zu Hause stehen.

Selma hatte das Gefühl, als seien sie und Artur den anderen Großeltern unterlegen. Letztes Jahr hatten Elnas Eltern die ganze Familie nach Thailand eingeladen, und sie machten lauter teure Geschenke. Aber Zeit, um auf die Enkelkinder aufzupassen, hatten sie nur selten. Da waren Selma und Artur gefragt.

Selma lag es nicht, vor Klas und seiner Familie herumzuprotzen, aber sie und Artur zahlten für die Enkel regelmäßig in einen Fonds ein. Zwar nur hundert Kronen pro Monat, aber daraus würde mit den Jahren schon ein netter Beitrag zum Führerschein werden.

Eigentlich versuchte sie sich keine solchen Gedanken zu machen, aber manchmal kam sie sich doch blöd vor. Wie damals, als sie Klas' Schwiegereltern zu sich nach Hause eingeladen hatten. Bei ihr und Artur gab es keine exklusiven Drinks und komische Gerichte, sondern Braten mit Kartoffeln und Soße. Aber Kerstin und Erland waren nett und freundlich gewesen und hatten das Essen durchaus zu schätzen gewusst.

Artur war immer so rastlos, wenn sie bei Klas und Elna waren. Er lief meist von Zimmer zu Zimmer, und manchmal war Selma richtig genervt von ihm.

»Kannst du dich nicht hinsetzen und ein paar Zeitschriften lesen?«, schlug sie vor, als sie aus Björns Zimmer kam.

»Ach, nö.«

»Klas hat so viele schöne Autozeitschriften. Sicher sind auch interessante Reportagen dabei.«

»Unser alter Volvo reicht noch bis zu unserem Lebensende.«

»Aber trotzdem kann man doch wohl mal schauen.«

Selma ging in die Küche und setzte Kaffee auf. Klas hat es wirklich gut getroffen, dachte sie. Elna hatte eine gute Stelle als Krankenschwester in einem Altenheim, und Klas selbst brachte als Autoverkäufer gutes Geld nach Hause: nicht nur ein Festgehalt, sondern darüber hinaus eine ordentliche Provision. Bei der Arbeit trug er stets ein weißes Hemd.

Ja, Selma war richtig stolz auf ihren Sohn. Allerdings fand sie, dass Björn zu viel Kleidung und Spielsachen bekam. Und jetzt stand da auch noch dieser Computer mit dem schlimmen Spiel …

Elna musste nicht so lange wegbleiben, weshalb Selma und Artur genug Zeit hatten, um auf dem Heimweg beim Einkaufszentrum vorbeizufahren.

Artur schaltete das Autoradio an.

»Ein Mann, wohnhaft in Simrishamn, wurde als vermisst gemeldet. Er wurde zuletzt am Dienstagmorgen gesehen. Die Polizei hat sich Zugang zu seiner Wohnung verschafft, ohne jedoch irgendwelche Anhaltspunkte für sein Verschwinden zu finden. Jede Polizeidienststelle nimmt eventuelle Hinweise und Beobachtungen entgegen. Der Mann ist fünfundfünfzig, groß und schlank und …«

Artur beugte sich vor und schaltete das Radio aus.

»Hast du das gehört, Selma?«

»Es gibt Erklärungen für alles. Er taucht bestimmt von selbst wieder auf.«

»Das sagst du immer.« Arturs Gesichtsausdruck war unruhig, und seine Gedanken flogen nur so, aber er traute sich nicht, Selma etwas davon zu erzählen.

Wie sonst auch ließ er Selma am Kücheneingang hinaus. Als er hineinkam, stand sie gerade am Kühlschrank und räumte die Einkäufe ein. Da klingelte das Telefon, und Artur hob ab.

»Hier Jacobsson ... Hallo Elsa ... Ja, alles in Ordnung.«

Selma schloss die Kühlschranktür und stellte sich neben Artur, um mitzuhören.

»Aha«, sagte Artur. »Ja, wir haben schon gesehen, dass sie nebenan eingezogen ist ... Na, Sachen gibt's ...«

Selma sah neugierig aus und streckte die Hand nach dem Hörer aus.

»Hier kommt Selma. Dann grüß mal Nils. Elektroallergie, also wirklich ...«, sagte er halblaut vor sich hin, während er Selma den Hörer reichte.

Artur fand, dass sie plötzlich so viel Gesprächsstoff hatten. Früher waren Wochen vergangen, ohne dass sie etwas Neues zu besprechen gehabt hätten, aber derzeit gab es fast täglich Neuigkeiten. Zwar fand Selma, dass die Hernemos und der vermisste Mann keine sonderlich spannenden Themen abgaben, aber über Disa sprachen sie abends nach dem Zubettgehen durchaus.

»Glaubst du, dass man Elektroallergie bekommen kann?«, fragte Artur zweifelnd.

»Zumindest gibt es Leute, die das behaupten, das habe ich mal irgendwo gehört oder gelesen. Ich selbst finde aber auch, dass es ein bisschen komisch klingt.«

»Elsa hat Disa beim Einkaufen getroffen und selbst mit ihr gesprochen, und Elsa lügt ganz sicher nicht, aber es muss ja deshalb noch lange nicht stimmen«, murmelte Artur müde.

»Dann haben wir zumindest eine Erklärung dafür, dass Disa hierher gezogen ist. Im Haus von Bloms gibt es ja keinerlei Strom.«

»Wasser haben sie letztes Jahr aber gekriegt«, meinte Artur.

»Im Wasser gibt es doch keinen Strom, du Dummkopf«, sagte Selma und lachte.

»Wobei das gar nicht schlecht wäre, schließlich gibt es bei Bloms nur kaltes Wasser ... und ein Plumpsklo auf dem Hof. Dabei ist Disa doch so weltgewandt. Sie wird es nicht lange hier aushalten, wetten? Warum lachst du eigentlich?« Artur beugte sich neugierig zu Selma hinüber.

»Ich musste nur daran denken, was Kajsa neulich gesagt hat. Das war wirklich zu verrückt.«

Plötzlich musste auch Artur kichern. Elna hatte erzählt, dass Kajsa eines Abends zu lange in der Badewanne gesessen hatte, weshalb sie ganz schrumpelig zwischen den Zehen war, als Elna sie schließlich aus der Wanne hob. Kajsa hatte gesagt: »Guck mal, Mama, ich glaube, ich werde langsam alt zwischen den Zehen.«

»Ach, Artur, ich würde einiges drum geben, wenn ich nur zwischen den Zehen faltig wäre«, sagte Selma seufzend.

»Also, ich finde deine Haut so glatt wie einen Babypopo«, antwortete Artur zärtlich.

Es knarrte im Bett, als Artur sich zur Ruhe begab.

»Weißt du was, Selma, irgendwie ist das doch seltsam mit dieser Elektroallergie. Dann kann Disa ja nie Elektroschocks bekommen, falls sie mal komisch im Kopf werden sollte.«

»Grübel nicht so viel herum.«

»Gute Nacht, Selma.«

»Selber gute Nacht. Willst du nicht den Wecker stellen?«

»Den Wecker?«

»Ja, damit du gleich morgen früh die Zeitung holen und alles über das Verschwinden dieses Mannes nachlesen kannst.«

»Darüber sollte man besser keine Witze machen. Stell dir vor, er ist tot!« Artur hatte versucht, die Gedanken an die merkwürdige Grube zu verdrängen, die die Hernemos in ihrem Garten ausgehoben hatten. Manchmal ging die Phantasie mit ihm durch, das musste er einräumen, aber es war doch nicht ganz normal, ein solches Loch in seinem Garten zu graben und sich dann in der Dunkelheit mit einem schwarzen Müllsack anzuschleichen. Was es auch war – er würde es herausfinden.

5

Am nächsten Morgen stellte Artur beim Lesen der Tageszeitung rasch fest, dass der Mann aus Simrishamn noch immer verschwunden war. Es gab keine neuen Spuren oder Anhaltspunkte.

Als er später am Tag unten im Dorf war, um ein paar Dinge zu erledigen, sah er ein Polizeiauto, das es eilig zu haben schien. Er traf ein paar Bekannte, aber ihnen gegenüber erwähnte er lieber nicht seine Gedanken über die Hernemos. Sie sprachen über den vermissten Mann und ereiferten sich über die Diebstahlswelle, von denen die kleinen Orte in der Gegend in letzter Zeit betroffen gewesen waren.

Als Artur nach Hause kam, hatte Selma gerade ihre Haare auf Lockenwickler gedreht.

»Für wen machst du dich denn so hübsch?«

»Wir haben eine Abendeinladung, Artur«, sagte sie gut gelaunt, aber trotzdem mit einer gewissen Unsicherheit in der Stimme.

»Eine Abendeinladung ... einfach so, mitten in der Woche?«

»Disa hat uns zum Abendessen eingeladen.«

»Disa! Wann hast du die denn getroffen?«

»Sie hat mich gesehen, als ich gerade die Post holte, und dann ist sie zu mir gekommen und hat mich begrüßt.«

»Potz Blitz! Wie wirkt sie denn?«

»Richtig nett. Ich kann es kaum fassen, dass es fünfzig Jahre her sein soll, dass wir zuletzt so richtig miteinander gesprochen haben. Na ja, gesehen habe ich sie schon mal, wenn sie im Sommer hier war, aber unterhalten habe ich mich nicht näher. Ein bisschen speziell wirkt sie natürlich schon, aber nett.«

»Wird vermutlich noch netter für euch, wenn ich nicht mitkomme.«

»Was für ein Unsinn! Ich habe deinen Anzug herausgehängt. Der muss noch ein bisschen auslüften. Du benutzt ihn ja inzwischen kaum noch.«

»Einen ganzen Abend Frauengeschwätz. Du weißt doch, dass ich so was nicht mag.«

»Wer hat gesagt, dass es Frauengeschwätz sein muss? Wir haben doch viele gemeinsame Erinnerungen. Sie hat sicher lauter spannende Dinge zu erzählen. Sie hat nämlich in den USA und in Indien gelebt.«

Den ganzen Tag herrschte eine gewisse Unruhe bei Selma und Artur, obwohl sie meistens schwiegen. Selma verbrachte viel Zeit vor dem Schlafzimmerspiegel und probierte mehrere Kleider an.

»Wir sollten irgendwas mitbringen, eine Topfpflanze oder Pralinen«, sagte Selma nachmittags.

»Kannst du ihr denn nicht was Selbstgeklöppeltes schenken?«

»Artur, ich habe noch nie in meinem Leben geklöppelt. Das habe ich dir schon hundertmal gesagt. Sogar wenn ich deine Hosen flicke, nennst du das Klöppeln. Aber danke für den Tipp. Ich habe noch ein Paar selbst gehäkelte Topflappen, die kann ich ihr schenken.«

Artur seufzte und stöhnte, als er den Anzug probierte. »Der ist eingegangen.«

»Eingegangen! Der ist noch nie gewaschen worden.«

»Soll ich ein weißes Hemd dazu anziehen?«

»Du hast sowieso nichts anderes, mal abgesehen von

den Flanellhemden, aber die passen nicht zum dunklen Anzug.«

»Muss ich denn überhaupt einen Anzug anhaben?«

»Es ist eine Einladung zum Abendessen! Natürlich musst du einen Anzug anziehen und einen Schlips.«

»Schlips? Bist du verrückt? Um eine Nachbarin zu besuchen, an einem ganz gewöhnlichen Wochentag?«

Selma wühlte im Kleiderschrank herum.

»Du hast ja ohnehin fast nur Beerdigungsschlipse. Schwarze, graue und weiße. Wie wäre es denn mit dem hier?«

Selma hielt ihm eine Krawatte mit rosa Elefanten auf schwarzem Grund hin. Zwischen den Elefanten standen ein paar Palmen.

»Stimmt, der ist wirklich flott.« Artur sah zufrieden aus. »Ich hatte fast vergessen, dass ich den besitze.« Er stellte sich vor den Spiegel und band sich den Schlips um.

»Trägt man denn heutzutage noch so breite Krawatten?«, fragte Selma mit einer Falte auf der Stirn.

»Wieso breit?«

»Ich finde, Klas und sein Schwiegervater haben schmalere Schlipse.«

»Der ist so breit, wie er ist.« Artur spreizte sich vor dem Spiegel wie ein Pfau.

»Was für einen stattlichen Kerl ich doch habe«, bemerkte Selma, und Artur streckte sich gleich noch ein bisschen.

»Und du, kleine Rosi, so frisch gekräuselt und aufgebrezelt in deinem geblümten Kleid – siehst hübsch aus!« Artur streichelte seiner Frau über die Wange. Den Kuhnamen Rosi hatte er ihr in ihrer Jugend verpasst und nannte sie noch immer so, wenn er besonders zärtlich sein wollte.

Sie blieben gemeinsam vor dem Spiegel stehen und genossen den Anblick. Dann sah Selma auf die Uhr.

»Vielleicht sollte ich die lange Miederhose anziehen, Disa

hat doch keine Heizung. Hast du eine lange Unterhose an, Artur?«

»Lange Unterhose? Bist du verrückt? In diese Montur passt ja kaum die normale Unterhose rein.« Er drehte sich vor dem Spiegel. Wegen der beiden seitlichen Schlitze an der zu engen Anzugjacke stand der Stoff nach hinten ab. »Den Ofen wird sie ja verdammt noch mal angeworfen haben, wenn sie da wohnt«, fuhr er fort.

Punkt fünf vor halb sieben schloss Artur die Tür hinter sich ab. Selma hatte die Topflappen hübsch eingepackt, und die beiden wanderten Seite an Seite die Straße entlang. Selmas schwarze Handtasche schaukelte am Arm.

»Kein Wort über die Hernemos und über das, was wir in deren Garten gesehen haben … Verstanden?«, hakte Selma nach, da Artur es vorzog zu schweigen.

»Vielleicht fängt sie selber davon an.«

»Nichts über die Grube …«

»Du meinst wohl das Grab«, sagte Artur mutig, weil sie bei Disas Haus angekommen waren und er wusste, dass das Gespräch nicht fortgesetzt werden konnte.

»Herzlich willkommen«, sagte Disa, als sie die Tür öffnete. Sie war barfuß und trug ein langes, orangefarbenes Kleid mit Kordeln, Volants und allerlei anderem Firlefanz.

»Anstelle eines Blumenstraußes.« Selma überreichte der Gastgeberin das Geschenk.

»Aber das wäre doch nicht nötig gewesen … Kommt herein.«

Die Ofenwärme schlug ihnen entgegen, und Selma war froh, dass sie doch keine lange Miederhose angezogen hatte.

Sie sah sich vorsichtig in der Küche um.

»Ich kenne mich noch gut aus«, sagte sie. »Wir waren oft bei deinen Eltern zu Besuch.«

»Nette Menschen«, schob Artur ein.

»Dann gehen wir mal in den Salon«, sagte Disa scherzhaft, griff nach einem Tablett mit drei Gläsern und ging voran ins Wohnzimmer.

Selma sah sich verwundert um. Die schönen Esszimmermöbel des alten Ehepaars Blom waren verschwunden, ebenso wie das Sofa und die beiden Sessel, an die sich Selma so gut erinnerte. Auf dem alten Büfett, das noch an seinem angestammten Platz stand, brannte ein Dutzend Teelichter. Es war recht zugig im Haus, weshalb die Kerzenflammen stark flackerten. Mitten auf dem Büfett befand sich ein seltsamer Gegenstand aus Messing, aus dem es rauchte. Artur bekam einen Würgereiz und hustete mehrmals. Nicht dass er gewusst hätte, wie sich Asthma anfühlte, aber er war überzeugt, dass er gerade an einer Art Asthmaanfall litt.

»Setzt euch«, sagte Disa freundlich und zeigte auf vier große Seidenkissen, die auf dem Fußboden verteilt lagen. In der Mitte stand ein Tisch, der so niedrig war, dass Artur ihn für einen Klapptisch hielt, dessen Mechanismus Disa offenbar nicht richtig beherrschte. Ja, es sah beinahe so aus, als würde die Tischplatte direkt auf dem Boden liegen, so niedrig war er. Auf dem Tisch selbst flackerten weitere Teelichter in verschiedenen bunten Gläsern.

»Nehmt doch Platz«, wiederholte Disa und setzte sich mit graziös gekreuzten Beinen auf eines der Kissen.

Selma sah unruhig zu Artur hinüber. Dann legte sie die Handtasche auf den Boden und ließ sich mit einem Plumps auf eines der Kissen fallen. So gelenkig wie Disa war sie nicht, weshalb sie ihre Beine schräg auf der Seite drapierte, während sie das Kleid über die Knie hinabzog.

Artur beugte sich vorsichtig nach vorn und stützte sich am niedrigen Tisch ab, bevor er sich auf sein Kissen fallen ließ. Das Kerzenlicht brachte die rosa Elefanten auf seinem Schlips zum Funkeln.

»Auf gute Nachbarschaft!«, sagte Disa und reichte ihnen das Tablett.

Skeptisch betrachtete Artur die Gläser und nahm sich schließlich eines, das er mühsam vor sich auf dem Tisch abstellte.

»Löwenzahnwein aus eigener Herstellung«, verkündete Disa lächelnd. »Ich hatte ihn zusammen mit einigen anderen Sachen in Stockholm eingelagert. Gut gereift und eigentlich ganz lecker ... Prost und willkommen!«

Selma und Artur nippten an dem Wein.

»Der ist wirklich schmackhaft«, sagte Selma. »Dass man so seinen Löwenzahn loswerden kann!«

Disa erzählte von ihrem Kunststudium in Stockholm und von ihrem späteren Umzug in die USA, wo sie gemalt und Ausstellungen organisiert hatte. Sie war nicht angeberisch, sondern sprach von ihren vielen Reisen mit der Selbstverständlichkeit, mit der Selma ihrem Sohn und ihrer Schwiegertochter erzählte, dass sie zum Einkaufen nach Ystad gefahren war.

»Macht ihr eigentlich auch gern Reisen?«, fragte Disa plötzlich, als Selma gerade ihr Glas zum Mund geführt hatte. Diese zuckte zusammen und kleckerte ein bisschen Wein auf ihr Kleid.

»Wir waren vor fünf Jahren mal in Småland«, antwortete sie. »In Astrid Lindgrens Welt«, fügte sie vorsichtig hinzu.

»Früher hatten wir die Tiere ... und ein paar Hühner haben wir immer noch. Da ist man ja angebunden«, erklärte Artur ein bisschen verlegen.

Selma begann von der unbequemen Haltung der Rücken zu schmerzen, und sie kam sich dumm vor, als sie sah, wie entspannt Disa auf dem niedrigen Kissen saß. Artur machte der Rauch aus dem merkwürdigen Messinggerät auf dem Büfett zu schaffen, und er hustete immer öfter. Der Gestank war wirklich unerträglich, fand er.

»Was mögt ihr für Musik?«, erkundigte sich Disa freundlich.

»Alles außer Gitarrengeschrammel«, meinte Artur grinsend. »Wobei wir ja Countrymusik wie die von Lasse Stefanz eigentlich schon ganz gern hören, oder, Selma?«

Selma sah verlegen aus. »Mir gefällt eigentlich fast alles.«

Disa erhob sich mit einem kleinen Ruck vom Kissen und verschwand im Schlafzimmer. Die Stäbe des Perlenvorhangs, den sie anstelle der Tür installiert hatte, rasselten im Luftzug.

»Bob Dylan, mögt ihr den?« Aus dem Schlafzimmer war ein Melodiefragment zu hören. »Ich brauche Musik um mich herum. Die Akustik könnte zwar besser sein, aber ich habe nur einen Kassettenrekorder, weil ich an einer Elektroallergie leide.«

»Ich glaube nicht, dass ich den schon mal gehört habe«, antwortete Selma wahrheitsgemäß.

Disa ging in die Küche und kam wenig später mit einem großen Tablett zurück, auf dem Schüsseln in verschiedenen Größen standen. Jeder bekam ein eigenes Schälchen und eine Gabel. Zum Essen schenkte sie ihnen Rotwein ein.

Selma schmeckten die Salate, Bohnen, Sprossen und Keimlinge, während Artur misstrauisch den Inhalt aller Schüsselchen begutachtete, ehe er sich etwas nahm.

Der Wein begann seine Wirkung zu zeigen. Selma war immer entspannter, und es fiel ihr immer schwerer, auf dem Kissen das Gleichgewicht zu halten.

Disa erzählte von ihrer Elektroallergie, und Selma fand es interessant, mehr darüber zu erfahren, und beschloss, ihrer

Nachbarin zu glauben, die sagte, es sei eine ernst zu nehmende Erkrankung. Artur wirkte weitaus skeptischer.

Die vollen, roten Locken umgaben Disas schmales Gesicht wie eine Angoramütze. Keiner würde glauben, dass sie bald siebzig wird, dachte Selma.

»Ich habe gesehen, dass ins Haus schräg gegenüber neue Leute eingezogen sind. Das heißt, ich habe es nicht nur gesehen, sondern auch gehört.«

Artur war zufrieden, dass auch Disa auf den Lärm reagiert hatte, und sah Selma vielsagend an.

»Bist du den neuen Mietern schon begegnet?«, erkundigte er sich und erntete einen beunruhigten Seitenblick von Selma.

»Wie man's nimmt. Ich bin eines Tages zu ihnen rübergerannt, als die Musik völlig unerträglich wurde.«

»Ich auch«, warf Artur ein.

»Nun, ich bin ja wegen meiner Elektroallergie hergezogen, aber auch, weil ich auf meine alten Tage ein bisschen Ruhe wollte«, sagte Disa. »Richtig unangenehm war der Kerl, und seine Frau stand daneben wie ein dummes Gänschen.«

»Weißt du, was die mit diesem Zelt vorhaben?«, fragte Artur.

»Keine Ahnung. Ich habe keine gescheite Antwort erhalten, aber der Mann hat behauptet, er sei Pfarrer. Vermutlich planen sie irgendwelche Erweckungsveranstaltungen mit Zungenreden und so. Wenn es zu noch mehr Lärmbelästigung und anderen komischen Dingen kommt, hoffe ich, dass wir gemeinsam Anzeige erstatten.«

»Unbedingt«, sagte Artur kurz entschlossen. Selma begann unruhig herumzurutschen, da sie befürchtete, ihr Mann könne erzählen, dass sie im Garten der Hernemos gewesen waren und was sie gesehen hatten.

Doch das Gespräch verlagerte sich schon bald auf gemeinsame Bekannte, und Artur lebte sichtlich auf. Als es Zeit für den Kaffee war, bekam jeder einen großen, bunten Becher. Dann stellte Disa eine Dose mit löslichem Kaffee auf den Tisch und holte eine Kanne warmes Wasser, sodass sich jeder seinen Kaffee selbst zubereiten konnte.

»Ich glaube, das ist das erste Mal, dass du dir den Kaffee selber machst, Artur«, scherzte Selma, während ihr Mann ein bisschen Nescafé auf seinen Löffel tat und ins Wasser rührte.

Disa packte Selmas Geschenk aus und wirkte aufrichtig erfreut über die Topflappen, erst recht, als sie erfuhr, dass sie selbst gehäkelt waren.

Irgendwann begann sich Selma Sorgen zu machen, wie sie jemals wieder vom Boden hochkommen sollte. Als sie aufbrachen, musste sie erst mal auf die Knie rollen, woraufhin sie sich langsam erheben konnte.

»Wenn du mal eine Mitfahrgelegenheit brauchst, dann gib einfach Bescheid«, sagte Artur freundlich.

»Danke, das ist wirklich lieb, aber die Busse gehen ziemlich regelmäßig.«

In der Küche musterte Artur lange ein Foto von Che Guevara. Der Kerl sieht aus, als müsse er dringend zum Friseur, dachte er.

Auf dem Heimweg gab Artur zu, dass es ein wirklich netter Abend gewesen war.

»Aber dieses Zeug auf dem Büfett hat fürchterlich gestunken.«

»Den Weihrauch meinst du?«

»Weihrauch gibt es doch wohl nur in Kirchen und so.«

»Von wegen. So was kann man auch in diesem Indienladen in Malmö kaufen. Das ganze Geschäft riecht danach.«

»Disa hat gesagt, dass sie nie verheiratet gewesen ist, aber wer weiß, vielleicht war der Kerl auf dem Foto in der Küche ja ein abgelegter Verlobter von ihr.« Er blickte durch die Dunkelheit zu Selma hinüber.

»Na, dann muss der aber viele Frauen gehabt haben, den habe ich nämlich schon öfter mal an irgendwelchen Wänden gesehen.«

»Tatsächlich? Vielleicht ist der ja so ein Bimanist.«

»Bigamist«, korrigierte Selma.

»Das hab ich doch gerade eben gesagt. Bimanist.«

Selma seufzte, und Artur fuhr fort: »Eine Weile habe ich mich ja gefragt, ob sie vielleicht eine Bifrau ist oder wie das heißt. Das ist doch heutzutage so modern.«

»Modern«, schnaubte Selma. »Das ist eine Veranlagung, die diese Leute haben, und keine Mode, du Dummkopf.« Sie steckte ihre Hand in Arturs große raue Faust. »Außerdem glaub ich nicht, dass sie so eine ist. Die Sitzkissen waren übrigens schrecklich unbequem. Ich verstehe wirklich nicht, warum sie das Sofa und die Sessel rausgeschmissen hat.«

»Wie hieß noch mal dieser Club, dem sie angehört hatte, was war das noch?«, fragte Artur erschöpft.

»Na ja, Club ist wohl nicht das richtige Wort ... Sie war in den Sechzigern Anhängerin der Flower-Power-Bewegung, die für Liebe und Frieden gekämpft hat.«

»Na, das ist doch auch was Schönes, Selma«, sagte Artur, während er die Haustür aufschloss. »Aber diese Schüsseln mit Kaninchenfutter, die mochte ich nicht so besonders.«

Am Flurspiegel blieb er kurz stehen.

»Die Krawatte mit den Elefanten ist wirklich flott«, sagte er.

Als Artur am nächsten Tag zum Briefkasten ging, um die Zeitung zu holen, sah er zu Disas Haus hinüber.

Unsere neue Nachbarin ist richtig nett, dachte er. Allerdings war es ihm ein bisschen schwergefallen, die Erinnerung an Disa zu verdrängen, wie sie im Garten gestanden und mit dem Busen gewackelt hatte. Natürlich hatte er das bei der Einladung nicht erwähnt, das wäre ihr bestimmt peinlich gewesen.

Dabei schien sie gar nicht der Typ zu sein, der sich genierte. Ganz im Gegenteil, sie hatte ziemlich cool gewirkt, wie sie von ihren Reisen und den Begegnungen mit fremden Menschen erzählt hatte. Er fragte sich auch, ob Selma wirklich recht gehabt hatte, was das Foto von diesem Mann in der Küche betraf.

Artur lachte in sich hinein. Ein barfüßiges Weib von siebzig Jahren, das auf Kissen saß und Kaninchenfutter aß. Aber nett war es gewesen, und die Tatsache, dass sie bei den Hernemos gewesen war und sich beschwert hatte, machte sie natürlich nicht weniger interessant. Am liebsten würde er ihr von dieser Grube im Garten erzählen. Zwar hatte er Selma versprochen, nichts davon zu sagen, aber vielleicht konnte er ja trotzdem ...

6

Artur ähnelte einem zum Bersten gefüllten Ballon, als Disa ihn unten im Dorf traf. Und es dauerte gar nicht lange, da hatte er schon die ganze Geschichte von der Grube im Garten der Hernemos und dem schwarzen Müllsack erzählt.

Aber Artur war ein phantasievoller Kerl, das hatte Disa schon bald gemerkt, und sie war schon öfter auf solche Männer gestoßen. Man musste diese Erzählungen mit Vorsicht genießen. Trotzdem spürte sie eine pochende Unruhe im Körper. Ihre Gedanken flitzten zwar nicht so schnell davon wie Arturs, aber irgendwas an diesen Hernemos war faul, da stimmte sie Artur zu.

Später am Nachmittag ging Disa hinaus, um ein paar Zweige zu pflücken, in die sie passend zum Valentinstag ein paar Dekoherzen hängen wollte. Plötzlich hörte sie aus dem Garten der Hernemos seltsame Lieder, und zwar in voller Lautstärke. Außerdem klang es so, als würde jemand jammern und wimmern. Wenn dieser Schweinehund nur seiner Frau nichts antat! Sollte sie die Polizei rufen?

Schnell warf Disa die abgeschnittenen Zweige auf die Treppe. Von ihrem Briefkasten aus hatte sie einen guten Einblick in den Garten der Hernemos, das wusste sie. Die Hecke verdeckte die Aussicht ein wenig, aber immerhin würde sie feststellen können, ob jemand im Garten war.

Disa schlich sich durch die Gartenpforte zum Briefkasten. Jetzt hörte sie kein Gejammer mehr, dafür hatte die Musik weiter an Lautstärke zugenommen. Als sie den Hals reckte, konnte sie die Eheleute Hernemo sehen, die mit ernsten Blicken dicht nebeneinander standen. Plötzlich erhob Arne Hernemo seine Hände zum Himmel.

»Gott in der Höhe, empfange den Toten …« Die Musik ertränkte den Rest des Satzes.

Disa spürte, wie ihr kalte Schauer über den Rücken liefen.

»Lass die Erde aufnehmen, was sie später zu neuem Leben erwecken soll«, fuhr Hernemo fort.

Disa beugte sich so weit vor, dass sie fast in die Hecke gefallen wäre. Sie entdeckte ein kleines Loch, durch das sie hindurchschauen konnte. Die Eheleute standen vor der Grube, von der Artur erzählt hatte. Arne Hernemo war gerade damit beschäftigt, die Grube wieder mit Erde zu füllen, während seine Frau danebenstand und ziemlich durcheinander wirkte. Ein leerer schwarzer Müllsack lag herum, und in zwei großen Kandelabern flackerten Kerzen.

Hernemo begann auf der Erde herumzustampfen, mit der er die Grube gefüllt hatte. Disa fühlte sich an einen indischen Regentanz erinnert, als ihr Nachbar mit wackligen, leicht gebeugten Knien seine Runden drehte, mit einem Holzkreuz herumfuchtelte und dabei etwas Unverständliches vor sich hinmurmelte. Als vom Plattenspieler die Worte »Der Herr kommt« ertönten, sang er laut mit und wandte sich dann verärgert an seine Frau: »Britt!«

Die verstand ihn auch ohne nähere Erklärungen und fiel mit schwacher Stimme bei der nächsten Strophe ein.

Disa kehrte zu ihrem Haus zurück. Sie nahm die abgeschnittenen Zweige mit in die Küche und begann sie zu arrangieren. Nie im Leben hätte sie gedacht, dass ihr hier in Tommarp so seltsame Dinge widerfahren würden. Sie hatte in den USA viele merkwürdige Sachen erlebt – die New-Age-Bewegung hatte bisweilen seltsame Ausprägungen, ebenso wie die Hippiegruppen, denen sie in den Sechzigerjahren angehört hatte – aber das hier schoss wirklich den Vogel ab.

Sie wusste kaum, wie sie mit dem umgehen sollte, was sie da gesehen hatte. Eigentlich hätte sie sich gern mit Artur ausgetauscht, aber er hatte Selma versprochen, mit niemandem darüber zu reden, und sie wollte ihn nicht in eine unangenehme Situation bringen.

Disa holte einen groß geblümten Becher aus dem Schrank und füllte ihn mit Kräutertee, der auf dem Holzofen vor sich hinzog. Mit beiden Händen umfasste sie den Becher, der sie angenehm wärmte. Der Wind war schneidend, und sie hatte keine Jacke angehabt, als sie draußen an der Hecke gestanden hatte.

Sie sah mit abwesendem Blick hinaus. War es richtig gewesen, hierherzuziehen? Sie hatte sich für ihre Entscheidung viel Zeit gelassen, letztlich hatte ihre Sehnsucht nach den eigenen Wurzeln den Ausschlag gegeben.

Allerdings lebten ihre Freunde weit weg, hier kannte sie kaum jemanden. Selma und Artur waren natürlich nette Menschen, aber sie glaubte nicht, dass sie so viel mit ihnen gemeinsam hatte. Obwohl sie ein paar Jahre jünger waren als sie, kamen sie ihr antiquiert vor. Womöglich lag das aber auch nur an der beschränkten Welt, in der sie gelebt hatten. Vielleicht konnte sie deren Welt ja ein bisschen erweitern?

Sie lächelte. Ja, Selma und Artur konnten ganz sicher ein paar Einflüsse aus der großen weiten Welt gebrauchen. Dabei wirkte Artur ziemlich cool. Dieser Schlips mit den rosa Elefanten war ganz schön gewagt, und sie hatte schon oft erlebt, dass Menschen, von denen man es am wenigsten ahnte, einiges an Ressourcen in sich trugen. Es galt nur, sie hervorzulocken.

Disa richtete einen Bücherstapel aus, der vor ihr auf dem

Küchentisch lag. Der oberste Band »Qigong in Theorie und Praxis« war fleißig durchgearbeitet. Auf dem Umschlag waren Rotweinflecken, und Disa hatte ein mit Perlen besticktes Lesezeichen hineingelegt. Sie fuhr sich mit den Händen durch das rot gelockte Haar und verschwand im Wohnzimmer.

Der Polizist Håkan Andersson saß mit seinem Kollegen Ingvar Lilja im Streifenwagen.

»Diese verdammten Rondelle!« Andersson riss das Steuer herum, als der Wagen am Ortseingang von Simrishamn gegen den Bordstein des Kreisverkehrs knallte.

Lilja enthielt sich jeglichen Kommentars und fragte stattdessen: »Weißt du, wo die Badehäuschen stehen?«

»Natürlich. Wir können am Strandpavillon parken. Die Badehäuschen sind ganz in der Nähe. Das müsstest du doch eigentlich wissen? Ach ja, stimmt, du bist ja nicht von hier. An den Badehäuschen sonnen sich im Sommer die hübschesten Mädchen. Wir fahren die Storgatan hinunter, am Markt vorbei und am Hafen entlang, und schon sind wir da.«

»Glaubst du, dass das Blut von dem vermissten Mann stammt?«

»Das glaube ich nicht. Der Typ ist doch schon länger verschwunden. Vermutlich hat er irgendeinen netten Internetflirt laufen. Nicht alles Blut stammt von Mordopfern, Lilja, aber natürlich werden wir es überprüfen. Vermutlich ist die Kripo schon da und nimmt DNA-Proben.«

Andersson parkte den Wagen am Strandpavillon.

»Hier geht es aber ab: jede Menge Polizei und Schaulustige.« Er zeigte mit dem Finger zu den Badehäuschen hinüber, wo sich eine Menschenmenge versammelt hatte. Der Zugang zu einem rosa Badehäuschen war mit Plastikband abgesperrt, und Andersson und Lilja spazierten zur Menschenmenge hinüber.

»Habt ihr was gefunden?«, erkundigte sich Andersson bei einem der Polizisten.

»Nicht mehr als das, was wir vorher schon wussten«, antwortete Polizeiinspektor Haraldsson von der Kripo. »Aber wir haben die DNA gesichert. Es gab eine kleine Blutpfütze. Sieht so aus, als hätte einer irgendjemanden oder irgendwas über die Erde geschleift. Im Moment können wir die Proben nicht mit irgendwas abgleichen. Aber immerhin haben wir sie schon mal. Wir werden sehen, wie sich das Ganze entwickelt.«

»Ich glaube ja nicht, dass was Ernsthaftes dahintersteckt«, meinte Andersson. »Sicher hat nur jemand eins aufs Maul gekriegt und davon Nasenbluten bekommen. Hier sitzen sonst immer die Jugendlichen und grillen. Ich habe gehört, dass sie gerne mal Gartenmöbel aus dem Schrebergartengelände klauen, Feuerholz draus machen und grillen. Wir sind schon mehrmals hergerufen worden, weil es Ärger gab.«

»Ich sehe aber keine Spur von einem Grillplatz«, brummte Haraldsson.

»Vielleicht nicht gerade an diesem Badehäuschen«, gab Andersson zurück und bemühte sich, überlegen zu wirken.

»Aber es geht doch jetzt um dieses Badehäuschen, oder?«

Andersson spürte, wie die Wut in ihm hochstieg. Typisch Kripo, dachte er. Die hören nicht zu, weil sie glauben, alles selber zu wissen.

Artur stand an den gestreiften Plastikabsperrungen und verfolgte neugierig das Geschehen. Natürlich fragte er sich, was passiert war, wusste aber, dass er es ohnehin bald erfahren würde, denn gerade drängelte sich der Reporter von »Ystads

Allehanda« mitsamt dem Fotografen durch die Menge. Artur hörte nicht, was die Kripobeamten sagten, aber nach einer Weile packten sie ihre mitgebrachte Ausrüstung ein, telefonierten mit ihren Handys und fuhren davon. Bald löste sich auch die Menschenmenge auf.

Artur drehte sich um und merkte im selben Moment, dass er auf etwas Hartes getreten war. Als er sich bückte, stellte er fest, dass es ein Schlüsselbund war. Er hob ihn hoch und ging schnell zum Strandpavillon hinüber, doch gerade als er dort ankam, fuhr der Streifenwagen davon. Artur stand eine Weile ratlos herum, woraufhin er den Schlüsselbund in die Tasche steckte, sein Auto startete und Richtung Zentrum lenkte.

Es war der reine Zufall gewesen, dass er das Spektakel mit angesehen hatte. Jedes Mal, wenn er nach Simrishamn fuhr, drehte er eine kleine Runde hinunter zum Meer, und gerade als er das Auto am Strandpavillon wenden wollte, hatte er die Polizisten und die vielen Menschen gesehen und war hingegangen, um herauszufinden, was los war.

Jetzt war wieder so ein Kuddelmuddel in seinem Kopf. Er hatte keine Lust, bis nach Ystad zu fahren, um die Schlüssel in der dortigen Polizeistation abzugeben. Was für ein Schwachsinn, die Polizeistation nach Ystad zu verlegen, brummte er vor sich hin. Er beschloss, die Sache mit den Schlüsseln erst mal auf sich beruhen zu lassen. Heute hatte er wichtigere Dinge im Kopf.

Selma hatte es richtig übel mit einer Magen-Darm-Grippe erwischt. Sie hatte beinahe die ganze Nacht auf der Toilette verbracht, und Artur fühlte sich schlecht, weil er nichts für sie tun konnte. Wenn es nur nichts anderes, Schlimmeres war? Er selbst hatte die ganze Nacht kein Auge zugetan. Er war von Zimmer zu Zimmer gegangen und hatte gegrübelt. Hatte es bei seinem Vater seinerzeit nicht auch mit Übelkeit und Durchfall begonnen? Er traute sich nicht, Selma gegenüber etwas von seinen Befürchtungen zu erwähnen, aber die Gedanken hackten in seinem Kopf herum wie ein ganzer Schwarm von Spechten.

Sie hatten keine Milch, nur noch ein kleines bisschen Kaffee und kein Mehl mehr im Haus gehabt. Zum ersten Mal hatte Selma ihn gebeten, allein ins Einkaufszentrum Brunnshallen zu fahren. Vorher hatte sie ihm mit großer Mühe einen Einkaufszettel geschrieben, den er natürlich zu Hause auf dem Küchentisch vergessen hatte. Aber sein Gedächtnis funktionierte einwandfrei, weshalb es keinen Grund gab zurückzufahren, um den Zettel zu holen.

Artur stellte das Auto auf dem Parkplatz ab. Er war schon häufig zusammen mit Selma hergefahren, aber meistens war er im Wagen sitzen geblieben oder – wenn die Einkäufe schwer zu tragen waren – erst dann ins Geschäft gekommen, wenn er vermutete, dass sie fertig eingekauft hatte.

Vom Parkhaus auf der gegenüberliegenden Straßenseite hielt er nicht viel. Rondelle und Parkhäuser waren etwas für junge Leute. Er hatte sich schon einmal in diesem verdammten Parkhaus verfahren und beinahe Panik bekommen, ehe er schließlich doch hinausgefunden hatte.

Artur ging zu den Einkaufswagen. Er zog und zerrte am vordersten, aber es schien so, als wollte die ganze Wagenreihe folgen. Da fiel ihm ein, dass Selma ihn immer nach einem Fünfkronenstück für den Einkaufswagen zu fragen pflegte. Artur entdeckte den Münzeinwurf und wühlte in seinem Portemonnaie herum, bis er fünf Kronen fand und den Wagen abtrennen konnte. Was für ein Quatsch, dachte er. Zahlen, bevor man überhaupt im Laden steht!

Unkonzentriert ging er durch die Gänge und betrachtete die Regale. Er hatte Lust auf Fleischwurst, und die fand er ziemlich schnell im Kühlregal. Dann blieb er stehen und dachte nach. Richtig, Äpfel. In der Obst- und Gemüseabteilung stand er erst mal eine Weile herum und schaute. Dann sah er eine Frau, die sich eine Plastiktüte von einer Rolle abriss. Er tat dasselbe und ging damit zu den Äpfeln, die so aussahen wie die, die Selma immer kaufte. Verzweifelt versuchte er, den Plastikbeutel aufzubekommen, aber sosehr er sich bemühte, es gelang ihm nicht. Er spürte, wie der Frust in ihm hochstieg. Dann riss er eine weitere Tüte ab und startete einen neuen Versuch.

»Das ist wirklich nicht leicht«, sagte eine ältere Frau zu ihm. »Ich glaube, es ist leichter, ins Hochsicherheitsgefängnis zu kommen als in diese Tüten hier.«

Sie reichte Artur eine Tüte, die sie bereits geöffnet hatte. Dankbar lächelte er ihr zu und füllte die Tüte mit Äpfeln. Dann musste er wieder nachdenken. Was brauchte er noch? Richtig, Milch, natürlich. Die war nicht schwer zu finden, und er stellte drei Liter davon in den Einkaufswagen.

Mehr hatte nicht auf Selmas Zettel gestanden, oder? Plötzlich war er sich nicht mehr ganz sicher. Die Sache mit den Polizisten und den Schlüsseln war schuld, sonst hätte sein Gedächtnis besser funktioniert.

Artur machte sich auf den Weg in Richtung Kasse. Auf einmal fiel ihm etwas ein: Sardinen! Sein Gesicht leuchtete auf. Es war lange her, dass sie zuletzt Sardinen gegessen hatten, sehr lange. Das musste damals gewesen sein, als sie frisch verheiratet waren. Ein dunkles Brot mit Sardinen, das war eine echte Delikatesse!

Artur legte zwei Sardinendosen in den Wagen. Dann entdeckte er das Regal mit der Marmelade, und da war ihm, als sähe er Selmas Einkaufszettel vor sich. Es hatte doch Marmelade darauf gestanden, oder? Er musterte die Gläser im Regal. Himbeermarmelade, Blaubeermarmelade, Erdbeermarmelade und Preiselbeermarmelade.

Arturs Stirn erinnerte plötzlich an Meereswellen, die gleichmäßig an Land rollten. Von den Augenbrauen bis zum Haaransatz hatte sich eine Reihe von Falten gebildet. Wie er auch herumgrübelte, er konnte sich nicht erinnern, was auf dem Zettel gestanden hatte. Im Regal vor ihm gab es zu allem Überfluss auch noch Gläser, von deren Inhalt er noch nie im Leben gehört hatte, und er kam zum Ergebnis, dass auf dem Zettel eine Sorte gestanden haben musste, deren Inhalt er kannte. Preiselbeermarmelade hatten sie eigentlich immer im Haus, und er meinte sogar, vor Kurzem ein Glas mit Preiselbeeren in der Vorratskammer gesehen zu haben. Erdbeermarmelade klang süß und ziemlich lecker. Er nahm eines der größeren Gläser und stellte es in den Einkaufswagen, ehe er schließlich zur Kasse ging.

»Haben Sie eine Kundenkarte?«, fragte die Kassiererin freundlich.

»Wir zahlen nicht mit Karte, sondern in bar«, erklärte Artur mit fester Stimme und war beinahe ein bisschen beleidigt.

»Ich kann aber trotzdem Ihre Kundenkarte durchziehen, auch wenn Sie bar bezahlen«, erklärte die Kassiererin geduldig.

»Ich zahle in bar, und Sie brauchen trotzdem noch eine Karte? Entweder – oder! Ich verstehe nicht, warum sich Leute überhaupt so eine Karte anschaffen, wenn man trotzdem in bar bezahlen soll.«

Die junge Kassiererin rutschte hin und her, und die Schlange hinter Artur wuchs langsam, aber sicher.

»Mit der Karte zahlt man nicht, aber man kriegt Prozente auf die Waren, die man kauft«, sagte eine nette Dame hinter ihm.

Artur kapierte gar nichts, und jetzt begann die Irritation in der Schlange zu wachsen. Er fühlte sich dumm und empfand zugleich einen Anflug von Wut auf Selma, die ihn nicht auf diese Situation vorbereitet hatte. Er reichte der Kassiererin einen Fünfhundertkronenschein und begann die Lebensmittel einzupacken. Ein bisschen stolz war er schon, dass er daran gedacht hatte, zwei Einkaufstüten aufs Fließband zu legen. Andererseits war das ja genau genommen der Zeitpunkt, an dem er sonst ins Geschäft zu kommen pflegte, um Selma behilflich zu sein.

Als er die Tüten ins Auto gelegt hatte, schloss er den Wagen noch mal ab und ging die Storgatan entlang. Er beschloss, bei »Mårtens Conditori« vorbeizuschauen und zwei Gebäckstücke zu kaufen. Ihm war so, als hätte er den Gedanken gar nicht selbst gedacht, er war ganz von allein zu ihm gekommen. Jetzt würde Selma ganz schön überrascht sein, dachte er zufrieden, während die Verkäuferin das Gebäck in eine Schachtel packte.

Beim Zahlen sagte er plötzlich: »Und ein Rubbellos, bitte.«

Zwar bereute er seine Einkäufe nicht, aber ihn beschlich dennoch eine gewisse Unsicherheit, während er sein Auto Richtung Heimat lenkte.

Selma fühlte sich vollkommen schlapp. Ihr war schwindlig, als sie sich von der Toilette erhob und mit vorsichtigen Schritten in die Küche ging, um ein Glas Wasser zu trinken. In dem Moment, als sie den Einkaufszettel auf dem Küchentisch liegen sah, seufzte sie. Fleischwurst, Äpfel, Milch, Preiselbeermarmelade, Kaffee, Mehl und Möhren. Wenn Artur diese sieben Sachen mitbrachte, würde sie sich ein Rubbellos kaufen, denn dann hatte sie zweifellos einen richtigen Glückstag.

Doch da kamen sie wieder, die Wellen von Unwohlsein, und Selma lief zurück ins Badezimmer.

»Hohoho, ich bin's«, sagte Artur, als er in die Küche kam. Er stellte die Einkaufstüten ab und ging ins Schlafzimmer. »Wie geht es dir?«, fragte er beunruhigt.

Jetzt leuchtet ihm wieder die Todesangst aus den Augen, dachte Selma.

»Nicht so besonders, aber ich habe jedenfalls nicht vor zu sterben.«

»Dann ist ja gut«, meinte Artur erleichtert und ging in die Küche. Während er die Einkäufe auspackte, kam Selma herein.

»Liegen die Möhren, der Kaffee und das Mehl noch im Auto?«, fragte sie ironisch.

»Hab ich's mir doch gedacht, dass da noch was war ...«

»Stimmt, da war noch was.«

»Was denn?«

»Sardinen. Warum in aller Welt hast du Sardinen gekauft, Artur? Es ist sicher vierzig Jahre her, dass wir zuletzt Sardinen im Haus hatten.«

»Dann ist es ja wohl an der Zeit ... und ich hatte so eine Lust darauf.«

»Na dann, ich habe mich nur gewundert. Und Erdbeermarmelade! Was sollen wir denn mit dem süßen und klebrigen Zeug?« Selma sah mit Abscheu auf das Marmeladenglas, hielt sich den Bauch, als wäre ihr wieder schlecht, und eilte Richtung Bett.

»Ich dachte, es hätte Erdbeermarmelade auf dem Zettel gestanden.«

»Zu welchen Anlässen essen wir denn Erdbeermarmelade?«, war aus dem Schlafzimmer zu hören.

»Willst du einen Kaffee?«, fragte Artur vorsichtig.

»Mir geht es ohnehin schon schlecht, da macht der Kaffee auch nichts kaputt. Setz also ruhig einen auf. Vielleicht hilft das sogar.«

»Wo steht denn der Kaffee?«

»Wo er in all den Jahren immer gestanden hat. Im Eckschrank.«

Artur spürte, dass es heute irgendwie nicht sein Tag war ... bisher zumindest nicht. Er ging in den Flur und holte die Schachtel aus der Konditorei. Dann deckte er sorgfältig den Kaffeetisch. Was die Menge an Kaffeepulver betraf, war er ein bisschen unsicher. Manchmal wenn sie irgendwo zum Kaffee eingeladen gewesen waren, hatte Selma hinterher gesagt: »Was für eine Brühe.« Deshalb beschloss er, mit dem Kaffee nicht zu geizen.

»Bitte schön. Der Kaffee ist serviert«, sagte Artur wenig später mit stolzgeschwellter Brust.

Selma kam auf wackligen Beinen in die Küche. Ihre Gesichtsfarbe ging ins Gräuliche, und ihre Augen hatten rote Einsprengsel. Sie blieb an der Türschwelle stehen.

»Gebäck an einem ganz normalen Mittwoch. Du bist schon verrückt, Artur. Das war das erste und auch das letzte Mal, dass ich dich zum Einkaufen geschickt habe.«

Artur war ein bisschen enttäuscht, dass Selma sich gar nicht so zu freuen schien. Sie ließ sich schwer auf die Küchenbank fallen, und Artur schenkte Kaffee ein.

»Als ich gesehen habe, dass du den Einkaufszettel vergessen hast, da habe ich mir gesagt, wenn du alle Sachen auf der Liste nach Hause bringst, habe ich einen Glückstag und kaufe mir ein Rubbellos«, meinte Selma seufzend.

»Das brauchst du nicht«, erwiderte Artur fröhlich. Er zog sein Portemonnaie aus der Hosentasche und legte das Rubbellos auf den Tisch. »Ich habe eins gekauft, Selma. Dachte mir, vielleicht gewinnen wir ja ein paar Millionen. Und dann gönnen wir uns eine Reise. Ich fand es schön damals in Småland.«

Selma beschloss, das Rubbellos nicht weiter zu kommentieren. Was für ein Theater, nur weil er zum ersten Mal in seinem Leben allein einkaufen gewesen war! Gebäck, Erdbeermarmelade, Sardinen und ein Rubbellos. Ihr war bewusst, dass er das alles nur gut gemeint hatte, aber sie konnte ihre Dankbarkeit nicht so recht zeigen, dazu ging es ihr einfach zu schlecht.

Selma nahm einen Löffel Gebäck, dann hob sie die Tasse und trank einen Schluck Kaffee. Plötzlich musste sie husten und stellte die Tasse schnell ab.

»Artur! Wie viel Kaffee hast du denn genommen?«, rief sie, während sie sich den Bauch hielt und wieder Richtung Badezimmer davonstürzte.

Ein Sardinenbrot würde es heute Abend nicht geben, das hatte Artur im Gefühl.

7

Am nächsten Tag ging es Selma schon besser. Sie hatte ein bisschen gefrühstückt und das Essen bei sich behalten dürfen.

Artur trieb sich draußen auf dem Hof herum. Er hatte Angst, sich anzustecken, auch wenn Selma der Meinung war, dass er sich, wenn überhaupt, schon längst angesteckt haben müsste. Aber er hatte im Fernsehen gehört, dass diese böse Magen-Darm-Grippe einige Menschen sogar das Leben gekostet hatte, und das Risiko wollte er nicht eingehen.

Um Punkt zwölf Uhr kam er wieder herein, denn die Essenszeiten wurden bei ihnen immer genau eingehalten. Es duftete herrlich, als er in den Flur kam.

»Wie geht es dir, Selma?«, erkundigte er sich freundlich, während er sich an den Küchentisch setzte.

»Nun ja, ein bisschen schlapp bin ich noch, aber es geht schon viel besser. Übrigens gibt es heute Bratensoße zum Kotelett.«

Artur betrachtete verwundert die Koteletts auf der Servierplatte. Sie schwammen in einer dünnen, durchsichtigen Soße. Er spürte, wie sich Enttäuschung in ihm breitmachte. Normalerweise aßen sie zu Koteletts eine sämige, braune Sahnesoße.

»Warum hast du denn keine normale Soße gemacht?«

»Weil ich kein Mehl im Haus hatte und nicht vorhabe, dich noch mal allein zum Einkaufen zu schicken. Vielleicht willst du ja Erdbeermarmelade dazu? Die Preiselbeeren sind ja leider aus.«

Als Artur fertig war, fühlte er sich nicht richtig satt, aber er wollte es nicht demonstrieren, indem er sich noch ein Brot schmierte.

»Magst du noch einen Kaffee nach dem Essen, oder hast du gestern den letzten Rest verwendet?« Selma hielt inne, dann atmete sie tief durch und änderte ihren Tonfall von beißender Ironie zu einem eher scherzhaften Ton.

»Da hätte ich ja nur zu gern Mäuschen gespielt, Artur Jacobsson, wie du den Einkaufswagen durch Brunnshallen geschoben hast.« Sie strich ihm leicht über die Schulter, während sie an ihm vorbeiging, um Kaffee aufzusetzen.

Am Abend vorm Einschlafen hatte sie noch ein bisschen nachgedacht. Ihr war klar geworden, dass sie etwas zu hart zu ihm gewesen war. Schließlich hatte er es ja nur gut gemeint mit dem Gebäck und dem Rubbellos.

Artur sah sie verstohlen von der Seite an, als wüsste er nicht so recht, ob sich ihre Laune tatsächlich gebessert hatte oder ob ihre Äußerung immer noch ironisch gemeint war. Doch als er ihr Lächeln sah, stieg in ihm ein warmes Gefühl hoch.

»Ein Kaffee würde mir schon schmecken, aber heute habe ich kein Gebäck im Angebot. Dafür können wir das Rubbellos freirubbeln, Selma … wenn du willst«, sagte er sehnsüchtig.

Wenig später saßen sie lächelnd am Küchentisch, vor sich zwei Tassen Kaffee und selbst gebackene Zimtschnecken. Selma hatte ein Zehnkronenstück aus ihrer Geldbörse geholt, um damit das Rubbellos freizurubbeln. Artur krempelte die Hemdsärmel hoch und sah konzentriert aus.

»Sollen wir abwechselnd rubbeln?«

»Ja, aber ich fange an«, antwortete Selma eifrig und rubbelte das erste Feld frei.

»Schön, Selma. Hunderttausend, das ist doch ein guter

Anfang.« Artur übernahm das Los und rubbelte eifrig das nächste Feld frei.

»Immer mit der Ruhe«, meinte Selma. »Du kriegst das Los noch kaputt, wenn du so weitermachst.«

»Fünfzig Kronen«, sagte Artur enttäuscht. »Das reicht auf keinen Fall für eine weitere Reise nach Småland. Nicht mal für den Bus nach Ystad.«

Selma griff nach dem Los und rubbelte eifrig.

»Noch mal hunderttausend, Selma«, flüsterte Artur aufgeregt.

»Moment, wir müssen aber noch ein drittes Los mit demselben Wert freirubbeln. Sollen wir warten und heute Abend den Rest freirubbeln?«

»Bist du verrückt?« Artur riss erneut das Los an sich.

Die erste Frühlingssonne drang sanft durch die dünnen Küchengardinen. Doch Selma und Artur nahmen das gar nicht zur Kenntnis. Auch die halb vollen Kaffeetassen und die Zimtschnecken konnten ihre Aufmerksamkeit nicht fangen. Vor ihnen auf dem Küchentisch lagen die abgerubbelten Krümel von den Losen und erinnerten an schwarzen Mäusedreck.

Als Artur das nächste Feld freigerubbelt hatte, schrie Selma laut auf. »Hunderttausend, Artur!«, keuchte sie.

»Aber sind das nicht mehr Nullen?« Artur zeigte mit seinem krummen Finger auf das Los.

»Stimmt, du hast recht. Du hast eine Million freigerubbelt. Ich dachte schon, es wären hunderttausend gewesen. Vielleicht ganz gut, dass es so ist, wie es ist. Was hätten wir mit so viel Geld anfangen sollen?«

»Na ja, wir können ja nicht nach Småland hin und her pendeln. Aber es gibt ja noch zwei Felder ...«

Ruhig rubbelte Selma das nächste Feld frei. »Noch mal fünfzig Kronen.«

»Kann nicht schaden, vorausgesetzt, wir kriegen noch mal fünfzig«, sagte Artur. Er rubbelte das letzte Feld ohne sonderliche Eile frei und legte das Los zur Seite.

»Schau mal«, sagte Selma. »Das waren noch mal fünfzig Kronen, wir haben gewonnen!«

Artur reckte sich nach dem Los, um genauer nachzusehen.

»Stimmt, du hast recht. Dann hat es ja geklappt. Die Kosten fürs Los und die beiden Gebäckstücke sind immerhin gedeckt.«

Und auf einmal hatten sie das Gefühl, wieder in der Realität gelandet zu sein. Artur nahm sich noch eine Zimtschnecke, und Selma trank einen Schluck Kaffee.

»Übrigens habe ich gestern mit Arvartsson gesprochen«, erzählte Artur.

»Ja, und?«

»Als er am Montag die Post gebracht hat, stand Disa wieder draußen und hat mit den Brüsten gewedelt.«

»Das ist doch ihr gutes Recht, schließlich ist das ein öffentlicher Weg.«

»Öffentlicher Weg«, schnaubte Artur. »Findest du das nicht trotzdem ein bisschen komisch?«

»Mag sein, dass es etwas seltsam ist, aber nichts, worüber man sich den Kopf zerbrechen müsste.«

»Arvartsson hat sich jedenfalls ganz schön Gedanken gemacht. Er war richtig aufgekratzt, als er mir davon erzählt hat.«

»Er ist Junggeselle, Artur. Vermutlich ist er mit dem Anblick weiblicher Brüste nicht gerade verwöhnt. Und jetzt legst du das Los irgendwohin, wo du es auch wiederfindest«, meinte Selma und räumte den Tisch ab.

Abends schauten sie einen alten schwedischen Film im Fernsehen an, doch Artur fiel es schwer, sich zu konzentrieren.

Die Gedanken an den Schlüsselbund in der Jackentasche ließen ihn nicht los. Er hatte Selma nichts davon erzählt, weil er nicht so recht wusste, was er mit den Schlüsseln tun sollte. Er machte sich Vorwürfe, weil er sie nicht gleich bei der Polizei abgegeben hatte. Jetzt war ihm die Sache zu peinlich. Jede Stunde, die verstrich, machte es unmöglicher, die Schlüssel abzugeben und Selma davon zu erzählen. Der einzige Ausweg war, selbst Klarheit in die Sache zu bringen.

Morgens in der Zeitung hatte nichts Neues über den vermissten Mann gestanden, aber das Blut an den Badehäuschen hatte Schlagzeilen gemacht. Es gab Spekulationen, doch aus ermittlungstechnischen Gründen wollte man keine Details verraten.

Artur und Selma hatten beim Frühstück über den Artikel gesprochen und waren sich einig gewesen, dass die Sache ganz schön unheimlich war. Als Artur das Zeitungsbild genauer betrachtete, entdeckte er sich selbst ganz hinten in der Menschenmenge, und er war froh, dass Selma ihn nicht erkannt hatte.

Er schüttelte den Kopf und sah plötzlich auf die Uhr.

»Jetzt kommt gleich das Wetter«, sagte er, beugte sich vor und schaltete mit der Fernbedienung auf einen anderen Sender um.

»Was machst du denn?«, fragte Selma wütend. »Ich schau mir gerade den Film an. Du bist doch wohl nicht mehr vom Wetter abhängig wie früher?«

»Ich will nur mal sehen, was sie anhat und wie sie über den Bildschirm flattert.«

»Wer?«

»Diese norwegische Wetterfee.«

»Tone Bekkestad, meinst du?«

»Ja, genau die.«

»Die hat schon was«, sagte Selma. »Erinnerst du dich, sie hat mal ziemlich leicht bekleidet in einer Zeitschrift posiert und wurde deshalb für eine Weile für die Wettervorhersage gesperrt.«

»Heute ist sie aber wieder dabei«, meinte Artur erwartungsvoll und lehnte sich vor. »Schau mal, wie sie herumflattert und mit den Armen wedelt. Eines Abends wird sie noch durch die Mattscheibe in unser Fernsehzimmer springen … Ihre Hose sitzt sogar noch enger als meine Anzughose neulich! Siehst du das, Selma?«

»Unglaublich, wie du dich engagierst. Stell dir vor, du würdest dich genauso für die Weltpolitik interessieren.«

»Schau! Jetzt läuft sie wieder vor und zurück«, sagte Artur beeindruckt.

Selma streckte sich nach der Fernbedienung und schaltete wieder auf den anderen Sender zurück.

»Ich gehe schlafen«, kündigte Artur resigniert an.

»Tu das. Schaltest du bitte die kleinen Lampen im Esszimmer aus?«

Artur antwortete nicht, drehte aber natürlich die Runde durchs Haus, die er schon so oft gedreht hatte. Im Flur steckte er die Hand in die Jackentasche, um den Schlüsselbund genauer in Augenschein zu nehmen.

»Verdammt«, sagte er leise zu sich selbst. »Wie konnte ich so dumm sein und die Schlüssel mit nach Hause schleppen?« Vier Schlüssel hingen an einem Ring. Drei davon gehörten zu ganz gewöhnlichen Schnappschlössern, doch der vierte sah etwas seltsam aus. Vielleicht passt er zu einer Garage oder einem Kellerraum, dachte er.

Als er den kleinen Schlüssel umdrehte, sah er, dass auf der Rückseite ein Etikett mit der Aufschrift »Fach 29« klebte. Genau, das war's! Er erinnerte ihn an den Schlüssel für ihr Bankschließfach bei der Sparkasse Süd in Simrishamn. Spätestens jetzt sollte er zur Polizei fahren und die Schlüssel abgeben.

Artur seufzte und legte den Schlüsselbund zurück in die Jackentasche. Wenn er die Augen schloss, sah er das Etikett vor sich: »Fach 29«. Ob es wohl verboten war, zur Bank zu fahren und nachzusehen, ob der Schlüssel tatsächlich ins Fach 29 passte? Er würde nichts anrühren, sondern nur feststellen, ob er passte. Die Bank musste ja wissen, wem das Schließfach gehörte.

In seiner Jugend hatte Artur davon geträumt, Polizist zu werden. Er hatte einen Schulkameraden namens Bertil gehabt, dessen Vater bei der Polizei gewesen war. Artur war so interessiert gewesen, als Bertils Vater von seiner Arbeit erzählte, und er hatte sich an der Uniform mit den glänzenden Knöpfen gar nicht sattsehen können. Früher hatten die Eltern ihren Kindern mit der Ankündigung gedroht: »Wenn du nicht artig bist, holt dich die Polizei«, aber das nützte bei Bertil natürlich herzlich wenig. Sein Vater hatte stattdessen gesagt: »Wenn du nicht artig bist, holt dich das Jugendamt.«

Als Selma später ins Schlafzimmer kam, schlief Artur schon. Erst glaubte sie, er habe nur die Augen geschlossen, da seine Lider so unruhig flatterten. Die gehäkelte Tagesdecke hatte er ordentlich zusammengefaltet, aber die Zigeunerpuppe lag wieder mal auf dem Boden. Selma hob sie vorsichtig auf, richtete das Kleid und deckte sie zu, während sie ihr übers Haar strich. Dann stand sie eine ganze Weile da und betrachtete ihren Mann, und eine Welle von Zärtlichkeit überkam sie.

»Artur Jacobsson«, sagte sie leise. »Jetzt gibt es wirklich viele Dinge, die dir Kopfzerbrechen bereiten. Gräber, religiöse Lieder und eine Nachbarin, die mit ihren Brüsten wedelt. Bald siehst du vermutlich auch noch rosa Elefanten!« Sie lachte. »Und diese Tone, die deiner Meinung nach eines Tages durch die Mattscheibe in unser Fernsehzimmer hüpfen wird. Kein Wunder, dass du rechtschaffen müde bist.«

Als Selma ins Bett kroch, stöhnte Artur kurz auf und drehte sich um. Sie legte sich auf den Rücken und faltete die Hände über der Brust. Normalerweise war ihr Abendgebet ziemlich lang. Sie hatte es sich zur Gewohnheit gemacht, sich für alles zu bedanken, was tagsüber gut gewesen war, und all das in ihr Gebet einzuschließen, worüber sie sich Sorgen machte. Heute Abend allerdings war sie so müde, dass sie auf die Kurzversion zurückgriff: »Danke für alles und behüte mich vor allem.« Dann glitten ihre Hände auseinander und sanken auf das hellblaue Bettzeug hinab.

Am folgenden Tag brach die Hölle los. Laute Musik schallte vom Garten der Hernemos herüber, und Autos näherten sich in einem steten Strom. Da die Wagen nicht alle Platz auf der Einfahrt hatten, parkten die Besucher sie am Straßenrand.

Als Selma zu den Hühnern hinausging, schlich sich Artur auf den Dachboden, um einen Blick aus dem Fenster zu werfen. Durch den Garten der Hernemos liefen die Menschen wie die Kühe auf der Weide, und das Ganze wirkte ziemlich unorganisiert. Da Artur wusste, dass Disa seine Einstellung zum Lärm der Nachbarn teilte, wäre er am liebsten gleich zu ihr hinübergegangen. Aber da er wusste, wie Selma dazu stand, ließ er das lieber bleiben.

Irgendwas war faul bei den Hernemos. Disa hatte ihm von ihren Beobachtungen erzählt, und Artur war sich vollkommen sicher, dass sie Zeugin eines Begräbnisses geworden war. Ob es etwas mit dem vermissten Mann zu tun hatte, stand natürlich nicht fest. Ihm fiel der Schlüsselbund ein und diese Nummer fürs Bankschließfach. Er hatte schon einiges an Fernsehkrimis gesehen und wusste daher, wie wichtig das Bauchgefühl war. Und sein Bauch sagte ihm, dass das Grab, der vermisste Mann und der Schlüsselbund in einem Zusammenhang standen.

Seine Handflächen wurden ganz nass vor lauter Aufregung. Womöglich gab es im Bankschließfach irgendwelche Anhaltspunkte, überlegte er. Er musste die Sache untersuchen! Das einzige Problem war: Was sollte er zu Selma sagen? Er fuhr beinahe nie allein nach Simrishamn, und nach seinem letzten Ausflug zum Einkaufszentrum war sie vermutlich noch viel weniger bereit, ihn allein irgendwo hinfahren zu lassen. Er wusste auch nicht, wo Selma den Schlüssel zu ihrem Bankschließfach verwahrte. Da musste er sich wirklich etwas Pfiffiges einfallen lassen.

Den ganzen Vormittag grübelte er herum und suchte nach einem guten Vorwand, um allein nach Simrishamn zu fahren. Und zwar so, dass Selma es akzeptierte. Wegen des Lärms aus dem Garten der Hernemos konnte er nicht klar denken. Und wo lag nur ihr Schlüssel zum Bankschließfach? Soweit er wusste, gab es in einer der Schubladen im Esszimmerschrank ein kleines Kästchen, wo Selma ein paar Kleinigkeiten aufbewahrte, die ihr wichtig waren.

Als Selma aus dem Hühnerstall kam, saß Artur am Küchentisch und fühlte sich bei seinen Gedanken ertappt.

»Ich frage mich gerade, ob ich nicht nach Simrishamn fahren und den Lottogewinn abholen sollte«, meinte Artur vorsichtig.

»Wir müssen doch morgen sowieso einkaufen fahren.«

Artur strengte seine grauen Zellen an. Das wird nicht einfach, dachte er.

»War nur ein Witz, Selma«, schwenkte er um. »Ich fahre nach Simrishamn, um eine neue Batterie fürs Auto zu organisieren. Die alte hat allmählich Startschwierigkeiten.«

»Eine Batterie kannst du doch genauso gut in Gärsnäs kaufen, das ist näher.«

»Stimmt, aber ich wollte sowieso bis nach dem Essen warten.«

Du kriegst einen schwarzen Mund, wenn du lügst, hatte sein Vater immer gesagt, und Artur wischte sich unbewusst den Mund mit dem Hemdsärmel ab.

»Hast du Hummeln im Hintern?«, fragte Selma. »Du wirkst so, als wärst du auf der Flucht vor irgendwas.«

Artur setzte sich ganz außen auf die Stuhlkante und schaukelte betont lässig mit dem rechten Bein, das er übers linke gelegt hatte.

»Stört dich der Lärm von den Hernemos so sehr?«

»Na, eine Ohrenweide ist das ja nicht gerade. Die arme Disa, die wohnt ja fast gegenüber.«

»Ich frage mich, was die ganzen Autos da unten wollen.« Selma ging zur Spüle und begann Kartoffeln zu schälen. Artur erhob sich und schlich in den Flur hinaus und weiter ins Esszimmer. Gerade als er den Deckel des Kästchens anheben wollte, rief Selma: »Wo steckst du?«

»Wollte nur mal die Heizung prüfen. Ich finde es hier so kühl.«

Selma stellte sich in die Türöffnung. Sie sagte nichts, musterte ihn aber skeptisch. Artur, der gerade noch rechtzeitig die Schublade zugeschoben hatte, legte prüfend die Hand auf den Heizkörper. Kopfschüttelnd ging Selma wieder hinaus, doch jetzt traute er sich nicht mehr, die Schublade ein zweites Mal zu öffnen. Stattdessen sah er sich im Esszimmer genauer um.

Der Raum wurde eigentlich nur genutzt, wenn Klas, Elna und die Enkel da waren oder wenn Elnas Eltern zu Besuch kamen. Der Verschleiß hielt sich also in Grenzen. Bei den Jacobssons gab es keine großen Familienfeiern: Selma hatte keine Geschwister, und Arturs Brüder waren beide schon in jungen Jahren gestorben. Natürlich hatten sie Bekannte und Freunde. Helga und Sven zum Beispiel, die am anderen Ende der Straße wohnten, und ein paar Familien unten im Dorf. Aber wenn die zu Besuch kamen, saßen sie meistens in der Küche oder im Fernsehzimmer.

Selma war zwar jeden Tag im Esszimmer, wenn sie die kleinen Lampen anschaltete, und Artur, wenn er sie wieder löschte, aber er sah sich nur selten genauer um. Komisch, er hatte das Gefühl, Gast im eigenen Haus zu sein, wenn er diesen Raum betrat. Alles war ihm fremd, obwohl das Sofa an derselben Stelle stand, wo es immer schon gestanden hatte. Es stammte noch von seinen Eltern, und da auch sie es nur selten benutzt hatten, war es in einem so guten Zustand, dass sie beschlossen hatten, es zu behalten. Es war im Rokokostil gehalten, und da seine Beine so schön geschwungen waren, nannten sie es immer das »o-beinige Sofa«.

Als Artur sich der Landstraße näherte, betrachtete er die beiden Schilder, die nach rechts Richtung Gärsnäs und nach links Richtung Simrishamn zeigten. Während er den linken Blinker setzte, überkamen ihn starke Schuldgefühle. Schließlich hatte er Selma vorsätzlich angelogen.

Am Stoppschild nahm er den Gang raus und zog an seinen Fingergelenken, bis sie knackten. Ein Auto hinter ihm hupte ungeduldig, woraufhin er schnell auf die große Landstraße fuhr.

Meine Güte, es war doch wohl keine Todsünde, nach Simrishamn zu fahren statt nach Gärsnäs? Es waren nur ein paar Kilometer Unterschied, und dafür würde sein Besuch in der Bank einige Dinge klarstellen und ihm endlich wieder Seelenfrieden bescheren. Sagte Selma nicht immer, dass in jeder Situation Gerechtigkeit geübt werden solle? Genau das hatte er jetzt vor.

Zugleich empfand er eine gewisse Unsicherheit. Es war ja überhaupt nicht klar, ob die Schlüssel dem vermissten Mann gehörten und ob Arne Hernemo wirklich in die ganze Sache verwickelt war. Aber da war diese Sache mit seinem linken Knie. Es irrte sich nie: Immer wenn irgendwas nicht ganz koscher war, begann es zu schmerzen. Und genau das tat es jetzt.

Selma würde stolz auf ihn sein, wenn er Klarheit in diese Dinge brachte. Aber er musste vorsichtig sein, verdammt vorsichtig.

Selma hatte Disa versprochen, ihr ein paar Eier vorbeizubringen, und sie beschloss, die Gelegenheit zu nutzen, als Artur unterwegs war. Sie packte zehn große braune Eier in eine Tüte und machte sich auf den Weg.

Der Lärm im Garten der Hernemos ging mit unverminderter Lautstärke weiter, und außerdem hörte Selma seltsame Stimmen, die eintönig irgendwelche Texte herunterleierten.

Als sie anklopfte, öffnete Disa sofort.

»Was für schöne Eier«, sagte sie bewundernd.

»Sie stammen von frei laufenden Hühnern.«

»Das sieht man wirklich. Komm in meine kleine Hütte, und setz dich.«

Selma sah sich um. Disa hatte etwas Besonderes an sich, so anders irgendwie. Sie unterhielten sich natürlich über den Lärm von den Hernemos, aber tauschten auch alte Erinnerungen aus. Der Stuhl war unbequem, und Selma hielt sich mehrmals den Rücken.

»Hast du Rückenschmerzen, Selma?«

»Na, Schmerzen habe ich allmählich überall, aber im Rücken ist es am schlimmsten. Vielleicht habe ich mich einfach nicht so geschont die ganzen Jahre. Du weißt, die Schufterei früher auf dem Hof, morgens früh raus zum Kühemelken, und kalt war's im Stall. So was hinterlässt seine Spuren.«

»Bist du in ärztlicher Behandlung?«

»Ach was«, meinte Selma. »Für alte Frauen ist das Budget ohnehin nicht groß.«

»Hast du es mal mit der Rosenmethode probiert?«

»Rosenmethode?«

»Mir ging es eine ganze Zeit lang nicht so gut. Stress und Verspannungen, das Übliche. Die Rosenmethode hat mir wirklich geholfen.«

Selma sah zögerlich aus. Einige ihrer Freundinnen fuhren regelmäßig ins Spa und ließen Moorbehandlungen und sogar Therapien mit heißen Steinen über sich ergehen. Sie selbst hatte auch mal mit ein paar Freundinnen probehalber so ein Spa besucht, aber die Behandlungen hatten ihr kein Aha-Erlebnis verschafft. Die anderen hatten teure Öle und Cremes gekauft, doch Selma schämte sich nicht, dass sie nichts erstanden hatte. Sie nahm lieber die Hautcreme aus der Apotheke und preiswerte Pflegeprodukte vom Supermarkt.

Disa verschwand im Wohnzimmer und kam mit einem Stapel von Papieren und Broschüren zurück.

»Die kannst du dir ausleihen. Das sind Informationen über die Rosenmethode. Ich habe selbst so eine Ausbildung gemacht, als ich in den USA wohnte. Wenn du willst, kann ich dich mal behandeln. Umsonst natürlich«, fügte Disa scherzhaft hinzu.

Selma war verlegen. Sie wollte Disa nicht enttäuschen, aber ehrlich gesagt hatte sie keine Lust auf die Behandlung, weil sie nicht an solchen Hokuspokus glaubte.

»Eigentlich braucht man eine Behandlungsliege«, meinte Disa mit plötzlichem Eifer. »Ich habe tatsächlich schon darüber nachgedacht, ob ich mir eine zulegen und Aushänge in den umliegenden Geschäften machen soll, um Kunden zu gewinnen. Du kannst dich aber drinnen im Wohnzimmer auf die Kissen legen.«

»Ich weiß nicht«, sagte Selma zögerlich. »Artur kommt bald nach Hause.«

»Das dauert gar nicht lange«, sagte Disa und war schon auf dem Weg ins Wohnzimmer.

Selma blieb auf dem Küchenstuhl sitzen und wusste nicht so recht, wie sie sich aus der ganzen Sache herausreden sollte.

»Komm schon! Es ist wirklich nicht gefährlich, nur angenehm. Mach dich doch schon mal obenherum frei«, sagte Disa in einem so entschlossenen Ton, dass Selma fast zusammenzuckte.

Wenig später lag sie bäuchlings auf den Kissen. Die Handtasche hatte sie neben sich auf den Fußboden gestellt. Disa hatte sie überredet, den Pullover auszuziehen, und nicht aufgegeben, bis sie auch den BH abgelegt hatte.

Selma war die Situation ziemlich unangenehm und peinlich. Was für ein Glück, dass Artur das nicht sieht, dachte sie, nackte Brüste regen ihn doch so auf. Und plötzlich war ein kleines Lächeln in ihrem Mundwinkel zu sehen. Sie hörte, wie Disa im Zimmer herumschlich und den Kassettenrekorder anstellte. Schon bald ertönte eine ruhige Melodie. Dann nahm Selma den Geruch von Weihrauch wahr. Disa sagte nichts, aber Selma war sich ihrer Anwesenheit durchaus bewusst. Auf einmal merkte sie, wie Disa ihr den Rücken mit Öl einrieb.

»Man darf die verspannten Muskeln nicht massieren, sondern sollte nur mit leichtem Druck arbeiten. So gibt man den Muskeln die Möglichkeit, sich an ihren entspannten Zustand zu erinnern.« Disa fuhr fort, an verschiedenen Stellen des Rückens herumzudrücken, während sie ruhig, ja beinahe im Flüsterton weitersprach. Sie erzählte von der Rosenmethode und deren Resultaten.

Nach einer Weile verspürte Selma eine innere Ruhe. Sie hatte das Gefühl davonzugleiten, und sie war ganz und gar entspannt, trotz der seltsamen und ungewohnten Situation.

»Du warst toll, Selma«, lobte Disa sie hinterher. »Du hast die Behandlung wirklich angenommen.«

»Angenommen?«

»Ich habe deine Kraftfelder gespürt und wie du dich hingegeben hast.«

»Angenehm war es schon«, musste Selma einräumen.

Disa reichte ihr die Hand, um ihr beim Aufstehen zu helfen, und danach servierte sie Selma einen indischen Tee, der würzig und lecker war. Disa hatte ihr den Rücken mit etwas eingeschmiert, dessen Geruch sie an ihre Gästeseife zu Hause erinnerte, und sie fühlte sich richtig wohl.

»Auf das normale Krankenpflegesystem gebe ich nicht viel«, erklärte Disa. »Meine Mutter hat mir mal von einem Mann erzählt, der so ernsthaft erkrankt war, dass der Arzt eine Überwachung rund um die Uhr angeordnet hatte. Die Krankenschwester, die Wache halten sollte, schlief mehrmals ein, und der Mann musste sie immer wieder anstupsen, damit sie wach blieb.«

»Oje, wie furchtbar, stell dir vor, der Mann wäre gestorben!«, sagte Selma erschrocken.

»Das war nur so eine Geschichte«, sagte Disa rasch, als sie Selmas entsetzten Blick sah.

Dann mussten sie beide lachen.

Selma nippte an ihrem Gewürztee. Sie mochte Disa richtig gern.

In Simrishamn parkte Artur ganz in der Nähe der Bank. Ehe er hineinging, vergewisserte er sich, dass ihn keine Bekannten sahen. Plötzlich musste er über sich selbst lachen. Er benahm sich wirklich, als wäre er ein Bankräuber, der einen riesigen Coup plante.

Den Schlüsselbund hielt er fest umklammert. Der Schlüssel zu ihrem Bankschließfach hatte genau dort gelegen, wo er ihn vermutet hatte: im Esszimmerschrank. Er hatte die Gelegenheit genutzt, ihn sich zu schnappen, als Selma gerade duschte.

In der Bankfiliale waren nur wenig Kunden, stellte er voller Erleichterung fest, als er durch die Eingangstür getreten war. Gerade als er den Code eingeben wollte, um in den Tresorraum zu gelangen, hörte er hinter sich eine gellende Kinderstimme.

»Hallo, Opa!«

Artur erstarrte und drehte sich um.

»Hallo, Björn. Wie geht es den Ohren?«

»Welchen Ohren?«, fragte Björn erstaunt.

»Deinen natürlich, du hattest doch Mittelohrentzündung.« Artur musste sich zusammenreißen, um nicht genervt zu wirken.

»Es geht ihm schon viel besser«, meinte Elna. »Und du tätigst also gerade Bankgeschäfte. Willst du runter zum Schließfach und eure Millionen zählen? Oder wolltest du den gigantischen Lottogewinn einschließen? Selma hat angerufen und erzählt, dass ihr fünfzig Kronen gewonnen habt.«

»Nein, ich will gar nicht in *unser* Schließfach ...« Artur spürte, wie sein Herz einen doppelten Rittberger machte, und hätte sich beinahe in die Zunge gebissen.

»Aha«, sagte Elna erstaunt.

»Ich meine ... ich will nicht in unser Fach *hinein*schauen. Ich will es nur ausmessen.«

»Ausmessen?«

»Wir haben ein ziemlich kleines Fach und überlegen, uns

ein größeres zuzulegen, und mich interessiert, wie die Unterschiede so sind.«

Es sah nicht so aus, als würde Elna ihm glauben, und wäre Selma hier gewesen, hätte sie bestimmt gesagt: Die Todesangst leuchtet dir aus den Augen. Genau so fühlte er sich, und dann war da noch das verdammte Knie, dessen Schmerzen sich bis weit in den Oberschenkel zogen.

»Darf ich euch mal besuchen kommen und Oma beim Eiersammeln helfen?«, erkundigte sich Björn eifrig.

»Ich werde Oma mal fragen ... Zurzeit gibt es allerdings gewisse Probleme ...«

»Probleme?« Elnas Augen weiteten sich.

»Ich will aber, ich will aber!«, rief Björn.

Artur bereute schon, jemals nach Simrishamn gefahren zu sein und dass er nie seinen Mund halten konnte.

»Nein, Selma und ich haben keine Probleme, aber es sind ein paar komische Leute in die Nähe gezogen, die ...«

»Stimmt, Selma hat davon erzählt«, unterbrach ihn Elna. »Ich kann sie später mal anrufen und selber fragen. Morgen Nachmittag würde es ganz gut passen, weil ich nachmittags ein Meeting habe.«

»Sag bitte nicht, dass du mich hier in Simrishamn getroffen hast«, flüsterte Artur. Er spürte, wie ein Schweißtropfen unter der Schirmmütze hervordrang und die Wange entlanglief. Als er Elnas verblüfften Blick sah, fügte er rasch hinzu: »Es soll eine Überraschung werden, verstehst du? Selma darf nichts davon wissen ... noch nicht.«

Elna glaubte ihm kein Wort davon, das war nicht zu übersehen, aber sie würde Selma ganz bestimmt nichts verraten.

»Ich will aber Eier sammeln«, sagte Björn entschlossen und starrte Artur an, der seinem Blick auswich.

Während sich Elna mit Björn im Schlepptau in Richtung

Ausgang davonmachte, drehte sie sich mehrmals um und musterte ihren Schwiegervater. Der blieb reglos stehen und wartete darauf, dass sein Herz wieder in den richtigen Rhythmus zurückfand. Erleichtert nahm er die Mütze ab und wischte sich über die Stirn.

Als er in den Tresorraum kam, musste er sich erst mal hinsetzen, um Kraft zu sammeln. Der guten Ordnung halber öffnete er zunächst ihr eigenes Fach und betrachtete lustlos den wohlbekannten Inhalt. Dann schloss er wieder ab und setzte sich erneut auf den Stuhl. Er war froh, dass er allein im Raum war.

Schließlich nahm er den Schlüsselbund aus der Tasche und musterte den Schlüssel mit der Aufschrift »Fach 29«. Er musste eine Weile suchen, bis er das richtige Fach gefunden hatte. Ein paar Sekunden zögerte er, dann steckte er den Schlüssel ins Schloss und drehte um. Als sich das Türchen öffnete, nickte er zufrieden. Hatte er's doch gewusst, dass es der Schlüssel zu einem Bankschließfach war.

Doch dann verschlug es ihm den Atem: Das Fach war bis zum Bersten voller Geldscheine. Vorsichtig hob er ein Bündel heraus. Es war ein dicker Packen Hunderter, stellte er fest, und es gab mindestens vierzig weitere. Zögernd nahm er die vordersten Bündel aus dem Fach und legte sie auf den Tisch.

Wie paralysiert stand er da und starrte die Banknoten an. Er fühlte sich wie Dagobert Duck und war der festen Überzeugung, Dollarzeichen in den Augen zu haben. Auf einigen der Banderolen, mit denen die Geldscheine zusammengefasst waren, stand das Kürzel SB und auf anderen die Buchstaben AH.

»Arne Hernemo«, murmelte er leise.

»Wie bitte?«, sagte eine kleine Dame mit Baskenmütze und Spazierstock. Artur hatte sie gar nicht kommen hören.

Er räusperte sich und lächelte die Dame an, die ihm mit aufgerissenen Augen zusah, wie er die Geldbündel zurück ins Bankschließfach legte. Nachdem er es wieder zugeschlossen hatte, stand er eine Weile da und atmete schwer.

Die Dame mit der Baskenmütze schien sich unsicher zu sein, ob sie ihr Bankschließfach öffnen sollte oder lieber nicht. Schließlich zog sie es nur einen kleinen Spalt auf, schob einen Umschlag hinein und knallte das Türchen schnell wieder zu. Dabei ließ sie Artur nicht einen Moment aus den Augen. Sie schien eingetrichtert bekommen zu haben, im Zweifelsfall lieber vorsichtig zu sein, und sie sah ihn an, als verdächtigte sie ihn, das viele Geld im Schließfach auf unredliche Weise an sich gebracht zu haben.

Schließlich schob die Dame ihre Baskenmütze zurecht und machte beim Hinausgehen einen großen Umweg, um nicht an Artur vorbeizukommen. Den Riemen ihrer Handtasche legte sie sicherheitshalber ein zweites Mal um ihr Handgelenk und hielt den Spazierstock fest umklammert, falls Artur eine plötzliche Bewegung machen sollte.

Jetzt fühlte sich Artur genauso schlapp wie damals, als er 1969 diese schreckliche Grippe gehabt hatte. Im Bankschließfach hatte er kaum weitere Hinweise gefunden. Zwar war er auf zwei Initialen gestoßen – wenn es überhaupt welche waren –, aber das brachte ihn auch nicht viel weiter. Die Bank würde ihm sicher nicht verraten, wem das Fach gehörte, falls er nachfragte.

Artur nahm allen Mut zusammen, bevor er zurück in die Schalterhalle ging. Angenommen, die Dame hatte erzählt, was sie gesehen hatte? Vielleicht stand der Bankdirektor schon da und wartete auf ihn. »Du bist so dumm, dass es aus deinen Ohren raucht«, hatte ein Mitschüler mal zu ihm gesagt, als sie noch klein waren. Inzwischen war ihm, als spürte er selbst den Rauch aufsteigen.

Doch in der Schalterhalle war es ruhig, und Artur atmete auf. Diese Nervenanspannung war nicht gut für ihn. Er erwischte sich beim Gedanken, zu den Badehäuschen zu fahren, den Schlüssel in den Sand zu schieben, wo er ihn gefunden hatte, und dann alles zu vergessen. Aber nein, auch das war keine gute Idee.

Ihm war jämmerlich zumute, während er nach Hause fuhr, und als er die lange Reihe von Autos sah, die vorm Haus der Hernemos parkten, fluchte er. Dann entdeckte er Arne Hernemo, der an seiner Gartenpforte stand und irgendwas reparierte. Artur bremste und kurbelte das Seitenfenster herunter. Wie sollte er das Ganze nur ansprechen, ohne sich in weitere Widersprüche zu verwickeln? Er nahm Anlauf, sah Hernemo direkt in die Augen und fragte: »Haben Sie Ihre Schlüssel verloren?«

Hernemo hielt inne und fühlte in der Hosentasche nach. »Was denn für Schlüssel?«

»Das wissen Sie doch wohl selbst am besten. Man sollte seine Siebensachen im Blick behalten.« Jetzt hatte Artur das Gefühl, Oberwasser zu haben.

Hernemo suchte in seiner anderen Hosentasche, und sein Blick bekam etwas Getriebenes. Artur war felsenfest davon überzeugt, dass der Kerl etwas zu verbergen hatte. Irgendwann hob Hernemo erleichtert einen kleinen Schlüsselbund aus der Tasche. Er wedelte damit, während er Artur einen säuerlichen Blick zuwarf.

»War's das? Und warum glauben Sie, dass ich meine Schlüssel verloren habe?«

»Wegen der Banderole im Bankschließfach«, antwortete Artur.

»Bankschließfach? Wessen Bankschließfach? Wovon reden Sie eigentlich?«

Als Artur aufging, dass er sich in seinem Eifer verplappert

hatte, hatte er das Gefühl, als würde sein Hirn zusammengequetscht.

»Verstehen Sie denn keinen Spaß?«, versuchte er die Situation zu retten.

»Bisher haben Sie nicht gerade wie ein Spaßvogel gewirkt. Ich glaube Ihnen nicht, dass Sie einen Witz machen wollten. Sie wollten mir irgendwas anderes sagen, oder?«

»Sie haben selbst ganz schön viel zu verbergen. Wegen der Sache mit den Schlüsseln melde ich mich ein andermal bei Ihnen.« Artur spürte, wie die Unsicherheit sich seiner Stimme bemächtigte.

»Ich werde heute Abend für Sie beten«, sagte Hernemo mitleidig. »Ich werde unseren Herrn im Himmel bitten, seine Hand auf Ihren verwirrten Kopf zu legen.«

Jetzt bekam Artur es mit der Angst zu tun. Sowohl vor dem, was Hernemo sagte, als auch vor seinen eigenen Worten, die allzu schnell aus seinem Mund geschlüpft waren. Er kurbelte das Autofenster so schnell hoch, dass sich der Schirm seiner Mütze beinahe im Spalt verfangen hätte. Der Schotter knirschte, als er davonfuhr.

Selma saß am Küchentisch und blätterte in der Zeitung, als Artur kam und an der Tür stehen blieb.

»Ist jemand hier gewesen?«

»Wieso?«

»Irgendwas riecht hier«, sagte Artur und atmete so heftig ein, dass sich seine Nasenlöcher weiteten wie bei einem wütenden Stier. Dann ging er zu Selma hinüber und schnupperte an ihr. »Du bist das«, stellte er fest.

»Ich?« Selma fühlte sich ertappt. Sie hatte nicht vorgehabt, Artur von der Rosenmethode zu erzählen. »Meine Hände sind so trocken, dass ich sie eingecremt habe«, erklärte sie.

Komisch, der Geruch kam Artur irgendwie bekannt vor, aber er wollte nicht genauer nachforschen. Er hatte auch so schon genug Probleme. Elna würde abends anrufen. Was, wenn sie von ihrer Begegnung in der Bank erzählte? Eine Sekunde lang erwog er, die Telefonstecker zu ziehen, aber fand es dann zu riskant, falls er plötzlich erkranken würde und Selma einen Krankenwagen rufen müsste. Er ging wie auf glühenden Kohlen, bis sie abends vor dem Fernseher saßen. Da klingelte das Telefon.

»Jacobsson«, antwortete Selma. »Hallo Elna! Ach, gar kein Problem. Sollen wir ihn abholen? Ja, prima. Halb drei, das passt ausgezeichnet … Aha, davon wusste ich ja noch gar nichts. Kaum zu glauben …«

Artur hielt den Atem an und verfolgte gespannt das Gespräch.

»Schöne Grüße an Klas«, beendete Selma schließlich das Telefonat und legte den Hörer auf. »Björn kommt morgen her.«

»Richtig, er wollte dir beim Eiersammeln helfen.«

»Hast du mit ihm gesprochen?«

»Nein, nein«, antwortete Artur heftig, »aber das macht er doch immer so gern.«

»Ich finde, du redest in letzter Zeit ziemlich viel Stuss«, sagte Selma anklagend.

»Findest du, Selma?«, antwortete er kläglich.

Jetzt habe ich sowohl Selma als auch Hernemo vor ein Rätsel gestellt, dachte er. Er verspürte einen gewissen Druck im Kopf und machte sich gleich Sorgen. Schließlich hatte er schon von Leuten gehört, die Schlaganfälle, Hirnembolie und lauter anderes Zeug bekommen hatten, wenn sie Mist gebaut hatten. Er hob ängstlich die Hand an seine Stirn und musste lächeln, als er feststellte, dass er vergessen hatte, die Mütze abzunehmen. Sobald er die Mütze auf den Tisch gelegt hatte, ließ der Druck auf seinen Kopf nach, und er bekam einen versöhnlichen Gesichtsausdruck.

Später am Abend wartete Artur, bis Selma ins Bett ging, um nicht die Tagesdecke zusammenfalten und diese verdammte Zigeunerpuppe weglegen zu müssen. Jeden Tag aufs Neue musste sie runtergenommen und wieder hingelegt werden – ohne ersichtlichen Nutzen.

Als er Selmas Bett knarzen hörte, ging er ins Bad und putzte sich die Zähne. Später lag Selma im Bett und las, während Artur hellwach war und sich beschäftigte, indem er die Knäufe am Kopfende des Bettes zählte.

»Am besten machen wir jetzt das Licht aus. Wir brauchen unsere Kräfte, wenn wir morgen Babysitter sein sollen.« Selma legte das Buch aus der Hand und schaltete die Lampe aus.

»Gute Nacht, Rosi«, sagte Artur freundlich, aber mit unüberhörbarer Anspannung in der Stimme.

Selma schaltete das Licht wieder an und richtete die Leselampe auf Arturs Gesicht.

»Warum hast du Rosi zu mir gesagt?«, fragte sie misstrauisch.

»Das mache ich doch manchmal ...«

»Aber nicht einfach so! Meistens nur, wenn irgendwas Besonderes anliegt.«

Artur wusste nicht, was er antworten sollte, und zog vor zu schweigen. Es war wie verhext: Er brachte nur komisches Zeug heraus.

Selma wälzte sich im Bett hin und her, während er selbst mucksmäuschenstill dalag, um keine weitere Diskussion zu provozieren, denn er wusste, dass er nur noch mehr Verwirrung stiften würde. Er hatte vergessen, Selma zu fragen, was Elna so Unglaubliches am Telefon erzählt hatte. Aber da

Selma ihm gegenüber nichts erwähnt hatte, hoffte er, dass Elna nichts von ihrer Begegnung in der Bank verraten hatte.

Nach einigen Stunden unruhigen Schlafs erwachte Artur davon, dass Selma ihn anstupste.

»Es ist ja schlimm, wie du dich im Bett herumwälzt«, klagte sie. »Gerade so, als würdest du dir wegen irgendwas Sorgen machen.«

»Ich mache mir keine Sorgen«, grummelte Artur. »Höchstens darüber, dass ich eines Tages am Lavendelduft in diesen Laken ersticken könnte.«

Er schaltete seine Bettlampe an und stand auf, um sein Laken zurechtzulegen, das sich wie eine Schlange mitten im Bett zusammengeringelt hatte.

»Machst du mitten in der Nacht dein Bett?« Selma sah erstaunt auf den Radiowecker, der 2:10 anzeigte.

»Morgen hole ich meinen alten Schlafsack vom Dachboden.«

»Wie praktisch«, entgegnete Selma säuerlich. »Dann kann ich dir ja den Reißverschluss über den Kopf ziehen, wenn du zu laut schnarchst.«

Artur lag noch eine Weile wach. Als er hörte, dass Selma eingeschlafen war, beugte er sich über sie und schnupperte. Das war doch keine Handcreme, nach der sie roch. Ihr ganzer Körper schien mit irgendwas eingeschmiert zu sein. Der Duft übertönte sogar den Lavendelgeruch, so stark war er.

Plötzlich erinnerte er sich. Das Melkfett, das sie früher im Stall bei den Kühen verwendet hatten – roch seine Frau nicht danach? Er war völlig verwirrt und wusste nicht, ob von Selmas Duft oder von seiner intensiven Kopfarbeit. Egal warum, eins war sicher: An Schlaf war heute Nacht nicht zu denken.

8

In den Blumenbeeten standen die Osterglocken wie kleine grüne Speere – ein sicheres Anzeichen, dass der Frühling gekommen war. Artur fand, dass sich die Tage immer schneller drehten, beinahe wie Propeller, die Fahrt aufgenommen hatten. Hoch mit den Osterglocken aus der Erde, raus mit den Gartenmöbeln aus dem Schuppen. Den Garten winterfest machen, die Gartenmöbel zurück in den Schuppen, rein mit dem Weihnachtsbaum und wieder raus. Und dann das Ganze von vorn.

Eigentlich wäre es besser, den Weihnachtsbaum das ganze Jahr über drinnen stehen zu haben und die Gartenmöbel draußen, überlegte er. Irgendwann waren wieder die Osterglocken dran – die konnte man ohnehin nicht beeinflussen, denn die Blumen kamen und gingen gemäß dem Kreislauf der Natur.

Die Zeit anhalten wollte er nicht, aber er hätte gern mehr Zeit gehabt, um jede einzelne Phase auszukosten. Warum kann man nicht einfach einen Knoten in die Zeit machen?, fragte sich Artur, während er im Schuppen die Gartenmöbel von Spinnweben befreite. Er hatte Selma versprochen, sie dieses Jahr zu streichen.

Manchmal fühlte er sich gestresst. Wo immer er hinsah, musste etwas repariert oder erneuert werden. Er war nicht mal mit der einen Sache fertig, da war es schon wieder Zeit für die nächste. »Wollen wir nicht lieber in eine Stadtwohnung ziehen?«, hatte Selma mehrmals vorgeschlagen, wenn Artur sich über die Tätigkeiten auf dem Hof beschwerte.

»In die Stadt? Nie im Leben«, pflegte er empört zu antworten.

Der bloße Gedanke machte ihm Angst. Nein, auf den Mist unter den Stiefeln, die Hühner und das Katzenvieh konnte und wollte er nicht verzichten. Jedes Mal, wenn Selma die Wohnung in der Stadt erwähnte, hörte er vor lauter Schreck für eine Weile auf, sich über die Arbeit zu beschweren. Aber anstrengend fand er sie trotzdem.

Genauso gestresst fühlte er sich drinnen, wenn Selma wie eine Verrückte mit Staubwedel und Staubsauger bewaffnet durchs Haus sauste. Als er jetzt hineinging und sich an den Küchentisch setzte, um sich ein bisschen zu erholen und in einer Infobroschüre zu blättern, war es wieder einmal so weit.

»Hoch mit den Beinen, damit ich mit dem Staubsauger unter den Tisch komme!« Selma stieß mit dem Staubsauger gegen Arturs Beine. Gehorsam hob er sie hoch, streckte sie geradeaus vor und ließ sich beim Lesen nicht weiter stören.

Selma lächelte. Artur saß noch immer mit vorgestreckten Beinen da, obwohl sie längst mit dem Staubsaugen in der Küche fertig war. Sie ging ins Schlafzimmer und saugte gründlich unter den Betten.

Als sie nach einer Weile in die Küche zurückkam, saß Artur immer noch mit den Beinen in der Luft da, während er eifrig in seiner Broschüre blätterte.

Selma ließ den Staubsauger ruhen und beobachtete ihren Mann. Es war wirklich unglaublich: Wie um alles in der Welt konnte er so lange mit vorgestreckten Beinen dasitzen? Und das mit seinem bösen Knie? Sie betrachtete sein Gesicht, das völlig entspannt aussah. Sehr erstaunlich.

Sie erinnerte sich, wie sie vor einigen Jahren über Bernhard gestolpert war, den größten ihrer Hähne. Sie hatte sich das Bein gebrochen und im Stall zwischen den pickenden Hühnern herumgelegen wie ein Volltrottel. Zum Glück hatte Artur sich gefragt, wo sie abgeblieben war, und hatte sie schließlich mitten im Hühnerdreck gefunden. Als Selma mehrere Wochen später der Gips abgenommen wurde, war ihr Bein ganz steif gewesen, weshalb der Arzt ihr empfohlen hatte, das Bein in einem Fitnessstudio zu trainieren, um es wieder beweglich zu machen.

Noch immer betrachtete Selma ihren Mann voller Bewunderung. Im Fitnessstudio hatte sie eine Übung machen müssen, bei der sie die gegrätschten Beine oben halten sollte. Kaum hatte sie sie angehoben, da waren sie schon wieder auf den Boden geplumpst, wie schwere, nasse Schwämme. Und am Küchentisch saß Artur völlig unbekümmert mit gestreckten Beinen – schon seit fast sieben Minuten.

Mein lieber Artur Jacobsson, dachte Selma. Du bist schon ganz schön kompliziert in deiner Schlichtheit. Manchmal verstehe ich dich gar nicht, aber so ist das eben.

Sie stupste Arturs Beine mit dem Staubsauger an.

»Die Vorführung ist beendet. Du kannst deine Haxen wieder runterklappen«, sagte sie lächelnd.

Er würdigte sie keines Blickes, sondern stellte seine Beine mit einem Knall auf dem Küchenboden ab, als wäre nichts gewesen.

In Arturs Kopf standen die Fragen Schlange. Was sollte er mit diesem Schlüsselbund machen? Und das Geld im Bankschließfach, wem gehörte das? Und was, wenn jemand den Schlüssel zum Schließfach vermisste? Hoffentlich hatte sich die alte Dame nicht gemerkt, welches Fach er geöffnet hatte. Und jedes Mal, wenn ihm der Gedanke kam, dass sie dem Bankpersonal vielleicht doch etwas von dem verdächtigen

Mann im Tresorraum erzählt hatte, spürte er Stiche im Herzen. Allerdings hatte sie ein bisschen verwirrt gewirkt, tröstete er sich. Allein schon, wie sie an den Wänden entlanggeschlichen war, bewaffnet mit dem Spazierstock, den sie bestimmt, ohne mit der Wimper zu zucken, eingesetzt hätte.

Von senilen Menschen hatte er schon öfter gehört. Auf der letzten Dorfversammlung hatte jemand von zwei alten Männern erzählt, die eine ganze Weile zusammengestanden und miteinander geredet hatten. Als der eine später seiner Frau von der Begegnung erzählen wollte, sagte er: »Als wir eine Weile miteinander gesprochen hatten, sind wir draufgekommen, dass er gar nicht er war und ich nicht ich.«

»So kann es gehen«, sagte Artur laut.

»Was hast du gesagt?«, wollte Selma wissen.

»Ach, gar nichts.«

»Mit dir ist aber alles in Ordnung, Artur?«

Diese wenigen Worte reichten aus, um Artur in Habtachtstellung zu bringen. Er ging zum Spiegel, betrachtete sich darin und wandte sich dann mit fragendem Blick an Selma, als wollte er eine Antwort auf die Frage, die sie ihm gestellt hatte.

»Du bist so blau unter den Augen. Es sieht aus, als wäre dein Lidschatten verlaufen«, sagte sie.

Artur rieb sich die Augen und sah noch mal in den Spiegel.

»Heute Nachmittag ist Björn hier, da kommst du auf andere Gedanken als Krankheiten, die Hernemos und sonstige merkwürdige Dinge, die in deinem Kopf herumspuken.«

Sonstige merkwürdige Dinge? Artur hörte für einen Moment auf zu atmen. Wusste Selma doch etwas? Oder was meinte sie für Dinge? Womöglich irgendwas, was er selbst schon vergessen hatte? Manchmal war er ein kleines bisschen verwirrt, das räumte er ja ein, aber er glaubte eigentlich nicht, dass er auf dem Weg war, senil zu werden ... Und bekam man da blaue Schatten unter den Augen?

»Ich habe mir gedacht, wir könnten heute Abend warm essen, wenn Björn hier ist, dann essen wir nur was Leichtes zu Mittag.«

»Sardinen auf dunklem Brot, das wäre lecker«, sagte Artur voller Hoffnung.

»Wenn dir das reicht, habe ich nichts dagegen einzuwenden.«

Artur war noch gar nicht dazu gekommen, von den Sardinen zu probieren. Sie erinnerten ihn immer an den schlimmen Tag, an dem alles schiefgelaufen war.

»Und dazu noch ein gutes Bier ... Eines von denen, die Klas aus Deutschland mitgebracht hat. Bockbier hieß das, oder?« Arturs Augen glänzten vor Freude.

»Das würde dir so passen«, sagte Selma verärgert. »Betrunken sein, wenn wir unser Enkelkind hüten sollen.«

»Von einem einzigen Bier doch nicht!« Artur schüttelte den Kopf.

»Du verträgst nicht mehr so viel wie früher, Artur. Weißt du noch neulich, als wir bei Ellen und Kjell zu Besuch waren?«

Artur senkte den Blick. Richtig, den Abend hätte er am liebsten vergessen. Er hatte sich in Ellens und Kjells Rosenbeet übergeben müssen. Davor hatte er darauf bestanden, Witze zu erzählen, war aber nie bis zur Pointe gekommen. Selma glaubte nach wie vor, dass allein das Bier und der eine jämmerliche Schnaps seinen Rausch verursacht hatten. Sie ahnte ja nicht, dass Kjell draußen im Schweinestall eine Flasche Wodka versteckt hatte, von der die beiden Herren sich ein paar ordentliche Schlucke genehmigten, nachdem Kjell Artur überredet hatte, sich mit ihm die Ferkel anzusehen.

Artur war draußen ausgerutscht und mit seiner Sonntagshose im Mist gelandet, und Selma und Ellen hatten die Nase gerümpft, als er wieder hineingekommen war.

Aber ein einziges gescheites Bier zu den Sardinen ... Artur schnaubte enttäuscht.

Als sie sich später an den Küchentisch setzten, lief Artur beim Anblick der leckeren Sandwiches das Wasser im Mund zusammen. Selma hatte gekochtes Ei in Scheiben unter die Sardinen gelegt, damit die Brote besser sättigten.

Mit einem Knall stellte sie eine Flasche Leichtbier vor Artur hin und warf ihm einen langen Blick zu. Er schenkte sich ein und trank einen großen Schluck, woraufhin er das Glas heftig auf den Tisch zurücksetzte.

»Kinderpipi«, sagte er und starrte Selma wütend an.

Das Brot hingegen schmeckte ihm richtig gut. Obwohl es so viele Jahre her war, dass er zuletzt Sardinen gegessen hatte, so hatte er sich beim Anblick der Dosen in der Vorratskammer den Geschmack doch ohne Probleme in Erinnerung rufen können, und die Wirklichkeit konnte mit der Erinnerung gut mithalten.

»Die waren gar nicht mal schlecht, die Sardinen«, sagte Selma einlenkend.

»Dann ist ja gut«, erwiderte er stolz, während ihm ein Stück Ei aus dem Mund fiel.

»Mund zu beim Essen!«

»Aber ich muss doch wohl antworten dürfen, verdammt noch mal?«

»Erst schlucken!«

Sie aßen schweigend weiter. Die erste Fliege des Jahres war ins Haus gesummt und begab sich gerade auf eine Entdeckungstour über den Küchentisch. Und in der Küche war es so still, dass sogar das Spazieren der Fliege auf der Wachstuchtischdecke zu hören war.

Nachmittags kam Björn wie verabredet. Elna stellte eine Tasche mit Wechselkleidung in den Flur, und Artur befürchtete schon, dass der Kleine über Nacht bleiben würde. Er wusste nämlich, was ihm da blühte: Selma und Björn würden im gemeinsamen Ehebett thronen, und er selbst musste wie ein Penner auf dem Sofa im Fernsehzimmer schlafen, unter einer kratzigen Mohairdecke und mit den Beinen halb über der Kante, weil es zu kurz war.

»Das sind nur ein paar Sachen zum Wechseln, falls der Junge sich schmutzig machen sollte«, erklärte Elna ihm.

Artur grummelte vor sich hin, während er in die Küche ging. Sich schmutzig machen! Ja, Himmelherrgott, es könnte tatsächlich ein kleines bisschen Hühnerdreck auf dem T-Shirt landen! Wobei der Junge eigentlich sehr süß war. Er konnte ja nichts dafür, dass er so verzogen wurde. Zu Hause bei ihm gab es eine große Waschmaschine, die rund um die Uhr lief, und die Trockenmaschine – oder wie das Ding hieß – war genauso groß und lief genauso oft.

»Tschüs dann, Artur«, sagte Elna und steckte den Kopf zur Küche hinein.

»Tschüs«, antwortete er und hatte ein bisschen schlechtes Gewissen wegen seiner boshaften Gedanken. Elna war eine wirklich patente und tüchtige Frau, das musste er zugeben. Er seufzte.

In dem Moment kam Björn in die Küche gesaust.

»Kommst du mit in den Hühnerstall zum Eiersammeln, Opa?«

»Ich bin so tollpatschig, dass ich bestimmt alle Eier verliere«, meinte er grinsend. »Nimm lieber deine Oma mit.«

Dann ging er zu seinem Enkel und wuschelte ihm durchs Haar. Im selben Moment merkte er, wie aufgesetzt diese Geste wirkte. Sobald er irgendwas richtig und gut machen wollte, wurde nur Mist daraus.

Obwohl … ganz so schlimm war es gar nicht, tröstete er sich dann. Eines Tages hatte er Björn den alten Traktor gezeigt, und der Kleine hatte vor Freude gestrahlt und aufmerksam zugehört, während er ihm die Schalthebel und die Pedale erklärt hatte. Bei solchen Gelegenheiten lobte Selma ihn, was ihn ganz besonders freute.

Eigentlich verunsichern mich wohl nur die vielen merkwürdigen Dinge, die zurzeit passieren, dachte er und richtete sich auf. Warte nur, bis ich da Klarheit reingebracht habe. Dann wird Selma stolz auf mich sein.

»Und zieh dir die Mütze an, Björn, damit du nicht schon wieder Ohrenschmerzen bekommst«, sagte Artur.

Während er vom Küchenfenster aus Selma und Björn hinterhersah, wie sie zum Hühnerstall gingen, durchströmte ihn eine warme Welle, und er war ganz überrumpelt von diesem Gefühl. Richtig lieb ist er, der kleine Rotzlöffel, dachte er lächelnd, und meine Rosi sowieso …

»Darf ich ein paar Eier mit nach Hause nehmen?«, fragte Björn, als sie abends am Küchentisch saßen und Fleischbällchen aßen.

»Natürlich darfst du das, wo du doch so toll beim Eiersammeln mitgeholfen hast. Und kein Einziges ist kaputtgegangen!«

»Kein Einziges, Opa.«

»Das ist ja toll, mein Junge«, antwortete Artur freundlich und lächelte seinen Enkel an.

»Hast du Oma schon von dem Geheimnis erzählt?«

»Geheimnis?«, fragte Selma. »Das klingt ja spannend.«

Artur steckte sich gerade in aller Seelenruhe ein Fleischbällchen in den Mund, doch als ihm aufging, welches Geheimnis Björn meinte, hörte er sofort auf zu kauen.

»Was denn für ein Geheimnis, Artur?« Selma lächelte so

breit, dass die Kronen ganz hinten in ihrem Kiefer blitzten.

»Ich habe keine Geheimnisse, jedenfalls nicht, soweit ich weiß.« Artur kratzte mit der Gabel die letzten Soßenreste zusammen.

»Na ja, das, was du Mama in der Bank zugeflüstert hast«, sagte Björn ahnungslos.

»In der Bank ... Seid ihr euch dort begegnet?« Selma sah verwundert aus.

»Ach, das war damals, als du mich losgeschickt hast, um die Wertpapiere zu holen.«

»Wertpapiere! Artur! Damals war Björn ja noch nicht mal auf der Welt!«

»Nicht?« Artur wurde blass. Jetzt ist es gelaufen, verdammt noch mal, dachte er. Erst in diesem Moment wurde ihm die Reichweite seines Handelns bewusst. In einem kleinen Dorf wie Tommarp – was würde man sich da das Maul zerreißen, wenn herauskäme, dass er sich verbotenerweise am Bankschließfach von jemand anders zu schaffen gemacht hatte!

Jetzt galt es die Phantasie zu mobilisieren, um heil aus der Sache herauszukommen. Er stand mit einem Ruck auf und ging in den Flur. Selma fixierte ihn mit dem Blick, woraufhin er noch mal zurückkam und den Stuhl unter den Küchentisch schob.

Eine ganze Stunde verbrachte er anschließend bei den Hühnern. Gedanken wurden gewälzt und die entstehenden Lösungsideen nach und nach wieder verworfen. Ihn packte wieder diese Unruhe. Würde Selma sich bei Elna erkundigen, wenn sie kam, um Björn abzuholen?

Dann versuchte er sich zu beruhigen. Er hatte doch wohl keine Berichterstattungspflicht gegenüber Selma? War es etwa verboten, sein eigenes Bankschließfach zu öffnen?

Da war zwar auch noch die Sache mit dem anderen Schließfach, aber davon wusste Selma ja nichts.

Artur erwischte sich bei dem verlockenden Gedanken, in die Bank zurückzufahren und ein paar Tausender aus einem der Geldbündel herauszuziehen. Das würde keiner merken, und es wusste auch niemand, dass er einen Schlüssel zu diesem Schließfach hatte. Dann würde er ein schönes Geschenk für Selma kaufen und hinterher behaupten, dass er das Geld gewonnen hätte.

Am Ende war er ganz zufrieden mit dem, was er sich ausgedacht hatte. Zwar stand die Diskussion mit Selma heute Abend noch aus, aber er war sicher, dass er die gut über die Bühne bekommen würde.

Als er aus dem Hühnerstall trat, stieg Elna gerade aus dem Auto, um Björn abzuholen. Sie plauderten ein bisschen, während sie zum Wohnhaus gingen. Elna war geradezu euphorisch, was den bevorstehenden Frühling betraf, und plapperte so drauflos, dass Artur kein Wort dazwischenbekam. Natürlich freute auch er sich aufs Frühjahr, doch ihm standen noch andere, weniger angenehme Zeiten bevor.

Als Elna und Björn die Haustür hinter sich zugezogen hatten, kam es Artur so vor, als wäre es die Tür zu einem Verhörzimmer.

Disa saß am Küchentisch und lackierte sich die Fingernägel in Schockrosa. Dann hob sie die Hände, pustete die Nägel an und war zufrieden mit dem Ergebnis. Heute früh hatte Selma versprochen, sie zu einer Kunstausstellung in Simrishamn zu begleiten.

Mittlerweile hatte sie Selma schon mehrmals getroffen und war gewillt, ihre Vorurteile zu revidieren. Selma hatte eine gute Allgemeinbildung und war offen für Veränderungen. Sie hatte sich nur niemals aufgerafft, um etwas gegen ihre Situation zu tun. Freunde hatte sie nicht viele, zumindest nur wenige Gleichgesinnte, wenn Disa sie richtig verstanden hatte. Aber jetzt war es an der Zeit, ihr ein bisschen auf die Sprünge zu helfen.

Es klopfte an der Tür. Disa zuckte zusammen und wedelte ein paarmal mit den Händen, bevor sie öffnete.

»Guten Tag«, sagte Arne Hernemo, während er einen großen Schritt in die Küche machte.

»Da Sie schon in meinem Haus stehen, kann ich Sie nicht mehr hereinbitten«, sagte Disa spitz. »Worum geht es?«

»Nett haben Sie es hier, muss ich sagen.« Hernemos Blick wanderte durch die Küche, während er weiter auf Disa zuging.

»Worum geht es?«, wiederholte diese etwas lauter als vorher.

Als Hernemo lächelte, schlug ihr eine Welle von schlechtem Atem entgegen. Schon früher hatte sie eine starke Abneigung gegen ihn verspürt, aber jetzt ekelte sie sich richtig. Sie drehte sich zum Herd, um einen Kochtopf von der Platte zu heben, als Hernemo mit sanfter Stimme sagte: »Finden Sie es nicht manchmal ein bisschen einsam hier?« Gleichzeitig fasste er ihr an den Hintern.

Disa griff rasch nach einem Kochlöffel, der in Reichweite lag, drehte sich um und versetzte ihm einen ordentlichen Schlag auf die Wange. Ein richtiger Volltreffer, stellte sie zufrieden fest.

»Wollen Sie mein Haus besichtigen oder mich sexuell belästigen?«, zischte sie.

»Ach, ein bisschen Nähe braucht doch jeder, oder?«

Das klang zwar recht kleinlaut und verlegen, doch Disa hatte den Eindruck, als sabberte er lüstern, während er sie ansah. Dann fiel ihr ein, was Artur erzählt hatte, und sie sagte in anklagendem Ton: »Der Herr sieht dich.«

Hernemo erstarrte und bekam plötzlich einen ernsten Gesichtsausdruck.

»Wir werden nächstes Wochenende eine Erweckungsversammlung abhalten und wollten die Gelegenheit nutzen, unsere Nachbarn einzuladen.«

»Sie haben uns schon ausreichend geweckt mit Ihrer dröhnenden Musik, eine weitere Erweckung brauche ich nicht, ich bin nämlich schon hellwach«, knurrte Disa und schob ihn Richtung Tür.

Hernemo verschwand mit gesenktem Kopf nach draußen, und Disa beobachtete, wie er seine Schritte zum Hof von Selma und Artur lenkte. Doch dann blieb er plötzlich stehen, als hätte er es sich anders überlegt, und ging nach Hause.

Selma hatte kein Wort über das Geheimnis verloren, von dem Björn gesprochen hatte, aber ihre Blicke waren nicht sonderlich gnädig gewesen, und Artur wartete nur darauf, dass sich das Ganze entlud.

Seine Frau war nervös und unruhig, das war nicht zu übersehen, denn dann durchsuchte sie die Schränke immer nach Süßigkeiten. Rosinen, Mandeln, Blockschokolade – alles stopfte sie wahllos in sich hinein. Wenn sie nichts Derartiges in der Vorratskammer oder in den Küchenschränken fand, dann aß Selma auch schon mal einen großen Löffel Vanillezucker – das hatte Artur mit eigenen Augen gesehen.

Ehe sie schlafen gingen, erwischte er sie dabei, wie sie in der Vorratskammer stand und Sachen in sich hineinknabberte, sogar trockene Spaghetti direkt aus der Packung. Er traute sich nicht, das zu kommentieren, denn da hätte sie ihn vermutlich tüchtig ausgeschimpft. Kurz hatte er sogar erwogen, freiwillig aufs Sofa zu ziehen, aber zugleich fand er, dass dies wie ein Schuldeingeständnis aussehen würde.

Du liebe Zeit, und all das war diesem Hernemo zu verdanken. Artur ballte die Hände in den Hosentaschen zu Fäusten.

Selma ging zeitig und ohne ihren Abendkaffee schlafen. Sie hatte ihm zwar eine gute Nacht gewünscht, doch der Ton machte die Musik, und der war alles andere als freundlich gewesen. Als ihre Atemzüge schließlich darauf hindeuteten, dass sie schlief, befiel Artur wieder diese Rastlosigkeit, die er sonst nur hatte, wenn er allein zu Hause war. Er wanderte vom Fernsehzimmer zur Küche, hin und zurück, bis er sich selbst fragte, was er eigentlich tat.

Vorsichtig schlich er ins Schlafzimmer, um Selma nicht zu wecken. Er betätigte extra nicht die Toilettenspülung, und nach dem Zähneputzen kroch er behutsam in sein Bett.

Dann lag er auf dem Rücken und starrte nach oben in die Dunkelheit. Plötzlich spürte er es in der Nase kribbeln. Seine Mutter hatte ihn immer gewarnt, dass es gefährlich sei, den Niesreiz zu unterdrücken, weil man dann eine Hirnblutung bekommen könne. Vielleicht waren Arturs Nieser gerade deshalb immer so plötzlich und kraftvoll. Selma schimpfte ihn manchmal aus und behauptete, dass er sie mit seinem Niesen zu Tode erschrecke.

In diesem Moment spürte er, wie sich ein Nieser in ihm aufbaute, und er fragte sich, was wohl schlimmer war: eine Hirnblutung zu bekommen oder Selma zu wecken. Allerdings gelang es ihm nicht mehr, auf eine Antwort zu warten, denn ein Nieser, der mindestens acht Punkte auf der Richterskala erreicht hätte, ließ das ganze Zimmer vibrieren.

9

Auch am nächsten Tag erwähnte Selma nichts von seinem Geheimnis. Sie duschte und wühlte in Schränken und Schubladen. Dann drehte sie mit dem Lockenstab ein paar Strähnen an den Ohren ein, und Artur begriff, dass irgendwas im Gange war. Die beste Investition in den Familienfrieden wäre es vermutlich, ihr aus dem Weg zu gehen. Aber ich muss mir irgendwas vornehmen, dachte er. Ich kann nicht wie ein Dieb an den Wänden entlangschleichen.

Artur ging ins Fernsehzimmer und setzte sich lustlos in den Sessel. Er hörte Selma draußen in der Küche herumpoltern. Nach einer Weile stellte sie sich in die Türöffnung.

»Ich fahre mit dem Bus in die Stadt. Vielleicht esse ich heute auswärts. Falls du Hunger bekommst, gibt es ja noch eine Sardinendose in der Vorratskammer, aber halt dich bitte vom Starkbier fern.«

War sie nicht ein bisschen übermütig geworden? Artur war es gar nicht lieb, dass sie ihn allein zurückließ, aber er würde sie auf gar keinen Fall fragen, wo sie hinfahren wollte. Selma sah enttäuscht und ein bisschen verdutzt aus angesichts der ausgebliebenen Fragen. Sie blieb noch eine Weile stehen, als würde sie nur darauf warten. Dann schob sie die Mütze zurecht.

»Na, dann tschüs …«

»Mach's gut! Und schöne Grüße!« Noch im selben Moment sah er ein, dass er sich die Ironie auch hätte sparen können.

Selma warf den Kopf in den Nacken, hängte sich die

Stofftasche über die Schulter und verschwand nach draußen. Kaum hatte Artur die Küchentür zuschlagen hören, stürmte er ans Küchenfenster. Er hängte sich über die Spüle, um freie Sicht auf die Straße zu haben. Wo um Himmels willen wollte seine Frau nur hin?

Artur erstarrte. Selma blieb vor dem Haus von Disa stehen, die im selben Moment herauskam, mit einem Mantel bekleidet und einem Rucksack auf dem Rücken. Er sah, wie die beiden zur Bushaltestelle spazierten. Wenn Disa seiner Frau nur keine Flausen in den Kopf setzte. Natürlich mochte er Disa, obwohl sie ein bisschen seltsam war. Das störte ihn nicht weiter – Hauptsache, sie brachte Selma nicht auf komische Gedanken.

Manchmal durchfuhr es ihn geradezu, wenn er Disa sah. Vor seinem inneren Auge erschien sie, wie sie in ihrem Garten gestanden und mit den Brüsten gewedelt hatte. Und das waren wirklich keine kleinen, jungfräulichen Brüste gewesen, nein, sondern richtige Bomben, wie die Kerle unten im Geschäft sagten, wenn sie die einschlägigen Herrenmagazine studierten.

Artur hatte sich sogar gefragt, ob sie sich wohl solche Schaumstoffeinlagen hatte implantieren lassen, von denen man manchmal las. Selma hatte erzählt, dass Disa eine Tätowierung auf dem Rücken hatte, aber er glaubte eigentlich nicht, dass sie bei ihren Brüsten nachgeholfen hatte. Sie hatte keine Kinder, deshalb war ihr Busen vermutlich nicht so ausgelutscht, nein, er war sogar richtig ansehnlich.

Artur öffnete die Tür zur Vorratskammer und betrachtete die Sardinendose. Ans Starkbier wagte er sich natürlich nicht heran, Selma hatte ja alles im Blick. Wirtschaftsprüferin Jacobsson nannte er sie manchmal. Aber einen Kurzen zum Essen konnte er sich gönnen nach all dem, was gewesen war, das würde sie nicht merken.

Er beschloss, die Gartenmöbel auf die alte Mistplatte hinauszutragen und mit dem Abschleifen zu beginnen. Außerdem musste er entscheiden, was mit dem Schlüssel passieren und ob er den Ereignissen im Garten der Hernemos weiter nachgehen sollte. Irgendwann musste das alles zu einem Ende finden, sonst hatten sie nie wieder Ruhe.

Dabei hatten Selma und er es immer so gut miteinander gehabt, hatten miteinander gelacht und diskutiert, aber jetzt hatte er plötzlich das Gefühl, als sei ihr ganzes Dasein in Lügen verstrickt. Selma hatte aber auch kein reines Gewissen, das war mal sicher. Von diesem Melkfett oder was zum Teufel es auch war, hatte sie ihm nichts erzählt. Handcreme – von wegen! Er schnaubte. Dumm war er nicht.

Ganz genau, dumm war er nicht. Ihm fiel plötzlich ein, dass er eine Runde auf dem Acker hinter dem Haus der Hernemos drehen und durch die Hecke schauen könnte, ob es weitere Anhaltspunkte gab. Sicherheitshalber zog er seine Stiefel an – falls es noch immer lehmig sein sollte. Zwar hatten der Frühlingswind und die Sonne die Felder einigermaßen getrocknet, doch in den Ackerfurchen war es bestimmt noch feucht.

Er ließ die Küchentür unabgeschlossen, ging hinter das Haus und dann durch die Ligusterhecke hinaus aufs Feld. Man kam problemlos voran, stellte er fest und marschierte mit großen Schritten zur Rückseite von Hernemos Haus. Er musste sich ducken, um nicht an den Stellen, wo die Vegetation eher niedrig war, gesehen zu werden. Auf Höhe des Gartens zog er ein paar Äste zur Seite und warf einen Blick hinein. Leer und öde war es dort. Das Zelt und der Altar standen noch da, ansonsten hatte sich nichts getan.

»Wenn du auf der Suche nach Osterzweigen bist, kann ich dir die Sträucher im Garten des Pfarrers nur empfehlen, da muss ja Segen drauf liegen«, sagte eine belustigte Stimme, und Artur richtete sich verlegen auf. Er hatte gar nicht gehört, dass Jöns Nilsson mit dem Traktor näher gekommen war. Wenn nicht so ein Durcheinander in seinem Kopf gewesen wäre, hätte er sich das selber ausrechnen können. Die Arbeit auf den Feldern war in vollem Gang, und überall waren brummende Traktoren unterwegs.

»Ich pflücke keine Zweige, ich suche nach dem Katzenvieh.«

»Ach, die Katze? Die sorgt doch für sich selbst und kommt, wann sie lustig ist.«

Artur erwog kurz zu behaupten, dass die Katze sich verletzt habe, aber er traute sich nicht, sich in weitere Lügen zu verstricken. Nicht auszudenken, wenn Jöns sich bei Selma nach der Katze erkundigte! Nein, er musste vorsichtig sein.

»Und nach Weibsbildern hältst du ja wohl auch nicht Ausschau«, meinte Jöns lachend. »Denn dann hast du dich im Garten geirrt. Da solltest du auf die andere Straßenseite gehen. Der Briefträger wusste ja so einiges über die alleinstehende Dame dort zu berichten.«

»Aha«, antwortete Artur und war gespannt, ob der Briefträger wohl dasselbe gesehen hatte wie er.

»Na, schüchtern ist die nicht gerade«, fuhr Jöns fort. »Ein echter Rotfuchs ist sie. Und sie soll da unten genauso rothaarig sein wie auf dem Kopf.«

Artur stolperte und musste sich festhalten, um nicht ins Gebüsch zu fallen. Er antwortete nicht, sah aber Disa in all ihrer Pracht vor seinem inneren Auge.

»Lüsterne alte Männer«, murmelte Artur leise vor sich hin. Er hätte Disa gern irgendwie geschützt, schämte sich aber zugleich seiner eigenen Gedanken. Seine Wangen brannten, und er lenkte das Gespräch schnell auf allgemeinere Themen wie die geplante Bepflanzung der Felder und andere Neuigkeiten aus dem Dorf.

Jöns schien Arturs Spaziergang auf dem Feld nicht weiter zu hinterfragen. Nach ihrem Gespräch lüpfte er höflich seine Schirmmütze vom Bauernverband, sprang in seinen Traktor und verschwand.

Plötzlich hatte Artur das Gefühl, von einem Augenblick zum anderen völlig kraftlos zu werden. Den Gedanken an die Gartenmöbel verdrängte er und beschloss stattdessen, die Sardinen zu essen und einen gescheiten Schnaps dazu zu trinken. Ein Ei konnte er sich auch kochen, selbst wenn er kein Meisterkoch war.

Drinnen machte er sich ein belegtes Brot, während das Ei kochte. Er wusch eine Tomate ab und legte sie auf den Teller. Zwar schmeckten ihm diese ausländischen Tomaten nicht so besonders. Eine harte Schale hatten sie und waren schwer zu essen, aber er brauchte Energie, und Gemüse war nützlich, das wusste er.

Er betrachtete sich im Spiegel. Die blauen Schatten unter den Augen, die Selma gesehen hatte, konnte er nicht entdecken. Das beruhigte ihn. Er deckte den Tisch, öffnete die Sardinendose und stellte eines der alten Schnapsgläser auf den Tisch. Dann holte er aus einem Schrank an der Kellertreppe die Wodkaflasche.

Schließlich saß Artur Jacobsson da und fand das Dasein ausnahmsweise einmal ganz angenehm. Auf Kinderpipi verzichtete er diesmal. Statt Bier holte er sich ein Glas Milch. Er war richtig andächtig, als er den Verschluss der Wodkaflasche abschraubte und sich einen Kurzen einschenkte. Vorsichtshalber stand er auf und warf einen Blick nach draußen auf die Straße. Gerade als er den Schnaps kippen wollte, hielt sein Arm inne, und Artur stellte das Glas mit einem Knall vor sich auf den Tisch.

»Wäre fast ins Auge gegangen, sagte der Mann, als er sich die Nase weggeschossen hatte«, sagte Artur ernsthaft. Er holte einen Trichter und goss den Wodka zurück in die Flasche. Sein Herz klopfte, und er war selbst erstaunt über seine Dummdreistigkeit. Angenommen, sie verpassten ihren Bus und Selma rief ihn an, ob er sie abholen könnte? Das war schon vorgekommen, und ihm brach der kalte Schweiß aus, als er sich vorstellte, wie Selma wohl reagieren würde, wenn er antwortete, dass er sie nicht abholen könne, weil er Schnaps getrunken habe, am helllichten Tag an einem ganz normalen Dienstag.

Voller Wehmut schraubte er den Verschluss wieder auf die Flasche und stellte sie zurück in den Schrank. Er wurde von bösen Mächten heimgesucht, so viel stand fest. Am besten blieb er vielleicht im Hühnerstall sitzen, dort richtete er am wenigsten Schaden an.

Selma kam erst mit dem Fünfuhrbus nach Hause. Sie wirkte froh und zufrieden, aber Artur hielt sich lieber ein bisschen zurück. Sie warf ein paar Einkaufstüten auf die Küchenbank und hängte dann den Mantel an die Garderobe.

»Hast du schon gegessen, Artur?«, erkundigte sie sich fürsorglich.

»Ich habe die Sardinen gegessen, genau wie du gesagt hast, und ein Ei habe ich mir auch gekocht.«

»Disa und ich haben in der Stadt gegessen, Quiche und Salat. Das war richtig lecker. Aber heute Abend brauchen wir trotzdem noch was Gescheites. Es ist noch ein bisschen Fleisch von neulich über, ich mache später Bauernfrühstück.«

»Oh, lecker.« Er freute sich, dass Selma so fröhlich wirkte. Ein richtiger Segen war das.

Selma ging zur Küchenbank und begann die Tüten auszupacken. Sie war richtig eifrig und bekam rote Bäckchen, und

Artur spürte, wie eine große Zärtlichkeit in ihm aufstieg. Er ging zu ihr und strich ihr übers Haar.

»Sieh mal«, sagte Selma stolz. »Eine Tunika, so was habe ich noch nie besessen. Ohne Disa hätte ich bis heute keine. Sie ist richtig nett, Artur.«

»Ich habe doch nie was anderes behauptet, oder?«

»Na ja, ein bisschen komisch findest du sie schon.«

»Das stimmt, aber ich kann sie ja trotzdem mögen.«

Selma hatte nicht nur eine Tunika gekauft, sondern auch eine neue Hose und einen halblangen Volantrock. Artur nickte steif und behauptete, dass sie ihm darin gefalle, aber wenn er ehrlich war, fand er das schon ein bisschen verschwenderisch. Und wenn sie eines Tages mit einer Tätowierung nach Hause kommt und so komischen Sandalen, werde ich ihr zeigen, wo die Tür ist, dachte er hitzköpfig.

»Was ist, Artur, gefällt es dir nicht?«

»Doch, aber es ist ein bisschen viel Neues auf einmal.«

»Man muss eben die Gelegenheit nutzen, wenn man eine Modeberaterin dabeihat anstelle von jemandem, der vor den Umkleidekabinen sitzt und schläft.«

Artur lächelte verlegen. Selma war so aufgeregt, dass es ihn rührte. Sie hatten eine Ausstellung besucht, und auch wenn Selma die Kunst ein bisschen sonderbar fand, war es doch ein ganz neues Erlebnis für sie gewesen. Dann hatten sie einen Einkaufsbummel gemacht und das Stadtmuseum besichtigt. Selmas Zufriedenheit war nicht zu übersehen. Sie erzählte von den vielen komischen Dingen, die Disa gesagt hatte – ja, ihre Nachbarin war schon etwas ganz Besonderes.

Als es Zeit für den Abendkaffee war, saßen sie wie immer am Küchentisch. Sie diskutierten und lachten, und ein bisschen neckten sie sich auch, wie immer.

»Wollen wir uns eine Praline gönnen, Artur? Wir haben noch welche von Weihnachten.«

»Die Spaghetti, die Mandeln und die Rosinen sind natürlich alle?«, zog Artur sie auf.

Selma wollte Artur einen scherzhaften Klaps auf den Arm geben, als es plötzlich klirrte. Rasch zog sie die Hand wieder an sich. Artur starrte ihr Handgelenk an, an dem ein breites Armband glitzerte.

»Was hast du denn für einen Flitterkram am Arm?«

»Ein Magnetarmband«, antwortete Selma etwas verlegen.

»Magnet? Soll der die Kerle anziehen, oder was?«

»Ach Quatsch. Disa hat es mir geschenkt. Sie hat früher in den USA solche verkauft. Sie helfen gegen Arthrose, Fibromyalgie, Schmerzen, steife Gelenke, Schlafschwierigkeiten und Menstruationsbeschwerden. Es funktioniert auch bei Tieren«, fügte sie hinzu, als sie Arturs zweifelnden Blick sah.

»Dann kauf doch welche für die Hühner, dann legen sie vielleicht mehr Eier. Menstruationsbeschwerden – hast du denn so was?«, meinte er spöttisch.

»Du solltest dir lieber selbst eins kaufen«, schlug Selma vor. »Wo du doch so viele komische Symptome hast.«

An diesem Punkt hielt Artur die Diskussion für beendet. Er ließ die Schokolade im Mund zergehen und genoss es, als die weiche, süße Füllung herausfloss. Das Gespräch mit Selma war nicht unangenehm gewesen, aber er war auf der Hut. Er wartete nur auf den Dolchstoß in seinem Rücken, wenn sie ihn nach dem Bankbesuch fragen würde und nach dem Geheimnis, das Björn erwähnt hatte.

»Erinnerst du dich an Kerstin Olofsson?«, fragte Selma plötzlich.

»Die Tochter vom Schmied an der Kiesgrube, meinst du?«

»Ja, genau die. Disa war mit ihr in einer Klasse damals. Eines Tages sollte der Schularzt kommen, und die Lehrerin hatte ihnen am Vortag eingebläut, sie sollten zur Untersuchung eine Urinprobe von zu Hause mitbringen. Da hatte sich Kerstin gemeldet und gesagt: ›Fräulein, ich bin gar nicht sicher, ob meine Mutter so was im Haus hat.‹«

Artur gluckste los und schlug schließlich vor lauter Lachen mit der Faust auf den Tisch.

Sie beendeten den Abend vor dem Fernseher, und wie immer kommentierten sie das meiste, was sie sahen. Alles schien wieder in den gewohnten Gleisen zu laufen, und für einen kurzen Moment erwog Artur, die Schlüssel bei der Polizei abzugeben und auf alles andere zu pfeifen. Zugleich empfand er es als seine Pflicht, Klarheit in gewisse Dinge zu bringen.

»Hernemo war gestern bei Disa«, sagte Selma plötzlich.

Artur saß kerzengerade im Bett.

»Hernemo? Was zum Teufel wollte der denn von ihr?«

»Er wollte sie zu einer Erweckungsversammlung am Wochenende einladen. Dabei ist er richtig aufdringlich geworden und hat ihr sogar an den Hintern gefasst.«

»Was für ein scheinheiliger Widerling!«, entrüstete sich Artur. »Warum sind wir eigentlich nicht eingeladen worden?« Er klang fast ein bisschen beleidigt.

»Du meinst doch wohl nicht im Ernst, dass du hingehen würdest?«

»Na, nicht wegen der Erweckung, aber um den Garten ein bisschen genauer in Augenschein zu nehmen.«

Artur war genervt. Wenn er ausnahmsweise mal die Gelegenheit gehabt hätte, eine Mütze Schlaf abzubekommen, kam ganz sicher irgendwas dazwischen, was den Schlaf störte. Er streckte sich über Selma hinweg, die bereits eingeschlafen war, und nahm sich das Magnetarmband von ihrem Nachttisch. Dann zog er es sich übers Handgelenk und atmete tief durch.

Draußen frischte es auf, und der Wind ergriff ein paar leere Plastikblumentöpfe, die auf der Küchentreppe standen. Sie rollten in einem übermütigen Tanz über den Hofplatz, der erst endete, als sie im Windschatten unter dem alten Traktor gelandet waren.

Am nächsten Morgen erwachte Artur noch vor Selma, und das war ihm ganz recht, als er das Magnetarmband an seinem Handgelenk sah. Er nahm es schnell ab und fragte sich, ob es wohl doch einen positiven Einfluss auf den Schlaf hatte. Zumindest erinnerte er sich an nichts mehr, nachdem er es sich übers Handgelenk geschoben hatte. Er hatte durchgeschlafen und fühlte sich frisch und ausgeruht.

In der Tageszeitung stand, dass es sich bei dem Blut, das man am Badehäuschen in Simrishamn entdeckt habe, nicht um menschliches Blut handle. Ein Mann habe nämlich empört bei der Polizei angerufen, nachdem er in der Presse gelesen hatte, was für eine Aufregung der Blutfleck verursacht habe. Er habe der Polizei erzählt, dass er kürzlich einen Spaziergang zu den Badehäuschen gemacht habe und dass da gerade ein paar Jugendliche auf dem Motorrad vorbeigekommen seien. Einer der Jungs habe versehentlich eine Katze angefahren, woraufhin das Tier sehr schwer verletzt gewesen sei und vergeblich versucht habe davonzuhumpeln. Daraufhin habe er die Katze von ihren Qualen erlöst und in den Fluss geworfen.

Das Rätsel um den verschwundenen Mann hingegen war noch immer nicht gelöst, weshalb man das Schlimmste befürchtete. Diesmal war der Vermisste sogar namentlich genannt und per Foto abgebildet.

Artur verschluckte sich beinahe an seinem Brot, als er das Bild sah. Er wusste sehr wohl, wer Stig Bengtsson war. Zwar kannte er ihn nicht persönlich, denn er schätzte ihn etwa zehn Jahre jünger als er selbst, aber Stigs Großeltern hatten in Tommarp gewohnt, und der Enkel war manchmal in den Sommerferien bei ihnen zu Besuch gewesen.

Plötzlich hatte er eine Eingebung: Stig Bengtsson – auf einigen der Banderolen im Bankschließfach hatte doch SB gestanden! Ein bisschen komisch kam ihm das Ganze schon vor. Die Geschichte hatte mit den merkwürdigen Ereignissen im Garten der Hernemos angefangen, aber wie zufällig hatte er den Schlüsselbund am Strand gefunden und dann eine Verbindung zu dem vermissten Mann gezogen, der sich als Stig Bengtsson entpuppt hatte.

Vielleicht gab es im Bankschließfach irgendwelche Hinweise auf Stigs Verschwinden? Vorausgesetzt, das Fach gehörte wirklich ihm. Vielleicht war es aber auch Hernemos Fach? War das andere Kürzel nicht AH gewesen? Oder gehörte das Schließfach womöglich einem Dritten?

Nein, jetzt waren die Gedanken in Arturs Kopf völlig durcheinandergeraten. Selma hatte ihn mal damit aufgezogen, dass bei ihm rosa Elefanten im Gehirn herumspuken würden. Mittlerweile war Artur beinahe gewillt, ihr zuzustimmen, denn die Gedanken in seinem Kopf ähnelten einer rasenden Elefantenherde.

Als Selma in die Küche kam, machte er offenbar einen trübsinnigen Eindruck, denn sie meinte lächelnd: »Es ist ungesund, schon am frühen Morgen so viel zu denken.«

»Wirklich?«, fragte Artur unruhig.

»Ich habe Disa versprochen, heute Vormittag bei ihr vorbeizuschauen. Sie wollte mir zeigen, wie man Lesezeichen mit Perlen bestickt.«

»Klingt ja interessant«, murmelte Artur.

»Hast du am Vormittag was Besonderes vor? Ich habe nämlich vergessen, meine Leihbücher in der Bücherei abzugeben. Heute endet die Leihfrist. Sieh doch nicht so erschrocken aus. Du musst sie einfach nur am Tresen abgeben. Obwohl … wer weiß, vielleicht empfehlen sie dir einen Ratgeber für schwache Nerven, wenn sie dich so nervös und unruhig sehen.«

Artur zog an seinen Fingern, bis die knackenden Geräusche seine Angst verjagt hatten. Mittlerweile sah er in dem Büchereibesuch eine Gelegenheit, wieder nach Simrishamn zu fahren. Jetzt oder nie. Er würde sich das Bankschließfach noch mal anschauen. Wenn er am Vormittag fuhr, ging er auch kein Risiko ein, Elna zu treffen.

»Kein Gebäck und keine Rubbellose!«, kommentierte Selma augenzwinkernd.

»Ich könnte ja ein paar Heringe im Fischgeschäft kaufen, wenn ich ohnehin dort bin. Gebratener Hering, das wär doch was. Ist auch ewig her.«

»Genau, und zwar mit Erdbeermarmelade«, neckte Selma ihn. »Aber du hast recht, gebratener Hering ist lecker, und angeblich wird man ja intelligent, wenn man Fisch isst.«

10

Artur genoss die Autofahrt nach Simrishamn. Er beschloss, seine übliche Runde am Wasser zu drehen, und parkte das Auto am Bootsliegeplatz, wo die Besitzer schon ihre Fahrzeuge für die nächste Saison startklar machten.

»Tag, Artur, lang ist's her!«

Artur drehte sich um und entdeckte Tommy Pettersson, der gerade von seinem Fahrrad stieg. Tommy war ein Nachbar von Elna und Klas, und sie hatten sich dort ein paarmal bei Abendeinladungen und Feiern getroffen.

»Bald ein Jahr«, antwortete Artur. »War es nicht zu Mittsommer?«

»Kannst du dich an den Abend etwa noch erinnern?«, neckte Tommy ihn.

»Haben die eigentlich inzwischen diesen Stig Bengtsson gefunden? Die Sache klingt ein bisschen undurchsichtig.«

»Na ja, Stig selbst ist oder war ein bisschen undurchsichtig. Er wettet auf Pferde, handelt mit Autos und fährt einen riesigen BMW, das neueste Modell. Im Grunde ist er ein netter Kerl, aber er lässt sich viel zu leicht vom großen Geld locken. Übrigens hat er oft mit ein paar anderen Typen hier unten am Strandpavillon herumgehangen, um zu angeln.«

Arturs Augen weiteten sich, aber er schwieg. Tommy schob sein Fahrrad, und Artur ging neben ihm her, während sie sich unterhielten. Der Tommarpsån floss ruhig neben ihnen her, und auf der Brücke standen ein paar erwartungsvolle Kinder und angelten. Am Strandpavillon stieg Tommy wieder aufs Rad.

»Grüß Selma von mir«, sagte er und verschwand in Richtung Tobisvik.

Artur zog Schuhe und Strümpfe aus und ging im feuchten Sand hinunter zur Wasserkante. Schon in einem Monat würden die Sanddünen und Muscheln von warmem Wind erfüllt sein, und fröhliches Kinderlachen würde über den Strand hallen. Noch lag der an Land getriebene Tang wie schwarzer Trauerflor an der Küste. Die schreienden Möwen in ihrem weißen Federkleid tauchten in den Wellenkämmen nach dem Leben spendenden Futter. Bald würden auch die Touristen in die Stadt einfallen, und die Bewohner von Simrishamn würden sich eine Weile wie Touristen in der eigenen Stadt fühlen. Manchmal waren die mittelschwedischen Dialekte in den Straßen und auf den Plätzen der Stadt öfter zu hören als die einheimischen.

Aber in Simrishamn war genug Platz für alle. Nirgends ist die Unendlichkeit so groß, wie wenn sich die Grenzen auflösen und Meer und Himmel sich begegnen. Das Meer erzeugte in Artur dieselbe körperliche Ruhe, wie wenn er an seinen Fingern zog. Er krempelte die Hosenbeine hoch und machte einen Schritt hinaus ins Wasser. Hu, war das kalt!

Schnell ging er zurück an Land. Er versuchte, den Sand von den Füßen zu wischen, bevor er Schuhe und Strümpfe wieder anzog. Seine Schritte wurden immer schwerer, je weiter er sich dem Auto näherte. Sollte er es wagen, noch einmal ins Bankschließfach zu schauen? Vielleicht war es ja doch Stig Bengtssons Fach? Schließlich hatte der sich ja oft unten an den Badehäuschen aufgehalten.

Als undurchsichtig hatte Tommy ihn bezeichnet. Wettete auf Pferde. Dann habe ich ja nicht ganz verkehrt gelegen, dachte Artur. Das erklärte zumindest die Herkunft von einem Teil des Geldes ... aber war vermutlich nicht die ganze Wahrheit.

»Sollen wir Hernemo einladen?«, witzelte Disa. »Wobei … der gibt sich nicht mit solchen Perlen ab, sondern bastelt lieber Rosenkränze, glaube ich. Dem würde ich eine richtige Xanthippe gönnen. Ein Widerling wie er hat nichts Besseres verdient. Das würde ihm so passen, auf diesen Gebetskissen hier zu ruhen …« Disa deutete auf ihre Brüste. »… aber die stehen unter Naturschutz.«

»Du bist ganz schön verrückt, Disa«, sagte Selma lachend. »Stell dir vor, Artur war ganz enttäuscht, dass er keine Einladung zur Erweckungsversammlung bekommen hat.«

»Dann gehen wir eben zusammen hin, zu dritt.«

»Mal sehen«, sagte Selma zögerlich. »Wie befestigt man eigentlich die Perlen ganz oben?«

»Du musst den Faden auf der Rückseite vernähen, genau wie bei den anderen. Willst du ein Glas Wein?«

»Wein, ist das dein Ernst? Es ist elf Uhr vormittags!«

»Die Schankerlaubnis in diesem Wirtshaus gilt rund um die Uhr«, sagte Disa grinsend und holte eine Flasche Rotwein. »Und das Getränk hier ist sogar gesund.« Während sie Selma ein Glas Wein einschenkte, wurde Disa plötzlich ernst. »Ich freue mich wirklich, dass du meine Freundin bist, Selma. Du bist so natürlich und echt.«

Selma rutschte verlegen auf ihrem Platz herum und empfand Freude und Stolz zugleich. Es war lange her, dass sie eine richtige Freundin gehabt hatte, und sie spürte, dass Disa eine sein könnte. Ein bisschen Verrücktheiten konnte sie gut gebrauchen. Sie hatte schon so viel von Disa gelernt.

Bisher hatte Selma geglaubt, dass man sich bei Elektroallergie kaum in öffentlichen Räumen aufhalten konnte, aber Disa hatte erzählt, dass viele Betroffene in ihrem Haus wohnen bleiben und nach gewissen Veränderungen auch arbeiten gehen konnten. Es war wie bei anderen Erkrankungen: Es gab gute und schlechte Tage.

Allerdings hatte Disa nach wie vor keine Pläne, ihr Haus ans Stromnetz anschließen zu lassen. Sie hatte ihren Kassettenrekorder, den Holzofen und den Gaskocher, mehr brauchte sie nicht. Der Erdkeller funktionierte als Kühlschrank, und sie würde irgendwann Wasserleitungen für eine Dusche und eine Toilette legen lassen, aber das eilte nicht. Sie hatte schon unter miesesten Verhältnissen in einem Zelt in Indien gelebt und empfand ihr kleines Elternhaus als reinsten Luxus.

»Hast du eigentlich noch nie einen Kerl gehabt?«, fragte Selma vorsichtig.

»Na ja, was heißt schon Kerl«, schnaubte Disa. »Männer habe ich gehabt, aber keinen richtigen Kerl. Arschlöcher waren sie, alle miteinander.«

»Wirklich alle, inwiefern?«

»Weißt du, in diesen Kreisen gab es viele Drogen. Manchmal hatte ich den Eindruck, die Drogen waren ihnen wichtiger als ich.«

Selma sah neugierig aus. »Du hast aber keine Drogen ausprobiert, oder?«

»Einmal, aber es hat mir nichts gegeben. Da ist mir ein richtiger Weinrausch lieber. Skål!« Disa prostete Selma zu.

»Na ja, ein Weinrausch ist schon ehrlicher, und Rotwein mag auch gesund sein, aber an einem ganz normalen Vormittag, das ist schon ein bisschen verrückt.« Selma nahm sich weitere Perlen. Dann lehnte sie sich zurück und genoss den Anblick ihres Werks.

»Ach ja, übrigens, *einen* richtigen Kerl habe ich gehabt. Er hat mich zum Zittern gebracht wie Espenlaub. Da habe ich mich wie eine richtige Frau gefühlt. Es lag an seinen Händen, die waren irgendwie magisch. Aber er war natürlich verheiratet, der Idiot, und hatte überall Kinder.«

Selma errötete und ließ versehentlich ein paar Perlen auf den Boden fallen.

Sie saßen eine ganze Weile schweigend da. Das Gespräch hatte einen vertraulichen Charakter bekommen. Sie nippten am Wein und lächelten sich dann und wann zu.

»In Frankreich war ich mal mit so einem verrückten Typen zusammen«, sagte Disa plötzlich. »Er hatte als Barkeeper in einem Restaurant gearbeitet, aber trank mehr Alkohol, als er verkaufte. Deshalb wurde ihm gekündigt. Nach einer Weile bekam er einen Job als Bestatter.«

»Ob das so passend war?«, warf Selma vorsichtig ein.

»Kommt drauf an, wie man es sieht. Die Leute haben schon getuschelt. Aber irgendjemand hat behauptet, er habe so eine Ehrfurcht vor den Toten. Wenn er eine Leiche hergerichtet hatte, stand er eine Weile mit ernstem Gesicht vor dem Sarg, und ehe er den Deckel schloss, verbeugte er sich und murmelte irgendwas.« Disa kicherte. »Eines Tages hat sich jemand in die Nähe gestellt, um zuzuhören. Weißt du, was er gesagt hat?«

»Nein.«

»Er hat gesagt: ›Möchten Sie noch was, bevor wir schließen?‹ Und dann hat er den Sargdeckel geschlossen.« Plötzlich wurde Disa wieder ernst. »Freu dich, dass du deinen Artur hast. Er ist so bodenständig ... und gut sieht er auch aus ... auf seine Weise«, fügte sie hinzu. »Er ist sicher ein grundehrlicher Mensch.«

Arturs Atem ging schwer, als er den Tresorraum betrat. Ein weiterer Mann war bereits dort, den er höflich begrüßte. Artur setzte sich auf einen Stuhl und tat so, als würde er irgendwas in seiner Brieftasche suchen. Der andere Mann holte schnell etwas aus seinem Fach, verabschiedete sich und ging.

Auf der Suche nach dem Schlüsselbund durchwühlte Artur seine Taschen und wurde beinahe panisch, als er ihn nicht fand. Am Ende fiel ihm die Innentasche der Jacke ein, wo er fündig wurde. Er zog rasch die Schlüssel hervor, ging zum Schließfach und öffnete es vorsichtig.

Doch, es sah genauso aus wie letztes Mal. Er schob ein paar Geldbündel beiseite und blickte tiefer in das kleine Fach hinein. Hinten lagen ein paar lose Zettel, die er schnell an sich nahm, bevor er die Luke zuschob. Auf dem einen stand eine Adresse, die Artur nichts sagte. Sie gehörte zu einem Ola Bing, der in Sjöbo wohnte. Außerdem war da ein leerer Umschlag, der an Stig Bengtsson im Jonebergsvägen 4 in Simrishamn adressiert war. Polizist hätte ich werden sollen, dachte Artur. Jetzt habe ich immerhin ein paar Anhaltspunkte.

Vorausschauend, wie er war, hatte er Stift und Papier mitgebracht und notierte sich schnell die beiden Adressen. Dann schob er die Zettel zurück ins Fach, schloss es ab und verließ mit leichten Schritten den Tresorraum.

Auf dem Weg zurück nach Tommarp war er richtig aufgekratzt. In Järrestad stieg er so heftig in die Eisen, dass der Wagen hinter ihm ein Ausweichmanöver machen musste. Der Fahrer hupte und drohte ihm wütend mit der Faust. Artur fuhr ein kleines Stück bis zu einem kleinen Kiesweg, wo er wenden konnte.

»Die Heringe!«, sagte er laut zu sich selbst. Das wäre ja was gewesen, ohne die Heringe nach Hause zu kommen! Als er vor dem Fischgeschäft stand, fiel sein Blick auf die Tüte mit den Büchern. Heute wachte offenbar ein Schutzengel über ihn. Er hatte schon vor vielen Jahren aufgehört, ein Abendgebet zu sprechen, aber *wenn* er abends gebetet hätte, dann hätte er seinem Schöpfer für den Hering und für die Bücher gedankt.

Selma war zu Hause, als er wiederkam. Sie sang und summte vor sich hin, und ein weiteres Mal dachte er dankbar an den Herrn, der dafür gesorgt hatte, dass Artur nichts vergaß.

»Die Heringe«, sagte er und stellte die Tüte auf die Spüle. »Sie hatten auch leckere Krabbenpasteten, und ich hätte fast welche gekauft, aber dann habe ich mich an das erinnert, was du gesagt hast.«

»Glück für dich, Artur«, sagte Selma kichernd.

»Was ist mit dir los? Du riechst ja nach *Alkohol,* Selma«, sagte er bestürzt.

»Wirklich?«

Artur fühlte sich hilflos. Selma war nie besonders scharf auf Alkohol gewesen, nicht einmal wenn sie auf irgendwelche Feiern eingeladen waren ... Und jetzt trank sie an einem ganz normalen Vormittag! Wenn nur diese Disa sie nicht ins Verderben lockte!

»Disa findet, dass wir zusammen zu dieser Erweckungsversammlung gehen könnten. War schon eine Weile her, dass wir zusammen auf einem Fest waren«, sagte Selma gickelnd.

»Fest!« Artur spuckte das Wort geradezu aus. »Aber klar, es gibt bestimmt ein Abendmahl, da kannst du gleich noch ein Gläschen abstauben. Und hinterher sprichst du in Zungen, und die Geister machen sich in deinem Körper breit.«

Selma wirkte beeindruckt und sah Artur scharf von der Seite an.

»Wo hast du das denn her?«

»Du bist ja der Meinung, ich würde in der Zeitung nur die Grundbucheinträge lesen, aber meine Augen sehen eben auch andere Dinge von Interesse.«

»Andere Dinge von Interesse!« Selmas Erstaunen war nicht zu übersehen. Auf wackligen Beinen ging sie zur Spüle und legte den Hering anschließend in den Kühlschrank. Artur packte seine Finger und versuchte an ihnen zu ziehen, aber er fühlte sich plötzlich völlig kraftlos. Er setzte seine Schirmmütze auf und ging zur Küchentür.

»Bring ein paar Eier mit, ja?«

»Weibsbilder«, murmelte er, während er die Küchentür zuknallte.

Bei den Hühnern kam er zur Ruhe. Im Stall setzte er sich auf eine alte Holzkiste. Na ja, das war so eine Sache mit der Ruhe. Natürlich gackerten die Hühner genauso herum wie Weibsbilder, aber er war dankbar, dass er in diesem Fall mal nicht verstehen musste, worum es ging … und außerdem erwarteten sie keine Antworten.

Artur grübelte herum, wie er im Fall Stig Bengtsson weiter vorgehen sollte. Natürlich wäre er gern nach Sjöbo gefahren und hätte sich das Haus dieses Ola Bing ein bisschen genauer angesehen. Natürlich hätte er sich nicht zu erkennen gegeben, sondern wollte einfach ein Gefühl dafür bekommen, was das für ein Typ war und wie er lebte. Wenn er Glück hatte, würde er weitere Anhaltspunkte finden.

Das ist ja richtige Ermittlungsarbeit, die ich da vor mir habe, dachte er stolz. Die Schwierigkeit war nur, wie er den Hof verlassen sollte, ohne dass Selma misstrauisch wurde. Dabei hatte sie momentan eigentlich gar nichts zu sagen, wo sie an einem ganz normalen Werktag nach Hause gekommen war und nach Alkohol gerochen hatte.

Er stand auf und ging quer über den Hofplatz zum Wohnhaus. Am Traktor blieb er abrupt stehen, machte eine Kehrtwendung Richtung Hühnerstall und holte ein paar Eier.

Wie fast jeden Abend schlief Artur auf dem Fernsehsofa ein. Der Wein, den Selma bei Disa bekommen hatte, machte sie ein bisschen dösig und schläfrig, und so schlief sie schon bald neben ihrem Mann auf dem Sofa ein. Gerade als die

Moderatorin die Nachrichten ankündigte, stöhnte Artur auf und murmelte: »Jonebergsvägen!«

»Kommt gerade was aus Simrishamn im Fernsehen?«, fragte Selma und saß kerzengerade auf dem Sofa.

»Keine Ahnung«, antwortete Artur verwirrt.

Beide starrten auf die Mattscheibe, nur um festzustellen, dass gerade ein Beitrag aus einem Kriegsgebiet gezeigt wurde.

»Du hast eben ›Jonebergsvägen‹ gesagt, Artur.«

»Aha.«

Selma ging ins Badezimmer, um sich bettfertig zu machen, während Artur plötzlich hellwach war. An der Grenze zwischen Schlafen und Wachen waren ihm plötzlich die anderen Schlüssel am Schlüsselbund eingefallen. Drei normale Schlüssel für Schnappschlösser, wenn er sich nicht irrte. Dann passt sicher einer davon in Stig Bengtssons Wohnungstür, dachte er. Vielleicht sollte er mal hinfahren – nur um auszuprobieren, ob einer der Schlüssel passte. Die Spannung stieg in ihm wie Meerwasser bei Flut.

»Schalt bitte den Fernseher aus, bevor du wieder einschläfst!«, rief Selma vom Bad aus.

Artur hingegen spürte ganz deutlich, dass momentan keine Gefahr bestand, dass er einschlafen würde. Die Ermittlungen hatten gerade ein entscheidendes Stadium erreicht.

»Ich komme, Rosi!«

Schon am Samstagnachmittag begann ein steter Strom von Autos zur Erweckungsversammlung zu kommen. Disa und Selma hatten beschlossen hinzugehen, und auch wenn Artur zunächst eher zögerlich gewesen war, hatte er sich schließlich doch entschieden, sie zu begleiten.

»Soll ich den Schlips mit den rosa Elefanten umbinden?«, fragte Artur nach dem Duschen.

»Ich glaube wirklich nicht, dass das zu diesem Anlass passt.« Selma zog einen der grauen Beerdigungsschlipse hervor und legte ihn auf den Küchenstuhl.

»Den hatte ich doch schon bei Oskars Begräbnis an.«

»Macht doch nichts. Wir sind schließlich in diesem Zelt, und da hast du sowieso die Jacke an.«

»Da hast du auch wieder recht. Was ist das eigentlich, so eine Erweckungsversammlung? Ich weiß nur, dass dieser bekannte Prediger, Målle Lindberg heißt der, glaub ich, mal eine auf dem Markt von Kivik veranstaltet hat. Da sollen auch ein paar Stripperinnen gewesen sein. Kein schöner Anblick übrigens, das waren ein paar ziemlich fette Weiber aus Estland.«

»Unglaublich, wie gut informiert du bist«, sagte Selma säuerlich. »Sehr viel mehr weiß ich auch nicht darüber. Ich denke mir, dass ein paar Erweckte von ihrer Bekehrung erzählen, und dann gibt es vermutlich ein paar Wunderheilungen mit Handauflegen.«

»Vielleicht hat Hernemo das mit dem Handauflegen schon mal bei Disa geübt.«

»Ehrlich gesagt, bin ich schon ein bisschen gespannt auf das Ganze. Aber kein Wort über das, was wir im Garten gesehen haben, Artur!«

Selma zog sich ihren neuen Volantrock an, und dann spazierten sie zu Disa.

Ihre Nachbarin war schon fertig, als sie kamen. Sie trug einen großen, bunten Poncho und feste Schnürstiefel, und sie war bester Laune.

»Kommt, Freunde, auf geht's zur Seelenpflege!«, sagte sie fröhlich und ging mit raschen Schritten vorneweg.

Aus dem Garten der Hernemos war laute Musik zu hören, und die lange Reihe von Autos am Straßenrand blitzte in der Sonne.

»Sollen wir durch den Garten gehen?«, fragte Selma unsicher.

»Klar«, antwortete Disa und öffnete die Gartenpforte.

Sie standen eine Weile da, als wollten sie sich einen Überblick verschaffen. Als Hernemo sie entdeckte, kam er ihnen zögerlich entgegen. Er trug ein langes weißes Gewand mit Kapuze.

»Willkommen. Und wie nett, dass Sie auch gekommen sind«, sagte er in einem nicht allzu freundlichen Ton zu Selma und Artur. »Nehmen Sie doch schon mal im Zelt Platz. Die Zeremonie beginnt bald.«

»Was wird denn das für ein Spektakel?«, fragte Artur und zupfte Selma am Ärmel.

»Sch.« Selma schob seinen Arm unsanft beiseite und folgte Disa, die mit entschlossenen Schritten das Zelt betrat.

Dort drinnen herrschte eine seltsame Wärme. Etwa vierzig Personen saßen auf langen Holzbänken, und fast alle trugen weiße Gewänder. Ganz vorn stand ein Altar mit Kandelabern und rechts und links davon zwei große Holzkreuze. Britt Hernemo war nirgends zu sehen. Disa suchte nach Selmas Hand, und sie sahen sich lächelnd an. Eine warme Welle erfasste Selma, und sie legte ihre andere Hand auf Arturs, aber der zog seine schnell weg.

Vorn zündete Hernemo die Kerzen an und stellte die Musik aus. Britt Hernemo kam hereingeschlichen und setzte sich auf die Bank vor ihnen. Beim Anblick der Nachbarn stutzte sie ein wenig und nickte steif.

»Jesus, ich empfange dich und bekenne dich als meinen Herrn und Erlöser. Gott hat dich von den Toten erweckt. Vergib mir alle meine Sünden. Danke, dass ich nun erlöst und ein Kind Gottes bin. Amen. Elof Knast hat darum gebeten, Zeugnis zu geben. Bitte sehr«, sagte Hernemo und trat zur Seite.

»Viele Jahre habe ich nicht an Gott geglaubt. Mein Dasein war ein einziges Chaos, und ich habe sogar daran gedacht, mir das Leben zu nehmen. Eines Abends war ich in einem Restaurant. Ich aß und trank und hatte das merkwürdige Gefühl, es sei meine letzte Mahlzeit. Auf dem Heimweg brach ich zusammen und dachte, nun habe mein letztes Stündlein geschlagen. Doch dann spürte ich eine behutsame Hand auf meiner Schulter. Es war eine Frau, die mir aufhalf. Ich bin davon überzeugt, dass Gott sie mir gesandt hat. Ihre Hand vermittelte mir eine innere Ruhe. Und als ich später zu Hause war, wurde mir klar, dass ich bekehrt worden war«, erklärte Elof ernsthaft.

»Halleluja!«, schrie Disa, erhob sich und wedelte mit ihren Armen herum.

Selma wusste nicht, wo sie hinsehen sollte. Die Menschen drehten sich um und betrachteten Disa misstrauisch, doch die wedelte einfach weiter und rollte mit den Augen.

Der Mann, der soeben Zeugnis gegeben hatte, wirkte noch blasser als zuvor.

»Wahrscheinlich war der einfach nur besoffen«, flüsterte Artur seiner Frau zu.

Die ignorierte seinen Kommentar und saß still und ein wenig gedankenverloren da. In dem Moment schaltete Hernemo die Stereoanlage auf volle Lautstärke. Das Lied schienen viele zu kennen, denn die meisten sangen mit. Selma gefiel es, aber sie konnte sich nicht richtig entspannen, weil sie weitere Auftritte von Disa befürchtete.

Nach dem Lied gab Hernemo ein Zeichen, und mehrere Personen begannen in Zungen zu sprechen. Es waren unverständliche Reden in wechselnder Lautstärke. Plötzlich erhob sich Disa erneut und drehte ihre Stimme auf maximale Lautstärke, während ein unartikulierter Wortstrom über ihre Lippen kam. Die Anwesenden sahen sie erschrocken an. Britt Hernemo duckte sich, und ihr Mann stand wie versteinert da. Ja, wer ihn nicht kannte, hätte meinen können, er sei eine Statue.

Selma versuchte ihre Freundin am Poncho zu ziehen, und Arturs Augen leuchteten wie zwei helle Laternen in der Dunkelheit. Doch Disa tat so, als wäre nichts geschehen, bahnte sich einen Weg nach vorn zu Hernemo und hielt ihre Hand über seinen Kopf, als wollte sie ihn segnen. Gleichzeitig richtete sie unverständliche Sätze an die erschrockene Gemeinde. Hernemo drehte Disa verlegen den Rücken zu und ging Richtung Ausgang.

»Folgt den Spuren des Herrn«, sagte Hernemo und stellte sich an die Zeltöffnung. Mit leicht gebeugten Knien und das Gesicht zum Himmel gewandt, schritten die weiß gekleideten Gottesdienstbesucher in einer langen Reihe aus dem Zelt. Als es der Letzte verlassen hatte, schloss auch Disa sich mit wackligen Knien an. Vergeblich versuchte Selma sie zurückzuhalten.

»Jetzt ist es aber gut, verdammt noch mal«, sagte Artur heftig. »Ich gehe jedenfalls nach Hause.«

»Wir können Disa nicht allein zurücklassen, das musst du doch verstehen.« Selma begann zu kichern.

»Du meinst doch nicht etwa, dass wir diesem albernen Gefolge auch noch hinterherrennen sollten? Ein Glück, dass Mutter und Vater nicht mehr leben.« Artur stand auf und ging in den Garten hinaus. An der Stelle, wo Hernemo neulich herumgebuddelt hatte, war nichts mehr zu sehen – außer dem frisch umgegrabenen Rechteck.

Über das Feld hinter dem Haus der Hernemos zogen die weiß gekleideten Gottesdienstbesucher wie in einer Prozession. Dann bahnten sie sich einen Weg durchs Gebüsch, um in den Garten zu gelangen.

»Genauso haben wir vermutlich auch an dem Abend ausgesehen, als wir wie zwei Volltrottel im Lehm herumgestapft sind«, sagte Selma nervös.

Artur antwortete nicht, sah aber äußerst frustriert aus.

In diesem Moment gesellte sich Disa zu ihnen.

»Und, was sagt ihr? Gib mir Stärke! Aber Spaß hat's schon gemacht. Jetzt brauchen wir ein bisschen Wein. Kommt ihr mit zu mir nach Hause?«

»Nicht heute, aber gern ein andermal wieder«, sagte Selma.

»Wie ihr wollt. Vergiss nicht, dass du morgen mit nach Simrishamn kommen wolltest. Ich muss doch noch die Hose abholen, die ich habe kürzen lassen.«

Selma warf Artur einen entschuldigenden Blick zu, doch der lächelte nur und nickte freundlich.

»Na klar, tut das.«

Zu Hause setzten sich Selma und Artur an den Küchentisch und sprachen über das, was sie gesehen und gehört hatten. Sie waren sich einig, dass das Ganze mehr als merkwürdig gewesen war. Obwohl Selma sich kaum halten konnte vor Lachen, musste auch sie einräumen, dass Disa sich diesmal ganz besonders komisch aufgeführt hatte.

»Aber sie ist, wie sie ist«, konstatierte Selma. »Möchtest du auch Zeugnis geben, Artur Jacobsson?«, fragte sie schließlich.

»Zeugnis geben?«

»Na, ich frage mich, ob du mir etwas zu sagen hast, was die Adressen in deiner Jackentasche betrifft. Ich habe bewusst gewartet und gehofft, dass du das von selbst ansprechen würdest. Und jetzt zieh bloß nicht an deinen Fingern, sondern sag einfach, was los ist.«

»Ach ja, die Adressen«, meinte Artur und lachte steif.

»Genau die. Vielleicht sind sie das Geheimnis, von dem Björn erzählt hat?«

»Ach, Unsinn.«

Artur versuchte die Wörter in die Länge zu ziehen, weil er keine richtige Antwort hatte. Doch er war ewig dankbar, dass er den Schlüsselbund zuletzt in die Hosentasche und nicht in die Jackentasche gesteckt hatte.

»Ich warte.«

Als Selma ihn mit diesem Blick ansah, fühlte er sich wie ein kleiner Schuljunge, der etwas ausgefressen hatte.

»Na ja ... Da waren zwei Aushänge im Fischgeschäft. Die beiden Männer wollen gebrauchte Autoreifen verkaufen.«

Selma holte den Zettel aus dem Küchenschrank und knallte ihn vor Artur auf den Tisch.

»Alle beide? Dann finde ich es aber komisch, dass sie keine Telefonnummern dazugeschrieben haben. Der eine wohnt in Sjöbo. Wir können ja zusammen hinfahren, dann kann ich die Gelegenheit nutzen, um ein paar Blumen auf Tante Iris' Grab zu pflanzen, da war ich schon länger nicht mehr.«

»Die Nummern habe ich wohl in der Eile vergessen abzuschreiben.«

»Du bist doch wohl nie in Eile. Wenn man Autoreifen verkaufen will, schreibt man normalerweise seine Adresse *und* seine Telefonnummer auf. Der eine heißt Ola Bing, sehe ich, aber der andere offenbar nur SB. Eine Sache sage ich dir, Artur: Morgen zum Frühstück möchte ich eine Antwort auf das hier ...« Selma wedelte mit dem Zettel in der Luft herum. »... und ich will wissen, was es mit dem Geheimnis auf sich hat. Nimm dir genug Zeit zum Nachdenken, aber keine Lügen, verstanden? Lügen haben kurze Beine, vergiss das nicht, Artur.« Selma erhob sich heftig, ging aus dem Zimmer und schaltete den Fernseher an.

Halleluja, dachte Artur und war so nervös, dass er ein

hysterisches Lachen von sich gab. Gott erbarme dich. Er sackte verzweifelt am Küchentisch zusammen.

Noch immer schallte dröhnende Musik aus dem Garten der Hernemos herüber, aber das Einzige, was in Arturs Ohren nachhallte, waren Selmas Vorwürfe.

11

Artur hatte die ganze Nacht nachgedacht. Viel Schlaf hatte er nicht abbekommen. Doch gegen Morgen, als es dämmerte, war sein Mut zurückgekehrt, und er hatte sich entschieden. Er würde nichts erzählen. Sollte Selma doch sagen, was sie wollte. Wenn sie hartnäckig blieb, würde er die Sache von 1958 auf den Tisch bringen, als sie versprochen hatte, abends um sieben zum kleinen Wäldchen zu kommen. Aber sie war nicht gekommen, und er hatte dagestanden und auf sie gewartet wie ein Volltrottel. Sein Magen hatte verrückt gespielt, wie immer, wenn er nervös war. Schließlich hatte er sich hinter einen Busch hocken müssen. Doch damit nicht genug: Wimmernd hatte er festgestellt, dass er sich buchstäblich in die Nesseln gesetzt hatte, weshalb ihm noch Tage später der Hintern schmerzte.

Ja, die Geschichte würde sie sich heute anhören müssen, wenn sie störrisch war. Dabei war Artur gar nicht bösartig, er wollte nur, dass Gerechtigkeit geübt wurde. Im Vergleich zu dem, was sie ihm damals angetan hatte, war sein jetziges Verhalten harmlos.

Trotz seines Entschlusses war Artur etwas unruhig, als er auf dem Küchenstuhl saß und darauf wartete, dass Selma aufwachte. Was seine Frau betraf, gab es wirklich kein Patentrezept. Sie war unberechenbar, fand er. Aber freundlich und gerecht, das musste man ihr lassen.

Jetzt hörte er, wie sie auf die Toilette ging. Er streckte sich, und sein kleiner Bauch verschwand, während sich der Brustkorb weitete.

»Guten Morgen«, sagte Selma.

»Guten Morgen, Rosi. Heute ist es richtig warm und schön draußen.« Artur erkannte seine eigene sanfte Stimme kaum wieder.

»Bald wird es hier drinnen auch warm, glaube ich.« Selma holte den Orangensaft, ehe sie sich an den Tisch setzte.

»Es gibt neue Fälle von Vogelgrippe.« Artur zeigte erschrocken auf die Tageszeitung. »Meinst du, wir sollten unseren Hühnern den Hals umdrehen?«

»Und wer sollte dann die Eier legen? Du vielleicht?« Selma sah ihn scharf an. »*So*«, sagte sie dann.

Jetzt ist es so weit, dachte er. Sein Blick wanderte durch die Küche, doch dann sah er Selma direkt in die Augen, und für einen kurzen Moment kam es ihm so vor, als hätte er sie aus der Fassung gebracht.

»Das Geheimnis und die andere Sache. Daraus wird nichts.«

»Wird nichts? Was meinst du damit?«

»Was ich sage. Daraus wird nichts. Ich habe die ganze Nacht darüber nachgedacht.«

»Nicht die ganze Nacht«, sagte Selma. »Zwischendurch hast du ziemlich laut geschnarcht.«

»Geheimnisse soll man nicht verraten. Du wirst schon noch rechtzeitig davon erfahren, und dann wirst du stolz und froh sein.«

»Stolz und froh«, schnaubte Selma.

Die plötzliche Stille, die die Küche füllte, war ohrenbetäubend. Artur hörte seine Kiefer knacken, während er sein Brot kaute. Er tat so, als wäre das Ganze ausdiskutiert, und schlug die Tageszeitung auf.

»Seitdem wir die komische Aktion im Garten der Hernemos beobachtet haben, bist du wie ausgewechselt. Du hast doch gestern gesehen, dass dort gar nichts Besonderes passiert. Ich hoffe, dass du in dieser Angelegenheit nicht weiter herumschnüffelst. Das wäre ganz schön peinlich, hörst du, Artur?«

»Ich werde nichts mehr dazu sagen ... zumindest nicht zum jetzigen Zeitpunkt.«

Plötzlich fand er, dass sie unglücklich aussah. Er sehnte sich danach, dass alles wieder war wie früher. Das eben war die leichteste Schlacht gewesen, die er je in seinem Haus gewonnen hatte. Er war selbst erstaunt. Aber vermutlich lag es daran, dass er seinen Entschluss mit so viel Nachdruck mitgeteilt hatte.

Er atmete so tief ein, dass sein Bauch erneut verschwand und sein Brustkorb sich hob. Eigentlich hatte er mit der Formulierung »aus ermittlungstechnischen Gründen kann ich zum jetzigen Zeitpunkt nicht mehr verraten« enden wollen, aber nun war er froh, dass er das nicht getan hatte. Stattdessen erhob er sich vom Tisch, um zu unterstreichen, dass die Diskussion beendet war. Natürlich starrte sie ihn wütend an, aber sie sagte nichts, keinen Mucks gab sie von sich.

Erst beim Vormittagskaffee meinte Selma: »Ich hatte Disa versprochen, mit in die Stadt zu fahren.«

»Ja, du kannst sicher ein bisschen Tapetenwechsel gebrauchen. Aber bitte keine weiteren Volantröcke«, versuchte er zu scherzen. Während seiner nächtlichen Qualen hatte er darüber nachgedacht, ob er es riskieren sollte, nach Sjöbo zu fahren, während Selma in Simrishamn war. Er versuchte, die Buszeiten in die Stadt herauszufinden, aber der Fahrplan war so kompliziert, dass er es wieder aufgegeben hatte. Er würde bestimmt nicht länger als eine Dreiviertelstunde bis nach Sjöbo brauchen, und er würde es sicher hin und wieder zurück schaffen, bis Disa und Selma zu Hause waren.

»Ich mache mir Sorgen um Artur«, sagte Selma zu Disa, als sie wenig später im Bus saßen.

»Sorgen?«

»Ja, er hat so viele merkwürdige Ideen. Er kann den Gedanken an ein Grab im Garten der Hernemos einfach nicht loslassen. Es ist so, als würden die rosa Elefanten nicht nur auf seinem Schlips sitzen, sondern auch in seinem Kopf.«

»Ach, lass ihn doch.«

»Ich habe gestern einen Zettel in seiner Jackentasche gefunden. Mit zwei merkwürdigen Adressen.« Irgendwas daran war nicht ganz koscher, davon war sie überzeugt.

»Die Adresse einer Frau?«, fragte Disa und klang gleich etwas interessierter.

»Nein, das Gott sei Dank nicht ... aber irgendwas stimmt trotzdem nicht.«

»Du machst dir immer Sorgen, Selma. Nimm das Leben nicht so schwer. Es nimmt seinen Gang, egal, wie viele Sorgen du dir machst. Du kannst eh nichts dagegen tun. Das habe ich auch erst lernen müssen. Ich hatte mal eine Freundin, die sich um alles Sorgen gemacht hat. Als ihre Tochter klein war, hatte sie solche Angst, dass ihre Tochter ersticken könnte, dass sie sogar die Orangenspalten geschält hat, damit sie sich nicht daran verschlucken konnte. Da hätte sie ihr doch gleich Orangensaft geben können. Später wurde das Mädel übrigens von einem Lkw überfahren. Und da hat sich meine Freundin ganz umsonst Sorgen um lauter Kleinkram gemacht.«

Selma saß schweigend da. Sie war genauso gewesen. Als Klas klein war, hatte sie sogar die Gummibärchen geteilt, damit er nicht daran ersticken konnte. Und er durfte nur ein halbes Gummibärchen auf einmal in den Mund stecken.

»Ich habe mir vorgenommen, ins Fitnessstudio zu gehen«, kündigte Disa an. »Ich muss ein bisschen in Form bleiben.

Willst du mitkommen? Ein bisschen Gesellschaft wäre sicher ganz nett. Wobei ... du hast einen so hübschen zierlichen Körper, da brauchst du eigentlich gar nicht ins Fitnessstudio zu gehen.«

Kaum zu glauben, wie froh Disa ihre Freundin Selma machte. Nur ein paar kleine Worte dann und wann, aber sie trafen sie mitten ins Herz. Beinahe wie diese gestickten Sprüche, die in Küchen hingen: »Eigener Herd ist Goldes wert« oder »Alte Liebe rostet nicht«. Selma wurde immer ganz sentimental, wenn sie die las, und fragte sich, wer wohl diese kurzen, kraftvollen Worte formuliert hatte. Genauso war Disa: sie traf immer ins Schwarze. Allein die Wärme von ihr hier im Bus führte dazu, dass Selma sich wohlfühlte.

»Ich war schon mal im Fitnessstudio«, sagte Selma.

»Du? Warum denn das?«

Und dann erzählte Selma, wie sie über Bernhard gestolpert war und sich das Bein gebrochen hatte.

»Aber ich habe mich dort nicht besonders wohlgefühlt«, fuhr Selma fort. »Ich hatte den Eindruck, dass da vor allem Jugendliche in schicker Sportkleidung hingehen. Ich hatte eine ganz normale Jerseyhose an, und eine Wasserflasche hatte ich auch nicht dabei. Die Leute sind herumgelaufen und haben ständig an ihren Flaschen genuckelt, fast so, als wären es Babyflaschen.«

»Wir könnten doch hingehen und ein Probetraining vereinbaren, wenn wir ohnehin in der Stadt sind«, schlug Disa vor.

Selma ahnte, dass dieses Frühjahr sich von allen bisherigen unterscheiden würde. Natürlich hatten sie Klas und seine Familie, aber eine richtige Freundin hatte ihr gefehlt.

Ganz schön unterschiedlich sind wir schon, dachte sie und betrachtete ihren beigefarbenen Popelinemantel, die dicken Gummisohlen ihrer Schuhe und die schwarze Handtasche. Als sie zu Disa hinübersah, schmerzten ihr beinahe die Augen. Disa trug eine lila Wolljacke und einen gestreiften handgestrickten Schal in allen Regenbogenfarben, den sie sich mehrmals um den Hals gewickelt hatte, und in ihre dicken, schwarzen Schnürstiefel hatte sie knallrote Schnürsenkel gefädelt. Die roten Locken schienen ein Eigenleben zu führen, und manchmal fragte Selma sich, ob sie sie überhaupt jemals kämmte.

Doch trotz der äußeren Unterschiede fand Selma, dass sie in ihren Gedanken eigentlich ganz ähnlich war wie Disa. Auch sie war offen für Veränderungen und Herausforderungen – und neugierig war sie ebenfalls. Der einzige Unterschied war, dass Disa ihre Sehnsucht ausgelebt und die Herausforderungen des Lebens angenommen hatte. Selma hatte nur darüber nachgedacht. Aber das würde sich ändern, ganz bestimmt.

Artur wagte nicht, sich anzuziehen, bevor Selma sich auf den Weg gemacht hatte. Als sie weg war, folgte er ihr mit dem Blick die Straße entlang. Dann sah er auf die Uhr. Er wusste, dass der Bus um 9:40 Uhr ging. Sobald es zwanzig vor zehn war, zog er seine Sonntagshose an und legte vorsichtshalber den Haustürschlüssel unter das Fensterblech der Kellerluke. Natürlich hoffte er inständig, dass Selma nicht als Erste kommen würde, denn sonst würde ihm was blühen. Er nahm einen Block und einen Stift mit und fühlte sich, als hätte er einen richtigen Fahndungsauftrag. Ja, er hätte wirklich Polizist werden sollen …

Während er an der Landstraße entlangfuhr, betrachtete er neugierig die Felder, wo richtig viel los war. Manchmal fehlte ihm die Landwirtschaft. Nicht das frühmorgendliche Versorgen der Nutztiere, sondern der Ackerbau. Er fand es jedes Jahr gleich faszinierend, wenn die erste Saat aus der

Erde sah. Und dann kam die ewige Sorge um zu viel Trockenheit oder zu viel Regen. »Nie sind die Landwirte zufrieden«, pflegten die Leute zu sagen, aber es war schon eine Gratwanderung, das mit dem Wetter. Große Summen standen auf dem Spiel. Die heftigen Hagelschauer konnten manchmal die ganze Ernte zerstören.

Vielleicht war es gerade diese Unsicherheit, die das Ganze so spannend machte? Er vermisste auch das zufriedene Gefühl, wenn das frisch eingebrachte Heu endlich duftend auf dem Heuboden lag. In jungen Jahren hatten er und Selma sich sogar im Heu geliebt. Er lächelte. Seine Rosi. Neulich Abend, als sie diesen Volantrock trug, hatte er schon eine gewisse Erregung verspürt …

Er fuhr sich mit der Hand übers Kinn, griff dann aber wieder mit beiden Händen zum Lenkrad, während er das Rondell von Gärsnäs umfuhr.

Als er beim Putenhof von Ingelsta vorbeikam, sog er die herrlichen Düfte von der Räucherei ein, die gerade in Betrieb war. Sie hatten schon mehrmals im Hofladen eine Platte mit leckeren Fleischspezialitäten geordert, wenn sie Gäste hatten, und letzte Woche hatten sie darüber gesprochen, ob sie nicht mal eine kleine Sandwichtorte bestellen und Disa zu sich einladen sollten. Sie war zwar schon ein paarmal bei Selma zu Besuch gewesen, allerdings nur zum Kaffeetrinken. Es war höchste Zeit, sie einmal richtig zum Essen einzuladen und dazu eine der Weinflaschen zu öffnen, die sie von Klas und Elna geschenkt bekommen hatten. Richtig gemütlich würde es werden.

Wie immer, wenn er in Gedanken versunken war, rauschten die Ortschaften vorbei, ohne dass er merkte, dass er durchgefahren war. Irgendwann war er jedenfalls in Sjöbo. Jetzt musste er nur noch diese Adresse finden.

Er wühlte in seiner Tasche und zog den Zettel heraus. Erst

fuhr er ein bisschen planlos durch die Gegend, doch dann beschloss er, anzuhalten und sich nach dem Weg zu erkundigen. Auf dem Marktplatz saßen ein paar alte Männer auf einer Bank, und Sjöbo war so übersichtlich, dass sie bestimmt wussten, wo das Haus lag, das er suchte.

Zurück im Auto, kritzelte er die Wegbeschreibung auf einen Zettel. Er hatte den Eindruck, dass die Männer ihn ganz schön misstrauisch angesehen hatten, als er ihnen die Anschrift nannte. Plötzlich befiel ihn eine starke Unruhe. Was, wenn es eine richtige Räuberhöhle war? Nun, er würde nur langsam vorbeifahren und einen ganz kurzen Blick riskieren.

Als er in die Straße einbog, stellte er zufrieden fest, dass sie mit kleinen Einfamilienhäusern bebaut war und nicht, wie er befürchtet hatte, mit Mietsblöcken, denn dann hätte er sicher nicht so viel herausgefunden.

Manche Leute schaffen es wirklich nicht, die Hausnummern gut sichtbar anzubringen, brummte Artur vor sich hin. Doch dann fuhr er an einem Haus vorbei, das gar keine Nummer benötigte. Er wusste auch so: Hier musste es sein. Das Grundstück sah aus wie ein einziger Schrottplatz. Autoreifen, Holzpaletten und alte Autos.

Artur keuchte, stellte den Fuß aufs Bremspedal, aber vergaß zu schalten. Das Auto machte einen Satz und blieb stehen. Mein Gott. Hab ich's mir doch gedacht. Ich bin auf der richtigen Spur.

Disa rauschte ins Fitnessstudio. Ihr langer Schal schlug Selma ins Gesicht, sodass sie ihre Mütze zurechtrücken musste. Disa sah sich neugierig um und ging dann zum Tresen.

»Wir wollten ein Probetraining vereinbaren«, sagte sie.

»Waren Sie schon mal in einem Studio, oder wollen Sie lieber erst mal eine Einführung durch einen Trainer?«

»Lass uns lieber eine Stunde mit Trainer buchen, Disa«, sagte Selma, weil sie befürchtete, dass sie sonst Disa in die einzelnen Geräte einführen müsste.

»Wollen Sie gleich eine Mitgliedskarte lösen?«, erkundigte sich die nette und durchtrainierte junge Frau. Sie zeigte ihnen die Preisliste und erklärte die verschiedenen Angebote, doch Selma und Disa waren sich einig, dass sie erst mal ein Probetraining wollten.

»Was es alles für Geräte gibt!«, sagte Disa erstaunt, als sie wieder draußen standen. »Das sieht richtig spannend aus. Sollen wir uns auch solche Leggings kaufen und passende Tops?«, fuhr sie fort.

»Du bist ja verrückt. Wie würde das denn aussehen …« Doch im selben Moment schämte sich Selma für das, was sie gesagt hatte, und korrigierte sich: »Mach das ruhig, Disa. Du bist eher der Typ für so was, ich kaufe mir vielleicht eine normale Jogginghose, wenn das Ganze gut läuft.«

»Ob es gut läuft oder nicht«, sagte Disa, »liegt ja wohl hauptsächlich an uns selbst.«

Selma musste lächeln. Das war typisch Disa. So optimistisch und direkt. Sie ging einfach davon aus, dass es gut laufen würde. Selma wünschte sich, dass sie ein bisschen von ihrer Zielstrebigkeit hätte.

»Und jetzt gehen wir ins Café und gönnen uns ein richtig klebriges Blätterteigteilchen, damit wir auch genug Kalorien zum Wegarbeiten haben.« Disa wartete gar nicht erst auf Selmas Antwort, sondern ging die Treppe zu »Thulins Konditori« hoch.

In jungen Jahren hatten Artur und Selma oft hier gesessen, aber das war schon lange her. Natürlich waren sie häufig zum Einkaufen in Simrishamn, aber sie gönnten sich merkwürdigerweise nie einen Besuch in der Konditorei. Wobei es nicht in erster Linie an ihrer Sparsamkeit lag, sondern daran, dass ein Cafébesuch einfach gar nicht mehr in ihrer Gedankenwelt vorkam.

Umso mehr genoss sie es jetzt, mit Disa in der Konditorei zu sitzen. Richtig luxuriös und freundlich war es hier. Sie warf einen Blick in den großen Spiegel an der Wand und musste ein bisschen kichern, als sie sich und ihre Freundin darin sah: Disa mit ihren wilden roten Locken und lang herabhängenden Ohrringen und sie selbst mit der braven Mütze. Aber es zählt ja nicht das Äußere, dachte sie, während sie ein großes Stück von ihrem Blätterteigteilchen abbiss.

Nach dem heftigen Bremsmanöver stand das Auto beinahe quer auf der Straße. Artur schnappte wie ein frisch gefangener Hecht nach Luft, und sein Blick heftete sich auf den neuen, blitzenden BMW, der schräg hinter dem Haus parkte. Aha, hier hielt sich Stig Bengtsson also auf. War es nicht verboten, sich zu verstecken, wenn man von der Polizei gesucht wurde? Wenn ihm nur nichts Schlimmes zugestoßen war! Nicht dass dieser Ola Bing, der hier wohnte, sein Auto gestohlen hatte oder Stig Bengtsson womöglich gefangen hielt?

Hinter ihm hupte jemand. Artur startete das Auto wieder und fuhr langsam weiter die Straße entlang. Er drehte eine Runde um den Block und blieb erneut vor Ola Bings Haus stehen. Dann schaltete er den Motor aus, diesmal freiwillig, und grübelte herum, doch in seinem Kopf herrschte genauso ein Kuddelmuddel wie zu Hause in seinem Werkzeugkasten.

Plötzlich öffnete sich die Haustür, und ein kräftiger Mann mittleren Alters kam heraus, der sich seinen Bauch durch viele Jahre fleißigen Biertrinkens erarbeitet haben musste. Eine Zigarette hing in seinem Mundwinkel, und er fasste sich mit der Hand in den Schritt, als müsse er seine Kronjuwelen sortieren. Dann öffnete er die Tür zum BMW, beugte sich vor und nahm ein paar Zettel vom Vordersitz.

Als er sich wieder aufrichtete, warf er Artur einen wütenden Blick zu, woraufhin dieser sich rasch in sein Handschuhfach vertiefte und so tat, als suche er irgendwas. Ehe der Mann wieder im Haus verschwand, spuckte er ins ungepflegte Blumenbeet.

Artur notierte sich das Autokennzeichen und fuhr davon. Planlos kurvte er durch Sjöbo, bis er schließlich entschied, ein drittes Mal zum Haus von Ola Bing zu fahren, in der Hoffnung, einen Blick auf Stig Bengtsson zu erhaschen. Vorsichtshalber parkte Artur diesmal ein Stück entfernt. Er beschloss, sich das Autokennzeichen des anderen Autos zu notieren, das auf dem Grundstück stand. Neben dem BMW und den vielen Autowracks schien es der einzige Wagen zu sein, der noch in Gebrauch war.

Das Nummernschild war hinter ein paar Büschen verborgen, weshalb Artur ausstieg. Gerade als er sich das Kennzeichen aufschreiben wollte, kam der kräftige Mann um die Hausecke.

»Haben Sie irgendwelche Probleme?«, fragte er barsch.

»Hier gibt es keine Probleme ... zumindest nicht auf meiner Seite des Zauns«, erdreistete sich Artur zu erwidern.

»Kann ich Ihnen mit irgendwas behilflich sein?«, fragte der Mann in etwas ruhigerem Ton.

»Ich glaube schon, aber dazu würde ich mich gegebenenfalls noch mal melden.«

»Und die Schirmmütze nicht vergessen, ehe Sie losfahren. Alte verwirrte Männer sollten so was beim Autofahren tragen.«

Artur spürte, wie sich sein Atem beschleunigte, aber er traute sich nicht zu widersprechen. Angenommen, Stig Bengtsson saß im Haus und sah ihn? Es war zwar viele Jahre her, dass sie sich zuletzt getroffen hatten, aber das Risiko bestand durchaus, dass Stig ihn erkennen würde.

Leider startete Arturs Auto nicht beim ersten Versuch, und der Mann im Garten grinste boshaft und sortierte erneut seine Kronjuwelen. Beim dritten Versuch gelang es ihm, den verdammten Motor in Gang zu kriegen, woraufhin der Wagen ein paar Meter vorwärtshüpfte. Noch vor der nächsten Straßenecke hatte Artur in den vierten Gang geschaltet.

Auf dem Heimweg kreisten mehr Gedanken in seinem Kopf als zuvor. Konnte er womöglich des Zurückhaltens von Beweismitteln bezichtigt werden? Wenn dieser Mann Stig etwas Böses antat oder angetan hatte, war Artur irgendwie mitschuldig?

Was für ein verflixtes Kuddelmuddel, dachte er. Jetzt fehlt nur noch, dass Selma schon zu Hause ist und sich fragt, wo ich abgeblieben bin. Gleichzeitig erwog er, ihr endlich zu berichten, was er gesehen hatte – und ihr von den Schlüsseln und dem Bankschließfach zu erzählen.

Aber vorher würde er mit Klas reden. Der arbeitete doch bei einer Autofirma und konnte bestimmt herausfinden, wer der Eigentümer des BMW war. Er konnte ja behaupten, sein Auto sei von dem BMW angefahren worden und der Besitzer habe Fahrerflucht begangen. Ein bisschen abwegig war es natürlich, denn sein Auto war rostig und ziemlich verbeult. Er hatte es in der Landwirtschaft benutzt und verschiedenste Dinge damit transportiert, aber er glaubte nicht, dass es Klas irgendwie auffallen würde.

Am Ortsausgang von Sjöbo stand die Polizei und winkte ihn heraus. Hatte die Frau im Tresorraum also doch geplaudert! Er hatte es befürchtet, aber den Gedanken verdrängt. Vielleicht wurde bereits nach ihm gefahndet? Artur lenkte das Auto vorsichtig an den Straßenrand und kurbelte das

Fenster herunter, während ihn das Gefühl überkam, als drehte ihm eine Hand den Hals um.

»Sie wissen vielleicht, worum es geht?«, fragte der Polizist streng.

»Ich fürchte, ja«, antwortete Artur kleinlaut.

»Den Führerschein bitte … falls Sie so was besitzen.«

Artur wühlte in der Jacke nach seiner Brieftasche. Als er die Adresse auf dem Sitz entdeckte, riss er den Zettel an sich und steckte ihn in die Hosentasche. Dann reichte er dem Polizisten seinen Führerschein. Der prüfte das Dokument ausführlich, ehe er es ihm zurückgab.

»Wir führen außerdem eine Alkoholkontrolle durch«, fuhr der Polizist fort. Er reichte Artur das Gerät und erklärte es ihm.

Artur hatte das Gefühl, als wäre ihm sämtliche Atemluft abhandengekommen, aber angesichts des grimmigen Polizeibeamten holte er tief Luft, um diese dann ins Mundstück des Messgeräts zu pressen.

»Die Werte sind alle in Ordnung«, meinte der Polizist, nachdem er die Anzeige abgelesen hatte.

»Der Blutdruck auch?«, versuchte Artur einen Witz.

Er blieb sitzen, als erwarte er irgendeine Fortsetzung – Handschellen oder zumindest eine Fahrt auf die Wache. Aber der Polizist sah irritiert aus und gab ihm mit Gesten zu verstehen, dass er weiterfahren solle. Ein bisschen verunsichert kurbelte Artur das Fenster hoch und fuhr langsam davon.

Ein Stück entfernt bog er auf einen Waldweg ein und pinkelte. Als er wieder im Auto saß und spürte, wie sich in ihm Erleichterung breitmachte, musste er lachen. Die Werte sind alle in Ordnung. Das war das Dümmste, was er je gehört hatte. Er war zufrieden mit seiner schlagfertigen Antwort, sehr zufrieden sogar.

Artur blickte auf die Uhr. Sein Vorhaben in Sjöbo hatte er

ziemlich schnell erledigt. Vielleicht würde er es sogar noch schaffen, nach Simrishamn zu fahren und zu prüfen, ob der Schlüssel zur Tür von Stig Bengtssons Wohnung passte. Er wusste, wo der Jonebergsvägen lag, und die Hausnummer stand ja auf dem Umschlag.

Eine gewisse Unruhe verspürte er schon, als er, statt nach Tommarp abzubiegen, in Richtung Simrishamn weiterfuhr. Er fragte sich, was er zu Selma sagen sollte, falls sie sich in der Stadt begegneten. Aber er beruhigte sich damit, dass das Risiko minimal war. Als er schließlich in den Jonebergsvägen einbog, reckte er den Hals, um die Hausnummern zu erkennen.

»Hier ist es!«, konstatierte er schließlich. Es gab eine kleine Parklücke zwischen zwei Autos. Dann musste er sich entscheiden, ob er vorwärts oder rückwärts einparken wollte. Er hatte einen steifen Nacken und wusste, dass ihm das Rückwärtsfahren eher schwerfiel. Nach mehreren missglückten Versuchen fuhr er schließlich bis zur nächsten Kreuzung und wendete dann, um auf der gegenüberliegenden Straßenseite zu parken, wo nicht so viele Autos standen. Hauptsache, da kommt nicht irgendein Idiot und parkt mich vorn und hinten ein, dachte er. Das war ihm schon mal passiert, und er und Selma hatten warten müssen, bis einer der anderen Autobesitzer endlich wegfuhr.

Artur schloss seinen Wagen sorgfältig ab, sah sich um und schlüpfte dann rasch durch die Haustür. Weder im Erdgeschoss noch im ersten Stock wohnte ein Stig Bengtsson, stellte Artur beim Lesen der Türschilder fest. Doch im zweiten Stock wurde er fündig.

Artur wühlte in der Tasche und zog die Schlüssel heraus. Er zögerte eine Sekunde, ehe er den ersten Schlüssel ausprobierte, nur um festzustellen, dass er nicht passte. Dasselbe galt für den zweiten Schlüssel. Als er schließlich mit klopfendem Herzen den dritten ins Schlüsselloch steckte, öffnete sich die Tür gegenüber, und ein erstaunter Mann sah heraus.

»Kann ich Ihnen irgendwie behilflich sein?«, erkundigte er sich und sah Artur ernst an.

»Ich glaube nicht«, entgegnete Artur erschrocken.

»Die Polizei hat das Schloss ausgewechselt«, fuhr der Mann anklagend fort.

»Aha«, meinte Artur so unbekümmert wie möglich. »Dann werde ich wohl mit der Polizei reden müssen.« Artur konnte gar nicht mehr feststellen, ob der dritte Schlüssel passte, denn er steckte den ganzen Schlüsselbund schnell in die Hosentasche zurück und eilte die Treppen hinunter. Draußen am Auto sah er, dass der Mann ihm gefolgt war und Zettel und Stift aus der Hemdtasche gezogen hatte. Artur vermutete, dass er sein Autokennzeichen notieren wollte, weshalb er rasch ins Auto stieg und davonfuhr.

Auf dem Weg nach Tommarp fiel es ihm schwer, das Gaspedal gedrückt zu halten. Die Gedanken drehten sich in seinem Kopf. Das war knapp, dachte er und hatte das Gefühl, richtig Glück gehabt zu haben, dass ihn niemand in der Wohnung erwischt hatte. Plötzlich sah er den Bus 578 vor sich. Was, wenn Selma und Disa darin saßen und ihn entdeckten? Er beschleunigte, zog die Mütze ins Gesicht, blinkte und fuhr schnell vorbei. Das ist wirklich nicht gut fürs Herz, dachte er.

Britt Hernemo leerte gerade ihren Briefkasten, als Artur vorbeikam. Sie sah genauso bemitleidenswert aus wie sonst und verschwand schnell im Garten. Er fuhr weiter und parkte das Auto im Schuppen wie immer. Als er sich nach dem Schlüssel am Kellerfenster bückte, stellte er zu seiner Erleichterung fest, dass der noch in seinem Versteck lag.

Dann ging er hinein, zog sich eine andere Hose an und

verstaute seine Notizzettel in der Innentasche seines Sonntagsanzugs. Er fühlte sich müde. Vielleicht war müde nicht das richtige Wort – er fühlte sich erledigt, körperlich wie seelisch. Schlimmer als nach einem ganzen Tag Feldarbeit. Und zu Mittag hatte er auch nicht gegessen. Trotzdem legte er sich eine Weile aufs Bett, um sich auszuruhen. Als er gerade eingeschlafen war, hörte er, wie Selma die Küchentür zuknallte.

»Ist der Sheriff zu Hause?«

Artur stellte sich schlafend. Warum sagte sie so was? Wusste sie irgendwas? Aus dieser Frau würde er niemals schlau werden. Manchmal wusste sie schon alles, und zwar bevor er selbst es ahnte.

»Aha, hier liegst du auf der faulen Haut, während ich herumfahre und Besorgungen mache!«

Ihr Ton war freundlich. Das merkte er sofort. Er stand auf und ging in die Küche.

»Ich habe angerufen, um zu sagen, dass wir später kommen, aber es ist niemand rangegangen.«

»Ich war unten im Schuppen und habe geräumt«, schwindelte er.

»Da zahlen wir extra für die Rufnummernanzeige, und dann schaust du nicht mal nach, ob jemand angerufen hat.«

»Wen hätte ich denn zurückrufen sollen? Irgendeine Telefonzelle in der Stadt?«

»Ich habe von Disas Handy aus angerufen.«

»Aha, so was hat sie also«, schnaubte er. »Ist denn da kein Strom drin?«

»Zumindest würde das Kabel nicht bis nach Simrishamn reichen.« Selma bekam eine Falte auf der Stirn. War in den ganz normalen Festnetztelefonen eigentlich Elektrizität drin? Darüber hatte sie noch nie nachgedacht. Disa hatte gesagt, sie besitze nur ein Handy und das benutze sie auch nur selten. Vor allem zu meiner eigenen Sicherheit, hatte sie gemeint.

»Wir haben übrigens Hernemo und seine Frau in der Apotheke getroffen«, sagte Selma und rümpfte die Nase.

»Na, und?«

»Er ist so widerlich! Sie haben dagesessen und gewartet, bis sie an der Reihe waren, und Arne Hernemo hat die ganze Zeit an seinen trockenen Händen herumgezupft. Richtige Fetzen hat er abgepult. Er hatte eine Broschüre vor sich auf den Knien liegen, und die Hautfetzen bildeten kleine Häufchen auf der aufgeschlagenen Seite, wie bei einer Schlange, die sich häutet. Dann hat er alle Hautfetzen auf den Boden gekippt. Seine Frau saß neben ihm und sah peinlich berührt aus. Vor lauter Verzweiflung hat sie ihre Hände so tief in die Manteltaschen geschoben, dass sie beinahe vornübergekippt wäre. Sie haben so getan, als würden sie Disa und mich nicht sehen. Als sie die Apotheke verließen, trug Britt Hernemo drei große Tüten, während ihr Mann mit leeren Händen hinter ihr herging und sie geradezu gescheucht hat, noch schneller zu gehen.«

»Was für ein fieser Kerl!«, sagte Artur. Selma nickte zustimmend.

»Bist du hungrig, Artur?«, fragte sie dann und lächelte.

Diese Disa tut ihr richtig gut, dachte er zufrieden.

Selma lärmte in der Küche herum, und Artur setzte sich mit der Tageszeitung aufs Sofa. Am Morgen war es so unruhig gewesen, dass er gar nicht dazu gekommen war, alles zu lesen.

Nach dem Gespräch mit Disa hatte Selma beschlossen, Artur in Ruhe zu lassen. »Lass ihn doch Nachforschungen anstellen und herumgrübeln«, hatte Disa gemeint. »Das tut ihm ganz gut. Das menschliche Gehirn braucht gewisse Herausforderungen, so ist es eben. Die übrige Ausstattung der Kerle funktioniert eh von selbst«, hatte sie hinzugefügt und gekichert. Selma hatte verstanden, worauf Disa sich bezog, und war leicht errötet.

Abends im Bett las Selma ein Buch der Schriftstellerin Gerda Antti. Ihr gefielen ihre Bücher, denn sie waren nicht so übertrieben, und es kamen nicht ständig neue Menschen darin vor. Selma konnte die Handlung wie in einem Film vor sich sehen.

Stolz strich sie über das Lesezeichen, das sie selbst gebastelt hatte. Disa hatte versprochen, ihr zu zeigen, wie man eine Kette und Ohrringe im gleichen Stil herstellte. Ohrringe mochte Selma nicht, denn sie fand, dass sich ihre Ohrläppchen so komisch nach hinten bogen. Aber eine Kette wollte sie gern basteln.

Als Artur in sein Bett kroch, drehte er sich zu Selma.

»Darf ich meine ollen kalten Füße bei dir wärmen?«, fragte er scherzhaft.

Selma antwortete nicht, sondern schlug lächelnd ihre Decke zurück.

12

Am nächsten Tag ging Artur zu seiner Lieblingsstelle hinter dem Stall. Von dort aus sah er gern in die Landschaft hinaus. Daran konnte er sich gar nicht sattsehen, unabhängig von der Jahreszeit.

Am liebsten hätte er sich genau hier beerdigen lassen, aber es war ihm natürlich klar, dass das nicht ging. Neue Leute würden den Hof übernehmen, wenn es an der Zeit war. Und die wollten natürlich nicht zwischen irgendwelchen Leichen herumstapfen.

Dabei befand sich hinter dem Stall ohnehin schon ein richtiger Friedhof. Hier hatte Klas als kleiner Junge Katzen, Kaninchen, Hamster und Meerschweinchen beerdigt. Und jedes Mal mit derselben verdammten Zeremonie. Er hatte Selma und Artur gezwungen, etwas Schwarzes anzuziehen und das Trauergefolge zu spielen. Einmal war gerade ein Lieferant vom Landhandel vorbeigekommen, der bei ihrem Anblick vor Erstaunen den Mund aufgesperrt hatte. Sie hatten alle drei mit gefalteten Händen und gesenkten Köpfen dagestanden und einen Choral gesungen. Peinlich war gar kein Ausdruck dafür gewesen, fand Artur.

Heute war Stiefmütterchentag, hatte Artur erfahren. Das war für Selma der Höhepunkt des Frühlings. Sie würde in die Gärtnerei nach Gärsnäs radeln und Stiefmütterchen kaufen. Wie immer würde sie sie in einem Karton auf dem Gepäckträger nach Hause transportieren. Sonst ließ sie sich gern von ihm mit dem Auto hinbringen, wenn sie Besorgungen zu erledigen hatte, da sie keinen Führerschein besaß, aber wenn es um die Stiefmütterchen ging, bestand sie darauf, das Rad zu nehmen.

Sie hatte die Wintermütze abgelegt und trug stattdessen eine kleine rote Baumwollkappe und dazu eine kurze Windjacke und eine blaue Hose. Ganz schön flott sieht sie aus, stellte Artur fest, als er sie auf dem Fahrrad davonfahren sah. Dann eilte er ins Haus und zog die Zettel hervor, die er in seinem Sonntagsanzug versteckt hatte. Jetzt würde er Klas anrufen.

Klas saß auf seinem großen Schreibtischsessel mit den Füßen auf dem Besucherstuhl, als es klingelte. Er hob ab und klemmte sich den Telefonhörer zwischen Schulter und Ohr, während er weiter am Rechner schrieb.

»Jacobsson hier ... Hallo, Vater!«

Er sah erstaunt aus, da sein Vater ihn noch nie bei der Arbeit angerufen hatte. Gleichzeitig bekam er einen Schreck. Es war doch nicht etwa seiner Mutter etwas zugestoßen?

»Autokennzeichen? Hat er deinen Wagen doll erwischt? Aha ... Klar kann ich das. Wie geht es Mutter? Elna hat erzählt, dass ihr auf eine Erweckungsversammlung wolltet.«

Klas bekam eine Sorgenfalte auf der Stirn.

»Und bei Bloms Tochter seid ihr auch gewesen und habt auf Sitzkissen gesessen, habe ich gehört. Ja, das ist sie bestimmt, aber seid ein bisschen vorsichtig. Wir finden, das klingt alles etwas merkwürdig ... und bei diesen alternativen Behandlungsmethoden sollte Mutter lieber aufpassen. Ich meine, sie nimmt doch ihre Blutdrucktabletten ... Mit der Rosenmethode. Aha, davon wusstest du noch gar nichts? Na gut, was für ein Autokennzeichen soll ich überprüfen?«

Klas notierte sich die Nummer auf einem Zettel.

»Du, jetzt kommt gerade ein Kunde. Ich rufe dich so schnell wie möglich zurück.«

Artur klammerte sich an den Telefonhörer und räusperte sich. »Ich muss gleich ein bisschen raus. Ich rufe dich später zurück. Du weißt, heute ist Stiefmütterchentag. Alle Töpfe und Blumenkästen müssen raus. Na, du weißt ja, wie das ist, Klas«, sagte Artur und lachte angestrengt. »Schöne Grüße an Elna und Björn.«

Als Selma nach Hause kam, half er ihr beim Einpflanzen. Voller Eifer gab sie ihm genaue Instruktionen, damit die Farbmischung in den einzelnen Töpfen und Kästen stimmte.

»Sieht das nicht wunderschön aus, Artur?«

»Na klar ... Und du bist so hübsch in deiner roten Mütze. Die hattest du schon, als du jung warst, Selma.«

»Dass du dich daran noch erinnerst«, sagte sie lachend. »Aber deine Schirmmütze vom Bauernverband ist auch ganz flott. Du solltest dafür bezahlt kriegen, so viel Reklame, wie du für die machst.«

Es war ein richtig nettes Gespräch dort draußen in der Frühlingssonne. Doch Artur konnte sich nicht so richtig entspannen, er musste Klas noch zurückrufen. Als wäre seine Bitte erhört worden, sagte Selma plötzlich: »Ich habe eine Geranie für Disas Küchenfenster gekauft. Weißt du was, ich gehe eben bei ihr vorbei und bringe sie ihr, ja?«

Sobald er Selma durch Disas Haustür verschwinden sah, lief er ins Haus.

»Ein Volltreffer, Vater«, sagte Klas. »Das Auto gehört Stig Bengtsson.«

Artur ließ sich auf den kleinen Hocker am Telefon plumpsen.

»Du weißt, der Typ, der vermisst wird«, fuhr Klas eindringlich fort. »Du hast sicher das Foto in der Zeitung gesehen, oder? Du solltest bei der Polizei anrufen.«

»Ach, dieser kleine Kratzer. Ist schon in Ordnung.«

»Es geht doch nicht um den Kratzer. Der Mann wird polizeilich gesucht, Vater, und es ist deine Pflicht, das bei der Polizei zu melden. Sonst mache ich das.«

»Nein, zum Teufel, Klas, tu das nicht. Um Gottes willen ... Natürlich werde ich anrufen.«

Klas fand die heftige Reaktion seines Vaters ein wenig verwunderlich, aber Artur gelang es, das Gespräch schnell zu beenden.

Sobald er den Hörer aufgelegt hatte, sackte er in sich zusammen – ob vor Erleichterung oder vor Angst, wusste er gar nicht genau. Er hatte sich selbst in diese Situation gebracht, und jetzt musste er sie auch selbst aufklären. Er hatte keine andere Wahl.

Doch bevor er die Polizei anrief, musste er mit Selma reden. Sie hatte vorgeschlagen, Disa zum Abendessen einzuladen, und deshalb beschloss er, mit dem Telefonat bis zum nächsten Tag zu warten.

Artur und Selma waren zusammen in Simrishamn einkaufen gewesen. Jetzt wirtschaftete Selma in der Küche herum, und da ging er ihr am besten aus dem Weg. Sie hatten nicht so oft Gäste, und deshalb war sie bei solchen Anlässen schnell reizbar und empfindlich. Trotzdem machte Artur einen halbherzigen Versuch, ihr etwas von dem zu erzählen, was ihn so beschäftigte.

»Dieses Geheimnis, Selma ...«

»Hol die Topflappen, Artur.«

»Ich wollte gar nicht so ein Kuddelmuddel veranstalten, Rosi ...«

»Was ist denn jetzt schon wieder?« Selma hörte auf, in ihrem Topf zu rühren, und sah ihn herausfordernd an.

»Nichts, nur ...«

»Feg die Küchentreppe, Artur«, unterbrach ihn Selma.

»Behaupte bloß nicht hinterher, ich hätte es nicht wenigstens versucht«, antwortete er beleidigt.

»Versucht!«, zischte Selma. »Die Treppe hast du zuletzt an Weihnachten gefegt. Wieso versucht? Eine Treppe fegt man, oder man fegt sie nicht. ›Wenigstens versucht!‹ Das Essen brennt gleich an, wenn du so weitermachst.«

»Wollte ja nur die Wahrheit sagen«, erklärte Artur beim Hinausgehen. Sie reagierte nicht, sondern wischte sich mit einem Stück Küchenkrepp den Schweiß von der Stirn.

Selma hatte beschlossen, nichts Fertiges vom Putenhof Ingelsta zu bestellen, weil sie nicht sicher war, ob Disa diese Art von Essen mochte. Stattdessen wollte sie ein Rezept ausprobieren, das sie in einer Zeitschrift entdeckt hatte. Es war ein vegetarischer Bohneneintopf, und Selma war im Laden ein bisschen verunsichert gewesen, weil sie in ihrem ganzen Leben noch nie Kidneybohnen oder Knoblauch gekauft hatte. Eine freundliche Verkäuferin hatte ihr geholfen, und jetzt stand sie in der Küche und starrte misstrauisch in den Topf, wo das Gericht vor sich hinköchelte.

Auf dem Tisch standen zwei Flaschen Wein, die Artur aus dem Schrank neben der Kellertreppe geholt hatte. Sie waren sich einig, dass es am besten war, den Wein anzubieten, den sie im Haus hatten. Sie kannten sich bei Weinen nicht aus, aber diese Flaschen hatten sie von Elna und Klas geschenkt bekommen, und sie gingen davon aus, dass er gut war.

Um halb sechs war der Küchentisch gedeckt: mit einem karierten Tischtuch und zwei Messingleuchtern, in denen zwei hübsche grüne Kerzen mit passenden Manschetten standen. Die Servietten hatten dieselbe Farbe wie die Kerzen, und Selma fand, dass es richtig einladend aussah. Artur hob skeptisch den Deckel des Kochtopfs.

»Ich finde, das sieht aus wie Maische«, sagte er, fügte aber rasch hinzu, dass es immerhin gut rieche.

Selma hatte außerdem noch Brot gebacken, das laut Rezept besonders gut zum Eintopf passte, und sie sah erwartungsvoll aus, als sie um fünf vor sechs die Schürze abnahm. Fünf Minuten später klopfte es an der Tür.

»Bitte, komm doch herein«, sagte Selma höflich, während sie Arturs Pantoffeln beiseiteschob, die an der Tür standen.

»Ich bin nicht so geschickt wie du, Selma. Deshalb ist das Mitbringsel nicht selbst gemacht, sondern gekauft ... es kommt aus Österreich.« Disa überreichte ihr ein Päckchen, das sie nachlässig in ein Stück gebrauchtes Geschenkpapier eingepackt und mit einem bunten Stück Band aufgepeppt hatte.

Zum ersten Mal im Hause Jacobsson sollte es einen Drink geben. Den Inhalt der Flasche, die Selma und Artur ganz hinten aus dem Schrank geholt hatten, kannten sie noch nicht. »Aber Schnaps ist Schnaps«, hatte Artur gesagt, und Selma hatte ihm zögerlich zugestimmt. Sie hatten drei kleine Likörgläser auf ein Tablett gestellt, und Artur schenkte sie alle bis zum Rand voll. Als Selma ihrer Nachbarin das Tablett mit den Gläsern reichte, bediente sie sich gern, und dann standen sie alle drei mit ihren Gläsern da und lächelten sich zu.

»Willkommen, Disa«, sagte Selma fröhlich, und Artur nickte, während er zugleich das Glas erhob.

Disa nippte, schauderte und rief dann: »Mit dem ist aber nicht zu spaßen ...«

Und schon erfüllte das erste Gelächter die Küche. Selma hatte im Gefühl, dass im Lauf des Abends noch viel gelacht werden würde. Sie packte vorsichtig das Geschenk aus, während Disa erwartungsvoll dastand.

»Die ist aus Stein«, sagte Disa.

Selma nahm die kleine Figur genau in Augenschein, drehte und wendete sie. Originell war sie, das musste sie zugeben.

»Danke, Disa, das ist wirklich was ganz Besonderes.«

»Die Venus von Willendorf«, erklärte Disa. »Die ist ungefähr fünfundzwanzigtausend Jahre alt.«

Artur wollte gerade sagen, dass das nicht zu übersehen sei, doch dann schaute er genauer hin und stellte fest, dass das nicht irgendein altes Steinstück war, sondern eine bemerkenswerte Frauenfigur. So ein Geschenk kann nur von Disa kommen, dachte er.

»Na ja, dieses Exemplar ist natürlich nicht ganz so alt, aber das Original schon. Viele glauben, dass sie die Fruchtbarkeit symbolisiert. Sie besteht ja hauptsächlich aus Venushügel, Schenkeln, Brüsten und Bauch«, erläuterte Disa.

»Wie ich«, sagte Selma lachend und klopfte sich auf den Bauch.

Artur musterte die Figur genau und sah erstaunt aus.

»Wie die aussieht, diese Frau.«

»Was meinst du?«, fragte Selma.

»Sie hat fast keine Arme«, fuhr er fort. »Sie sieht irgendwie behindert aus. Und schwanger obendrein.«

»Sie ist eben ein Fruchtbarkeitssymbol.« Disa klang fast ein bisschen gekränkt.

»Und was für ein Arsch!«, rief Artur. »So sahen die Frauen früher aus, wenn sie in den Rübenfeldern lagen.«

»*Artur!*«, mahnte Selma.

»Kein Wunder, dass sie ihr Gesicht hinter dem Haar versteckt hat. Die schämt sich bestimmt. Aber nett ist sie schon, die kleine Figur.« Artur lächelte verlegen.

»Dann trinken wir jetzt die Gläser aus, bevor wir essen.« Selma erhob ihr Glas.

Disa sah etwas zögerlich aus, doch dann kippte sie den letzten Schluck und stellte das Glas mit einem wohligen Seufzer zurück aufs Tablett.

Selma erntete viel Lob für ihr Essen, und Disa wollte

sogar das Rezept haben, was sie besonders freute. Über den Wein verlor Disa zwar kein Wort, aber da Artur ständig nachfüllen durfte, schien er ihr zu schmecken. Selma und Artur übrigens auch. Wobei für sie Rotwein einfach Rotwein war, denn sie merkten keinen Unterschied zwischen den verschiedenen Sorten.

Als Selma aufstehen wollte, um das Eis für den Nachtisch zu holen, hatte sie ihre Beine nicht mehr unter Kontrolle. Sie musste sich an der Spüle abstützen, während sie den Gefrierschrank öffnete.

Artur schenkte ihnen weiter nach, und die Stimmung wurde immer ausgelassener. Sie unterhielten sich über alte Geschichten aus der Gegend, und Artur wunderte sich, wie viel Disa wusste, obwohl sie so lange weg gewesen war. Selma hatte ganz rote Bäckchen und lächelte abwechselnd Artur und Disa an. Richtig unwirklich fühlte sich das Ganze an, fand sie. Die Tunika und die neue Hose. Bohneneintopf und Rotwein. Disa hat mich schon verändert, dachte sie.

Als sie ins Fernsehzimmer hinübergingen, setzten Disa und Selma sich aufs Sofa. Selma breitete wie immer die Mohairdecke aus und bot auch Disa eine Ecke an, aber die sah sie nur verständnislos an. Dann holte Selma ein altes Fotoalbum, das sie sich zusammen mit Disa anschaute.

Artur verschwand rasch nach draußen. Er konnte gerade noch die Tür hinter sich schließen, ehe er einen fahren lassen musste. Murran maunzte, sprang in hohem Bogen von der Treppe und versteckte sich unter dem Traktor. Artur sah erschrocken zur Küchentür, als befürchtete er, man könne etwas gehört haben.

»Es ist genau so, wie ich befürchtet habe«, brummte er. »Diese komischen Bohnen und Knoblauch sind nichts für meinen empfindlichen Magen.« Diese Viriganer, oder wie die sich nannten, konnte er beim besten Willen nicht verstehen. Wenn alle Viriganer wären, dann könnten die Bauernhöfe zumachen. Der Eintopf war zwar ganz lecker gewesen, aber er hatte ja nur aus Bohnen und solchem Zeug bestanden. Ein ordentliches Fleischstück, genau das hatte er vermisst.

Als er wieder hineinging, waren die Frauen nicht mehr im Fernsehzimmer. Er hörte sie im Schlafzimmer herumgackern. Artur blieb in der Küche stehen und schenkte sich noch etwas Wein ein, den er schnell herunterkippte.

Als er wenig später an der Schlafzimmertür stand, musste er mit Bestürzung feststellen, dass die beiden Frauen gerade damit beschäftigt waren, sein Bett an eine andere Stelle zu rücken.

»Ich glaube nicht, dass es da hinpasst«, meinte Selma kichernd.

»Ein bisschen weiter Richtung Fenster vielleicht?«, schlug Disa keuchend vor. Ihr Armband klirrte, als sie das Bett abstellte. Dann sah sie auf und entdeckte Artur.

»Feng-Shui«, erklärte sie.

Artur stand mit offenem Mund da, und sie merkte, dass ihm das gar nichts sagte.

»Ich glaube nämlich, die Betten stehen an der falschen Stelle«, sagte Disa.

»An der falschen Stelle? Da haben sie aber immer schon gestanden, und ich schlafe wie ein Stein, nicht wahr, Selma?«

»Na ja, dein Körper ist vermutlich nicht so empfänglich für diese Energiefelder. Disa sagt, dass die Betten frei von Erdstrahlung stehen sollten.«

»Hier gibt es keine Erdstrahlung. Stell das Bett zurück!« Artur hatte seine Stimme erhoben. Das hatte er in Anwesenheit anderer Menschen fast nie getan, aber jetzt, wo die Weiber sein Bett durch die Gegend schoben, musste er schon klarstellen, wer hier das Sagen hatte.

Disa schien ein bisschen überrascht von Arturs lauter Stimme und sagte vermittelnd: »Du kannst dir gern mal mein Buch über Feng-Shui ausleihen, Selma. Dann kannst du es selbst nachlesen.«

»Also, ich setze jetzt auf jeden Fall Kaffee auf«, unterbrach Selma sie und verschwand in die Küche.

Beinahe hätte die Sache mit den Betten die gute Stimmung vertrieben, und das Fernsehzimmer war plötzlich gar nicht mehr so gemütlich.

»Ein bisschen Kognak, die Damen?«, schlug Artur vor. »Ich hätte noch welchen von Weihnachten.«

»So was habe ich ja schon ewig nicht mehr getrunken. Gerne«, sagte Disa.

Bald war die Stimmung wieder richtig ausgelassen.

»Selma hat toll mitgemacht bei der Behandlung mit der Rosenmethode neulich. Soll ich das auch mal bei dir ausprobieren, Artur?«, fragte Disa verbindlich.

Selma sah etwas verlegen aus, weil sie Artur nichts von der Behandlung erzählt hatte.

»Ich glaube nicht, dass das bei ihm funktioniert«, sagte sie. »Aber seinem steifen Nacken würde es sicher guttun.«

»Nicht dass ich wüsste, worum es dabei geht, aber da wird nichts draus«, sagte Artur mit fester Stimme.

»Und die Fünf Tibeter? Das macht man selbst«, fragte Disa vorsichtig.

»Das sind *keine* Ausländer«, sagte Selma vorwurfsvoll und fixierte ihren Mann mit den Augen. »Das sind Yoga-Übungen.« Sie kannte seine Einstellung zu Ausländern, und sie hatte nicht übersehen, wie er beim Wort »Tibeter« erstarrt war.

Es war höchste Zeit, das Gesprächsthema zu wechseln. Selma und Disa begannen sich über Blumen zu unterhalten, und Artur merkte, wie sich die Müdigkeit heranschlich. Der

Alkohol zeigte allmählich seine Wirkung. Diesen Kognak hätte ich wirklich nicht trinken sollen, dachte er. Ein paarmal nickte er ein, und jedes Mal sah er die verdammten Schlüssel vor sich. Er blinzelte zu den Frauen hinüber. Auch an ihnen war der Alkohol nicht spurlos vorübergegangen. Sie kicherten, und Selma schlug sich immer wieder auf die Knie, als Disa verrückte Geschichten erzählte.

Plötzlich hatte Artur die Eingebung, endlich alles zu gestehen. Selma würde in Disas Anwesenheit sicher nicht so wütend werden, und Klas würde ihr ja ohnehin erzählen, dass er angerufen hatte. Die Wahl stand nicht zwischen Pest und Cholera, sondern zwischen Guillotine oder Schlinge.

»Noch mehr Kognak?«, erkundigte er sich bemüht freundlich.

»Eigentlich sollte ich nichts mehr trinken, aber der ist so schrecklich lecker«, sagte Disa. »Doch dann musst du mir Gesellschaft leisten, Selma.«

Ich weiß schon, wie man Probleme anspricht, dachte Artur stolz, während er den beiden Damen nachschenkte. Als sie sich zugeprostet hatten, sagte er mit lauter Stimme: »Irgendwie ist so ein Kuddelmuddel aus dem Ganzen geworden.«

»Woraus denn?«, fragte Selma.

»Ich hab mir was eingebrockt, aber wirklich.«

»Sind es wieder die rosa Elefanten, die in deinem Kopf herumgeistern? Zumindest deine Phantasie scheint ja in Ordnung zu sein«, meinte Selma kichernd.

»Ich habe vergessen, die Schlüssel bei der Polizei abzugeben, und jetzt ist es zu spät.«

Die Wanduhr tickte, und das Licht von den Rauchglaslämpchen neben dem Fernseher kam ihm plötzlich vor wie Scheinwerferbeleuchtung. Er hörte sich laut schlucken, und er zog an allen Fingern, bis es in den Gelenken knackte, aber es half nichts. Die Unsicherheit blieb in ihm wie ein großes, dunkles Loch.

»Was denn für Schlüssel?«, fragte Selma neugierig.

Und dann erzählte Artur von den Schlüsseln, die er gefunden hatte. Natürlich fügte er hinzu, dass die Episode bei ihm in Vergessenheit geraten sei und dass er es irgendwann peinlich gefunden habe, zur Polizei zu gehen.

»Aber es ist doch nie zu spät«, meinte Selma tröstend.

»Der eine Schlüssel sah so aus wie für ein Bankschließfach«, fuhr Artur fort. »Auf der Rückseite klebte eine Nummer, und dann habe ich mir gedacht, ich probiere mal aus, ob der Schlüssel wirklich zu einem Bankschließfach gehört. Mich hat interessiert, ob sich im Fach irgendwelche Hinweise auf den Besitzer des Schlüsselbunds befinden.«

»Aber, Artur, hast du etwa ein fremdes Bankschließfach geöffnet?« Selma wirkte bestürzt. »Verstehst du denn nicht, dass das strafbar ist? Du hättest die Schlüssel doch einfach in der Bank abgeben können.«

»Da war ganz viel Geld im Schließfach«, flüsterte Artur.

»Dafür hat man doch Bankschließfächer«, fauchte Selma. »*War,* hast du gesagt. Du hast doch nicht etwa Geld herausgenommen? Artur!« Vor Aufregung hüpfte Selma beinahe auf und ab.

In diesem Moment war er unendlich froh, dass er darauf verzichtet hatte, Geld herauszunehmen, um Selma ein Geschenk zu kaufen. Wenigstens in diesem Punkt war sein Gewissen jungfräulich rein.

Disa verfolgte interessiert und mit einer gewissen Belustigung das Gespräch, ohne sich einzumischen. Sie hob jedoch die Augenbrauen, als der Rest der Geschichte aus Artur herauspurzelte: die Adressen, der Ausflug nach Sjöbo und der BMW. Schweigen senkte sich über die kleine Runde, und die drei starrten sich an, ohne einen Mucks zu sagen. Artur führte das leere Kognakglas an den Mund und klopfte es gegen die Lippen in der Hoffnung, dass noch ein paar Tropfen darin wären.

»Ich finde, das klingt richtig spannend«, sagte Disa plötzlich, und in Artur erwachte eine gewisse Hoffnung.

Doch diese wurde schnell von Selma getrübt, die laut und ein bisschen heiser sagte: »Du machst uns zum Gespött des ganzen Dorfs, Artur. Hörst du? Das ist mir so peinlich. Ich werde mich nie wieder vor die Tür trauen.«

»Jetzt müssen wir uns die ganze Sache mal genauer ansehen«, sagte Disa ruhig.

Artur war so tief in den Sessel gesunken, wie er konnte, und mit aufgerissenen Augen sah er zu, wie Selma die Flasche nahm und ihr Glas bis zum Rand füllte.

»Dass du die Schlüssel gefunden hast, ist nicht strafbar«, meinte Disa. »Dass du vergessen hast, sie abzugeben, war vielleicht nachlässig, aber ebenfalls nicht strafbar. Klar, die Sache mit dem Bankschließfach war natürlich unvernünftig. Aber ich kann schon verstehen, dass du neugierig geworden bist, als du den Brief an Stig Bengtsson gefunden hast. Aber der Umschlag war leer, hast du gesagt?« Artur nickte unglücklich. »Und diese Adresse in Sjöbo hätte mich auch neugierig gemacht, wenn ich sie zusammen mit Stig Bengtssons Anschrift gefunden hätte.«

Artur hatte das Gefühl, als würde er Stück für Stück aus dem Sessel gehoben. Er spürte, dass er weitersprechen musste.

»Ich glaube, Hernemo hat Stig Bengtsson in seinem Garten begraben. Na ja, er ist doch verschwunden …«

»Artur?«, sagte Selma warnend. »Du bist doch nicht etwa im Garten der Hernemos gewesen, um dort herumzubuddeln?«

»Bist du verrückt?«, antwortete Artur und meinte genau, was er sagte.

»Verrückt. Das sagt der Richtige«, schnaubte Selma.

»Ehrlich gesagt, sehe ich kein größeres Problem an der ganzen Geschichte.« Disa fuhr sich mit der Hand durch die Locken. »Du musst doch bloß mit den Schlüsseln zur Polizei gehen. Das Bankschließfach brauchst du gar nicht zu erwähnen. Davon weiß doch niemand was.« Artur sackte wieder tiefer in den Sessel. »Du kannst der Polizei erzählen, dass du vor einem Haus in Sjöbo einen BMW gesehen hast, der dem von Bengtsson ähnelt. So viele solche Wagen gibt es hier nicht, und es ist doch nicht weiter erstaunlich, wenn du weißt, was für ein Auto er fährt.«

Disa klang wie eine Verteidigerin, die vor Gericht eine Art Schlussplädoyer hielt.

»Es gibt wirklich keinen Grund, den Kopf hängen zu lassen«, fuhr sie fort. »Vielleicht kannst du der Polizei sogar dabei helfen, einen Straftäter festzunehmen. Ich finde die ganze Sache wirklich spannend.«

Selma sah sie vorsichtig an, als traute sie ihren Ohren nicht.

»Ich hab schon gedacht, dass ich auf der richtigen Spur wäre«, nuschelte Artur. »Dass Stig Bengtsson und Hernemo irgendwelche dunklen Geschäfte miteinander hatten und dass Hernemo ihn dann umgebracht und im Garten vergraben hat. Ich wäre wirklich froh, wenn ich den Fall lösen und Hernemo hinter Gitter bringen könnte. Aber dann ist diese Sache mit dem Bankschließfach und dem Geld und den Adressen dazwischengekommen, und plötzlich ist in meinem Kopf ein totales Kuddelmuddel entstanden. Und ich hab gar nichts mehr verstanden. Nichts mehr hat gestimmt, und irgendwie habe ich das Gefühl, es ist zu spät, alles wieder hinzubiegen.«

Der Gedanke daran, dass Klas ihn gebeten hatte, bei der Polizei anzurufen, und die Angst, dass er selbst etwas Verbotenes getan hatte, kreisten ununterbrochen in seinem Kopf.

Selma strich sich über die Tunika. Sie sah verwirrt und nervös aus.

»Du bist ganz schön cool, Artur«, sagte Disa anerkennend, und ein kleines Lächeln zeigte sich in Selmas Mundwinkel.

»Aber das alles wieder hinbiegen, das musst du schon selbst übernehmen«, meinte Selma, nun schon etwas ruhiger. »Es kann ja nichts passieren ... und es erfährt doch niemand davon, oder?«, erkundigte sie sich an Disa gewandt.

»Ach, was soll schon passieren? Keiner weiß davon. Vielleicht solltest du drauf pfeifen, zur Polizei zu gehen, Artur«, fuhr Disa grinsend fort. »War da viel Geld im Schließfach, hast du gesagt?«

Und dann lachten sie alle drei, Selma allerdings ein bisschen zurückhaltender als die anderen beiden.

»Glaubt ihr denn, dass Stig sich auf diesem Grundstück in Sjöbo aufhält? Vielleicht sollten wir gemeinsam versuchen herauszufinden, was eigentlich passiert ist und wo das Geld herkommt? Hier ist eh nicht so viel los. Wir könnten dafür sorgen, dass endlich mal ein bisschen was passiert«, schlug Disa vor.

»Du bist wirklich verrückt«, sagte Selma lachend.

Disa sah auf die Uhr.

»Vielen Dank für den schönen Abend, es war nicht nur lecker, sondern auch sehr nett! Und einen besonderen Dank an dich, Artur, für diese großartige Geschichte. Die hat mir den Abend besonders vergoldet. Wann buddeln wir den Garten der Hernemos um?«

Dann erklang das letzte Gelächter des Abends, und Disa

schwankte mit unsicheren Schritten zu ihrem Häuschen hinüber.

»Wie konntest du nur dieses Bankschließfach öffnen?« Selma klang zwar ungehalten, aber nicht vorwurfsvoll.

»Das war übrigens das Geheimnis, um das es ging, Selma. Ich habe Elna in der Bank getroffen und wusste nicht, wie ich mich aus der Situation herausreden sollte. Ich musste mir was ausdenken und hab dann gesagt, es wäre ein Geheimnis, um Elna zu beruhigen.«

»Dann habe ich ja ein Geheimnis gut. Elna und Klas wissen hoffentlich auch nichts Genaueres, oder?«

»Klas hat mir mit dem Autokennzeichen geholfen, aber mehr wissen sie nicht. Ich schwöre bei Gott!«

Selma schien ihm zu glauben und sah erleichtert aus. Sie ging zur Figur hinüber, die sie von Selma geschenkt bekommen hatten.

»Das ist wirklich eine komische Frau«, sagte sie und hielt die Statuette hoch.

»Aber frauliche Formen hat sie, das muss man ihr lassen«, meinte Artur grinsend.

»Was machen wir jetzt damit?«

»Stell sie ins Regal neben die Ballerina«, schlug Artur vor.

Zusammen gingen sie ins Esszimmer. Selma versuchte die Figur hinzustellen, aber da sie keine richtigen Beine hatte, war sie ziemlich instabil.

»Sie kann kaum auf ihren Beinen stehen! Genau wie ich«, meinte Selma kichernd und lehnte die Figur gegen die Rückwand des Bücherregals.

Schweigend räumten sie die Küche auf. Und schweigend krochen sie in ihre Betten. Allerdings musste Artur sie erst mal zurechtrücken nach dem Ummöblierungsversuch der Damen.

»Energiefelder«, schnaubte er, als das Bett an seinem gewohnten Platz an der Wand stand.

»Heute Abend habe ich übrigens keine kalten Füße ...«, bemerkte er zaghaft, als er im Bett lag.

»Bleib mal schön auf deiner Seite. Du kannst sicher ein bisschen Zeit gebrauchen, um darüber nachzudenken, wie du am besten die Suppe wieder auslöffelst, die du dir eingebrockt hast.«

»Disa fand nicht, dass ich zur Polizei gehen sollte.«

»Ach, das hat sie doch nur im Spaß gesagt«, meinte Selma müde, aber Artur war sich da nicht ganz sicher. Was Disa betraf, konnte man nie ganz sicher sein.

»Jedenfalls können wir uns jetzt das Benzin sparen«, murmelte Artur.

»Benzin sparen?«

»Mit den Bohnen und dem ganzen anderen Grünzeug kann ich künftig auf Naturgas zurückgreifen. Aber lecker war es schon, Rosi«, sagte er ausgleichend.

Dann hörte er Selma kichern, und eine warme Welle durchflutete seinen Körper.

Im schwachen Mondlicht des Esszimmers stand die zierliche Ballerina, die sie seinerzeit zur Hochzeit geschenkt bekommen hatten. Sie trug einen kurzen rosa Rock und stand graziös auf den Zehenspitzen, die Hände über den Kopf gestreckt. Daneben lehnte der Steinklumpen, der die Venus von Willendorf darstellte. Und es war beinahe so, als symbolisierte sie die Veränderungen, die mit Disa ins Leben der Jacobssons getreten waren.

13

Am Tag nach Disas Besuch war Selma bei ihrer Nachbarin zum Kaffee eingeladen. Sie saßen im Garten, wo die Sonne an der Hauswand schon richtig schön wärmte. Zwischen dem Unkraut in den ehemaligen Blumenbeeten versuchten sich die Frühlingsblumen einen Platz zu erobern. Die langen Rohre des Windspiels, das im Kirschbaum hing, klimperten beruhigend.

»Da hat er sich ganz schön was eingebrockt«, sagte Selma.

»Und schon machst du dir wieder Sorgen! ›Ich habe eine *neue Philosophie* entwickelt: Ich fürchte nur noch jeden *Tag* einzeln.‹ Das Zitat stammt von Charlie Brown aus den Peanuts, glaube ich. Versuch doch auch so zu denken, Selma. Nichts ist so schlimm, dass man es nicht wieder hinbiegen könnte. Am Montag sollte Artur aber trotzdem zur Polizei fahren. Ich glaube, das ist am besten so.«

Selma war erleichtert, weil Disa nicht den Vorschlag vom Vorabend aufgegriffen hatte, dass sie zu dritt weiter ermitteln sollten.

»Letzte Woche war es so still und ruhig bei den Hernemos. Das Zelt ist abgebaut, und irgendjemand hat die Gardinen im Haus abgenommen«, erzählte Disa.

»Was du nicht sagst!«, antwortete Selma erstaunt. »Stimmt, wir haben auch keine Musik gehört, das ist uns neulich schon aufgefallen, aber von diesen Neuigkeiten wussten wir noch gar nichts. Was glaubst du denn, was das bedeutet?«

»Keine Ahnung«, sagte Disa und zog sich den Pullover aus, sodass sie nur noch in ihrem quietschgrünen Top dasaß. »Vermutlich werden sie wegziehen.«

»Aber sie sind doch gerade erst hergezogen.«

Disa antwortete nicht. Sie griff in Selmas Haar und wuschelte darin herum.

»Dir würde eine Kurzhaarfrisur gut stehen, so eine Art Igelschnitt.« Sie strich Selma die Haare hinter die Ohren.

»Im Frühjahr, wenn ich die Wintermützen wegpacke, lasse ich mir immer eine Dauerwelle machen«, erklärte Selma.

»Nein, nein. Richtig kurz solltest du die Haare tragen und vielleicht in einem etwas anderen Farbton.«

»Bist du verrückt?« Selma lachte. »Was würde Artur dazu sagen?«

»Du unterschätzt ihn. Artur ist cool. Und mutiger als du.«

Selma war beinahe ein bisschen beleidigt. Sie unterschätzte Artur ganz bestimmt nicht, aber ob er wirklich so cool und wagemutig war, da war sie sich nicht sicher. Doch dann durchströmte sie eine Welle von Stolz.

»Wir gehen am Montag ins Fitnessstudio, dann kannst du doch gleich einen Friseurtermin ausmachen«, schlug Disa enthusiastisch vor, während Selma ihr Haar wieder zurechtlegte. »Ich beneide dich um deinen Körper, Selma. Klein und hübsch. Schau dir die mal an.« Sie umfasste ihre eigenen Brüste mit den Händen. »Was haben mir diese Milchverpackungen schon genützt im Leben? Kein bisschen.«

Selma meinte eine gewisse Wehmut in Disas Augen zu entdecken. »Hättest du eigentlich gern Kinder gehabt?«, fragte sie vorsichtig.

»Natürlich, das wollen doch alle Frauen. Aber man braucht dafür einen Kerl. Die habe ich zwar gehabt, aber keinen, den ich mir als Vater für ein eventuelles Kind gewünscht hätte. Irgendwelche Spuren hinterlassen wollen wir doch alle. Vielleicht bin ich deshalb so verrückt, wie ich bin. Ich will, dass die Leute sich an mich erinnern.«

»Ach, was du wieder redest. An dich werden sich viele erinnern, Disa.«

»Wer denn? Ich habe keine Geschwister und keine Kinder. Nein, der Grabstein wird wohl das Einzige sein, was später an meine Existenz erinnern wird. Und alle, die ihn sehen, werden sagen: ›Disa Blom, wer war das denn?‹«

»Hernemo wird sich auf jeden Fall an dich erinnern«, sagte Selma lachend. »Wie du in Zungen geredet hast bei seiner Versammlung ... Du hättest seinen Blick sehen sollen!«

»Ich wollte mir eigentlich auch die Kleider vom Leib reißen, aber dann habe ich an dich und Artur gedacht und dass es euch peinlich gewesen wäre.«

»Artur hätte das sicher gefallen«, meinte Selma grinsend.

»Hast du dir eigentlich diese Broschüre mit den Qigong-Übungen angeschaut?«, erkundigte sich Disa. Sie erhob sich, stellte sich auf den Rasen und machte ein paar Übungen vor.

Selma genoss den Anblick ihrer Freundin. Sie lächelte, als sie sich erinnerte, wie Artur Disa einmal nackt im Garten gesehen und geglaubt hatte, sie würde Fliegen verscheuchen. Vieles war seitdem geschehen, und ihr Leben hatte einen neuen Inhalt bekommen. Das hätte sie Disa gern gesagt, aber Selma war nicht so gut im Komplimentemachen. Aber wenn es jemanden gab, der Komplimente verdient hatte, dann war es Disa.

Selma hielt die Hand vor die Sonne, um besser zu sehen. Disa war richtig schön, wie sie da stand. Der blaue Himmel, die Felder im Hintergrund, der Kirschbaum mit dem klingenden Windspiel ... und dann das quietschgrüne Top und Disas rote Locken. Die eintätowierten Friedenstauben auf ihren Armen passten erstaunlich gut ins Gesamtbild. Wenn Selma hätte malen können, dann hätte sie gern dieses Bild von Ruhe und Harmonie auf eine Leinwand gebannt.

Artur stand hinter dem Stall und genoss den Abend. Die Kirchenglocken riefen zur Andacht, und er betrachtete die vielen kleinen Kreuze, die an Klas' Haustiere erinnerten. Sie würden Klas und seine Familie mal zum Abendessen einladen. Es war schon eine Weile her, dass sie sich zuletzt gesehen hatten. Bisher hatte er keine Möglichkeit dazu gesehen, aber jetzt hatte Artur einen Plan, wie er alle Lügen und Geheimnisse ein für alle Mal loswerden konnte. Am nächsten Tag würde er zur Polizei in Ystad fahren und die Schlüssel abgeben, dann war endlich Schluss mit den ganzen Verrücktheiten.

Als Selma nach Hause gekommen war, hatte sie erzählt, dass Hernemos anscheinend wegziehen würden, doch die Polizei würde sie schon auftreiben, wenn es nötig war. Niemand kam mit verbuddelten Leichen auf dem Grundstück davon. Artur hätte nur zu gern gewusst, wer in der Grube lag, aber dafür war es noch nicht zu spät.

Selma stand gerade in der Küche und hängte Plastiktüten zum Trocknen über den Heizkörper, als er hereinkam.

»Ich verstehe wirklich nicht, warum du darauf bestehst, alte Brottüten und andere Verpackungen wiederzuverwerten«, sagte er.

»Das machen alte Frauen eben so. Elna musste neulich auch lachen, als sie das gesehen hat. Man wird langsam alt, wenn man anfängt, Plastiktüten auszuwaschen und auf der Heizung zum Trocknen aufzuhängen, hat sie gemeint. Aber mir ist das egal, ehrlich gesagt, ich bin, wie ich bin.« Sie ließ sich diese Worte richtig im Mund zergehen. Wie wenn man eine Praline aß und die süße Füllung plötzlich in den Mund lief.

Am Montagmorgen brachte Artur Disa und Selma zur Bushaltestelle. Er selbst würde zur Polizei in Ystad fahren und die Schlüssel abgeben.

»Jetzt sagst du ganz genau, wie es gewesen ist, Artur. Kein Schönreden und keine Verheimlichung von Fakten. Die Wahrheit, nichts als die Wahrheit, das ist das Einzige, was zählt.«

»Ja, ja«, antwortete er mürrisch. Selma hatte den ganzen Morgen herumgefaselt, was er sagen und was er nicht sagen sollte, und Artur fand, dass das Thema jetzt ausdiskutiert war. Als er an der Bushaltestelle hielt, beugte Selma sich vor und gab ihm einen Kuss auf die Wange.

»Viel Glück!«

Sie sah dem Auto hinterher, bis es an der Wegbiegung verschwunden war.

Schweigend saßen Disa und Selma im Bus. Plötzlich füllte sich der Bus mit Gerüchen von der Düngerausbringung auf den Feldern.

»Man merkt schon, dass wir auf dem Land wohnen«, sagte Selma.

Disa fing an zu lachen, und Selma erkundigte sich, was daran denn so witzig sei.

»Ich habe neulich eine so lustige Geschichte zum Thema Gestank gehört«, meinte Disa. »Eine Dame war in der Stadt gewesen und hatte ein feines, teures Parfüm gekauft. Auf der Rückfahrt saß neben ihr im Bus ein grimmig aussehender Mann. Weil die Dame noch mal an dem Parfüm schnuppern wollte, schraubte sie den Deckel ab. In diesem Moment fuhren sie an einer Sulfitfabrik vorbei, und ein fürchterlicher Gestank erfüllte den Bus. Da sagte der Mann irritiert: ›Schrauben Sie die Flasche wieder zu, das ist ja ein fürchterlicher Gestank!‹«

Disa und Selma lachten beide so laut, dass die anderen Passagiere im Bus sich nach ihnen umdrehten.

Im Fitnessstudio gingen sie erst in die Umkleiden. Disa hatte eine große Sporttasche dabei, während Selma nur einen kleinen Stoffbeutel mitgenommen hatte. Disa hatte schwarze Leggings gekauft und trug ein altes, verwaschenes T-Shirt dazu. Ihr wilden Locken hatte sie mit einem lila Haargummi gebändigt. Selma hatte ihre beigefarbene Jerseyhose an, die weich und gemütlich war und in der sie sich außerdem gut bewegen konnte. Beide hatten sie sich billige Stoffschuhe gekauft, die sie hoffentlich auch bei anderen Anlässen würden tragen können.

Am Empfangstresen wartete der Trainer schon auf sie und stellte sich ihnen vor. Disa fand, dass er an ein Knochengerüst erinnerte. Wenn man nach dem Training im Fitnessstudio so aussah, dann danke bestens! Er überreichte ihnen ein paar Papiere mit Anweisungen zu den verschiedenen Geräten und führte sie dann durchs Studio.

»Der Typ ist schwul«, flüsterte Disa. »Das sehe ich auf den ersten Blick.«

»Pst«, sagte Selma erschrocken.

Der Trainer zeigte ihnen, wie man die verschiedenen Geräte einstellte und die Gewichte veränderte.

»Gibt es bei Ihnen irgendwelche Einschränkungen?«, fragte er höflich.

»Ich bin sowieso eine einzige Einschränkung«, sagte Disa und stupste Selma an.

»Ich meine in körperlicher Hinsicht«, erklärte der Trainer.

»Ja, die habe ich auch … Aber jetzt fangen wir an.«

Sie erfuhren, dass es wichtig war, sich erst mal aufzuwärmen. Der Trainer empfahl ihnen, jeweils mit einer Runde auf dem Fahrradergometer zu beginnen.

»Fahrradfahren habe ich schon mit fünf gelernt«, meinte Disa, und jetzt war sie es, die von Selma angestupst wurde.

Der Trainer zeigte ihnen, wie man an den Fahrrädern verschiedene Widerstände einstellte, aber Disa wirkte eher desinteressiert. Fasziniert beobachtete sie einen Crosstrainer, auf dem eine kräftige Dame stand und vor sich hinkeuchte. Disa bat den Trainer, ihr dieses Gerät zu zeigen. Man betätigte mit den Füßen zwei Pedale, während man mit den Händen an zwei Griffen zog. Sobald sie eine Anleitung dazu bekommen hatten, probierte Disa es aus.

»Trete ich nicht rückwärts?«, erkundigte sie sich.

»Nein, das sieht richtig gut aus. Aber benutzen Sie bitte nicht nur die Beine, ziehen Sie auch an den Griffen, um die Armmuskulatur zu stärken.«

Während Disa sich abmühte, fühlte Selma sich ein bisschen untätig. Doch schon bald begann Disa an Tempo zu verlieren, und ihr Atem wurde immer heftiger. Nach drei Minuten sprang sie ab und war so außer Atem, dass sie kaum sprechen konnte.

»Ist der richtig eingestellt?«

»Der steht auf drei, und das ist auch nur für den Einstieg.«

»Aber die da?« Disa zeigte auf die kräftige Dame, die ein Stück entfernt trainierte. »Sie ist doch schon mindestens zwanzig Minuten dabei? Und sieht dabei nicht mal angestrengt aus. Willst du auch mal versuchen, Selma?«

»Ach, ich warte lieber bis zum nächsten Mal.« Selma wollte es besser nicht vor den Augen des Trainers ausprobieren.

Als sie bei einem Gerät angekommen waren, wo man Gewichte stemmen sollte, durfte Selma als Erste beginnen. Sie fand es angenehm, sich zu strecken, wobei diese Gewichte schon ein bisschen schwer zu heben waren. Ehe Disa an der Reihe war, steckte sie ein paar zusätzliche Gewichte auf.

»Das ist vielleicht ein bisschen sehr viel«, meinte der Trainer mit einem schiefen Grinsen.

Disa setzte sich, wischte die Hände an den Leggings ab und packte die Stange mit den Gewichten. Dann schob sie sie mit einem lauten Knall geradeaus nach oben. Der Trainer sah sie mit offenem Mund an.

»Meine Kondition ist nicht die beste, aber Muskelstärke habe ich schon«, sagte Disa stolz und stand auf.

Während Selma sich mit dem Trainer unterhielt, probierte Disa ein anderes Gerät aus. Es bestand aus zwei großen Platten, die auf den Schultern ruhten. Man sollte sich auf die Zehenspitzen stellen und die Platten hochdrücken. Disa brachte sich in die Ausgangsposition. Die Platten saßen etwas zu hoch oben, weshalb Disa einen Knopf drückte, um sie abzusenken. Ein lauter Knall ertönte, und die Platten sausten mit voller Wucht auf ihre Schultern – mit einem Gewicht, das vielleicht für einen durchtrainierten Bodybuilder gepasst hätte. Disa hatte das Gefühl, als würde ihr komplettes Rückgrat zusammengepresst. Der Trainer eilte herbei.

»Ich wollte es Ihnen erst mal zeigen! Man darf auf keinen Fall schon im Gerät stehen, wenn man es einstellt.«

»Tja, dann muss ich jetzt wohl nach Hause und meine Hosen kürzen. Ich bin bestimmt drei Zentimeter zusammengepresst worden«, sagte Disa, und ausnahmsweise sah sie richtig erschrocken aus.

»Dann haben wir jetzt alle Geräte durch, die für Sie passen könnten. Haben Sie denn noch irgendwelche Fragen?«

»Momentan fällt mir nichts ein«, sagte Selma vorsichtig.

Der Trainer sah erleichtert aus, als er wieder zum Tresen zurückging. Disa und Selma machten noch eine Weile weiter. Auf dem Weg zur Umkleide entdeckte Selma das Laufband. Sie fand, dass es ganz einfach aussah. Man lief auf dem rollenden Band vorwärts wie bei einem ganz gewöhnlichen Spaziergang, nur ohne frische Luft natürlich. Selma stellte sich vorsichtig aufs Band und drückte den Startknopf. Es bewegte sich in einem solchen Tempo, dass ihre Füße nicht mitkamen und sie beinahe in einem Blumenarrangement gelandet wäre.

»Du hattest bestimmt Rallyetempo eingestellt«, meinte Disa lachend. »Du hast dir doch nicht etwa wehgetan?«

In der Umkleide riss Disa sich ihre Kleider vom Leib und stand wenig später da, wie Gott sie geschaffen hatte.

»Ich muss doch die Gelegenheit nutzen zu duschen. Die kleine Plastikwanne, die ich zu Hause habe, bringt nicht viel.« Und schon verschwand Disa im Duschraum.

Als Selma sich umgezogen hatte, setzte sie sich auf eine Bank am anderen Ende des Umkleideraums. Hoffentlich fand Disa sie nicht unhygienisch, weil sie nicht duschte. Aber schon seit der Schulzeit hasste sie öffentliche Duschen und Umkleideräume und wartete mit dem Duschen lieber, bis sie wieder zu Hause war.

Selma lächelte, als sie Disa in der Dusche singen hörte. Erst eher zurückhaltend, doch allmählich stieg die Lautstärke ihres Gesangs, bis es wie eine richtige Opernarie klang.

Zwei junge Mädchen kamen in die Umkleide. Sie sahen sich an und schüttelten die Köpfe.

Artur nahm den Küstenweg nach Ystad. Dabei kam er in der Nähe des Hofs Backåkra vorbei, der einst Dag Hammarskjöld gehört hatte, dem Generalsekretär der Vereinten Nationen. Es war schon tragisch, wie Hammarskjöld damals bei diesem Flugzeugabsturz im Ausland gestorben war, aber dafür musste er auch nicht so leiden wie Artur. Er hatte gar keine Zeit mehr gehabt, sich zu fürchten, wenn Artur es richtig in Erinnerung hatte. Und er hatte auch keine Frau, der er Rede und Antwort stehen musste.

Normalerweise schätzte Artur diese schöne Gegend und fuhr daher besonders langsam, aber im Moment richtete er seinen Fokus nur auf die Polizeistation. Als er am Ferienhausgebiet Ystads Sandskog vorbeikam, stellte er fest, dass es noch zu früh für die Badegäste war. Im Sommer war jeder Weg, der zum Strand hinunterführte, von Autos gesäumt.

Am Rondell an der ehemaligen Kaserne hupte ihn ein Autofahrer von hinten an. Wie man korrekt in einem Kreisverkehr fuhr, würde er wohl nie lernen. Er war erleichtert, als er das Rondell hinter sich gelassen hatte, aber er wusste, dass er ein weiteres würde passieren müssen.

Nachdem er an der Polizeistation geparkt hatte, blieb er eine Weile im Auto sitzen und ging noch einmal all das durch, was er sagen würde. Dann schloss er sein Auto sorgfältig ab, während er insgeheim dachte, dass das Diebstahlrisiko auf dem Parkplatz einer Polizeistation denkbar gering sein müsse.

»Ich würde gern mit einem Polizisten sprechen«, sagte Artur am Empfang im Erdgeschoss und versuchte, mutig zu klingen.

»Worum geht es denn?«, erkundigte sich die blondierte Dame hinter der Glasscheibe.

»Um eine Fundsache, aber es geht auch noch um ein paar andere Dinge«, fuhr er schnell fort, denn er befürchtete, dass die Dame einfach die Schlüssel an sich nehmen würde.

Sie betätigte eine Sprechanlage, und er hörte sie mit jemandem reden.

»Die zweite Tür rechts, bitte«, sagte sie dann und zeigte einen Gang hinab.

Artur machte einen Diener und ging mit vorsichtigen Schritten den Korridor entlang. Die zweite Tür auf der rechten Seite war geöffnet, und der Polizist, der in dem Zimmer saß, gab ihm zu verstehen, dass er eintreten solle.

»Es geht also um Fundsachen? Bitte nehmen Sie Platz. Mein Name ist Karlsson«, sagte der Polizist. »Was haben Sie denn Interessantes gefunden?«

»Schlüssel«, sagte Artur, nahm die Schirmmütze ab und stellte sich vor.

»Schlüssel!« Der Polizist sah enttäuscht aus. Er hatte wohl geglaubt, er habe Diamanten oder etwas anderes Wertvolles entdeckt. Er konnte ja nicht ahnen, dass die Schlüssel zu einem Vermögen führten.

»Wo haben Sie sie denn gefunden?« Der Polizist machte sich bereit mitzuschreiben.

»An den Badehäuschen in Simrishamn.«

»Und warum liefern Sie die Schlüssel nicht bei der Polizei in Simrishamn ab?«

»Da gibt es ja keine Polizeistation mehr, die Filialen werden doch alle geschlossen ...«

»Das ist aber merkwürdig. Ich habe am Donnerstag meinen Dienst dort verrichtet, und da war die Station jedenfalls noch da«, meinte Karlsson ironisch.

Artur warf dem Polizisten einen skeptischen und verlegenen Blick zu.

»Die Adresse dieser Badehäuschen?«

»Das ist keine Straße, nur ein Fußgänger- und Fahrradweg ... Keine Ahnung, ob der überhaupt einen Namen hat. Der eine Schlüssel ist jedenfalls von einem Bankschließfach«, fuhr Artur fort, und der Polizist legte sofort den Stift aus der Hand und musterte ihn genauer.

»Woher wissen Sie denn, dass es der Schlüssel zu einem Bankschließfach ist?«

»Die sehen eben so aus«, erwiderte Artur schnell und spürte, wie es vor seinen Augen flimmerte. Dass er nie seinen Schnabel halten konnte!

»Ein bisschen erstaunt bin ich schon, dass Sie da so sicher sind, dass er zu einem Bankschließfach gehört.«

»Wir haben auch so ein Fach, und die Schlüssel sehen genau gleich aus.«

»Was für ein Zufall, das muss ich schon sagen. Als ich auf der Wache in Simrishamn war, kam ein Mann vorbei und hat gemeldet, dass er den Schlüssel für sein Bankschließfach verloren habe.«

»Ist der denn am Leben?« Artur war bestürzt.

»Am Leben?«

»Ich dachte, er wäre tot.«

»Wissen Sie denn, wem die Schlüssel gehören? Dann hätten Sie doch nicht hierherkommen müssen.«

»Nein, nein, ich weiß nicht, wem sie gehören«, sagte Artur erschrocken.

Der Polizist sah verwirrt aus.

»Aber Simrishamn ist klein«, fuhr Artur fort. »Es wird so viel geredet. Ich hatte an diesen Mann gedacht, der vermisst wird. Irgendjemand im Geschäft hat behauptet, er sei tot und jemand habe den Schlüssel zu seinem Bankfach geklaut.«

Die Verwunderung des Polizisten stieg.

»Der Mann, von dem Sie sprechen, erfreut sich bester Gesundheit. Er kam braun gebrannt von einer Urlaubsreise zurück und ahnte gar nicht, dass er von der Polizei gesucht wurde. Den Rest können Sie morgen in der Zeitung lesen.

Übrigens sollte man nicht alles glauben, was man so hört …«

Artur stand ein bisschen verwirrt auf.

»Ich dachte, die Dame vom Empfang hätte gesagt, es gehe um eine Fundsache und ein paar andere Dinge?«, meinte der Polizist.

»Nein, nein«, sagte Artur schnell. »Das steht wohl auch in der Zeitung. Demnächst.«

Der Polizist seufzte. »Und wann haben Sie die Schlüssel gefunden?«

Artur zuckte zusammen. Seine Hirntätigkeit ging in den Turbogang über. Als er nicht antwortete, versuchte der Polizist, ihm auf die Sprünge zu helfen.

»War es am Wochenende?«

»Nein, *vor* dem Wochenende.« Volltreffer, dachte Artur stolz. Das war eine verdammt gute Antwort.

»Und Sie wollen mir nichts anderes erzählen?« Der Polizist schien zu merken, dass Artur ihm etwas vorenthielt.

»Heute nicht«, sagte Artur. Ob er sich nach einem Finderlohn erkundigen sollte? Nein, am besten machte er sich so schnell wie möglich aus dem Staub, ehe er noch mehr Verwirrung stiftete. Er setzte die Mütze auf, öffnete die Tür und machte einen großen Schritt – ins Dunkle. Er verspürte ein Pieksen in den Fingern und im Herzen. Ob er wohl gerade in Ohnmacht fiel, weil alles vor ihm schwarz wurde?

»Die andere Tür«, kommentierte der Polizist amüsiert.

Artur begriff, dass er in seiner Verwirrung die falsche Tür genommen hatte und versehentlich in einem Papiervorratsraum gelandet war. Verlegen öffnete er die Tür zum Korridor und ging mit raschen Schritten Richtung Ausgang.

»Einen schönen Tag noch«, sagte die Blondine am Empfang, als er an ihr vorbeikam.

»Gleichfalls«, schnaubte er.

Als Artur den Parkplatz verließ, bog er nach rechts ab, nur um gleich festzustellen, dass er in die falsche Richtung gefahren war. Er umklammerte das Lenkrad und spürte die Wut in sich aufsteigen.

Am Lazarettrondell drehte er drei Runden im Kreisverkehr, um sich zu orientieren und sich zu entscheiden, welchen Weg er wählen sollte, um aus diesem ganzen Elend herauszufinden. Danach fuhr er geradeaus weiter und am Kiosk nach links Richtung Innenstadt. Verdammt enge kleine Straßen, nicht größer oder breiter als der Schotterweg zu Hause, dachte er. Und wie die Leute hier parkten! Diese blöden Rondelle und den ganzen anderen Mist – das alles hatte er auf sich genommen, wo er die Schlüssel stattdessen in Simrishamn hätte abliefern können.

Er versuchte, in zwei kleine Straßen hineinzufahren, nur um festzustellen, dass es Einbahnstraßen waren. Das war ja noch schlimmer als das Brettspiel »Räuber und Gendarm«, das sie früher mit Klas gespielt hatten, als er klein war. Da gab es auch jede Menge Einbahnstraßen, und Artur war immer ausgerechnet dann in einer gelandet, wenn er auf der Flucht vor der Polizei gewesen war.

Irgendwann kam er an der Kirche vorbei, die oberhalb des ehemaligen Franziskanerklosters lag. Vielleicht sollte ich ja ins Kloster gehen, dachte er, dann wäre ich das ganze Elend los. Doch auf Selma würde er nie im Leben verzichten wollen, deshalb schied diese Möglichkeit letztlich doch aus.

14

Selma und Artur saßen an diesem Abend lange zusammen und redeten. Selma sagte, dass sie stolz auf ihn sei, und nahm ihn sogar in den Arm. Erleichtert war er natürlich, dass er endlich die Schlüssel abgeliefert hatte, aber auch gespannt und neugierig auf das, was am nächsten Tag in der Zeitung stehen würde. Dass es eine Polizeistation in Simrishamn gab, war ihm so peinlich, dass er es lieber nicht erzählte.

Artur fand, dass Selma nach ihrem Friseurbesuch aussah, als hätte sie den Kopf versehentlich in eine Häckselmaschine bekommen. Den Pony beziehungsweise das kleine bisschen, was davon übrig geblieben war, hatte sie rötlich färben lassen, und der Rest wirkte strähnig. Aber er hatte trotzdem behauptet, es sähe flott aus. Er hatte keine Lust auf weitere Konflikte.

Nachts schlief er richtig gut und stand am nächsten Morgen früher auf als sonst. Murran saß da und wartete auf das Morgenritual, bei dem er der Katze über den Rücken strich und am Ende ein bisschen am Schwanz zog. Sie sah beinahe beleidigt aus, als Artur zielstrebig an ihr vorbei zum Briefkasten marschierte.

Er musste sich zusammenreißen, um die Zeitung nicht schon auf dem Weg ins Haus zu lesen, doch sobald er am Küchentisch saß, faltete er sie auseinander. Er beugte sich vor.

»Glücklicher Ausgang im Fall des verschwundenen Mannes: Der Vermisste ist wiederaufgetaucht. Ein erstaunter

Stig Bengtsson versicherte gegenüber der Presse, dass er gar nichts von der polizeilichen Fahndung gewusst habe, da er sich im Urlaub im Ausland befunden habe. Er verriet auch, dass der Anlass für seine Reise eine größere Geldsumme gewesen sei, die er gewonnen habe. Über die Höhe der Summe schwieg er sich jedoch aus.« Unter dem Artikel war ein Foto von Stig Bengtsson neben seinem BMW.

Gerade als Artur die Zeitung zusammenlegte, kam Selma in die Küche. Er zuckte zusammen. An diese Haare würde er sich erst noch gewöhnen müssen. Artur war ein bisschen verwirrt von den neuen Erkenntnissen über Bengtssons Geldgewinn. Aber er war froh, dass er der Polizei nichts von diesem Bankschließfach verraten hatte, denn dann hätte er ziemlich blöd dagestanden, weil er den Amateursheriff gespielt hatte. Er schauderte, als er an den Besuch in der Bank dachte und an seinen Ausflug nach Sjöbo. Wenn man dem Artikel Glauben schenkte, dann war das Auto niemals verschwunden gewesen, sondern hatte aus ganz harmlosen Gründen bei diesem Typen in Sjöbo gestanden.

»Da siehst du mal«, sagte Selma, nachdem sie den Artikel gelesen hatte. »Es gibt Erklärungen für alles ...«

»Das sagst du immer«, brummte Artur.

»Und ich habe ja meistens recht, oder? Du machst aber auch aus jeder Mücke einen Elefanten, Artur.«

»Es gibt vieles, was noch gar nicht aufgeklärt ist«, antwortete er düster.

Ein bisschen peinlich war es ihm schon im Nachhinein, dass er sich so viele Gedanken gemacht hatte, wo das Geld wohl herstammte, und Hernemo verdächtigt hatte, Bengtsson umgebracht zu haben. Aber mit Hernemo war er noch nicht fertig. Irgendwas Rätselhaftes war da mit dem Garten, davon war er überzeugt. Disa war selbst Zeugin der Beerdigung gewesen. Und wer da im Grab lag, das würde er schon herausfinden, und wenn er selbst noch mal im Garten herumbuddeln müsste.

Arturs Stirn legte sich plötzlich in tiefe Falten. Wenn man irgendwo Geld gewinnt, liegt es dann in einem Bankschließfach, fein säuberlich in Bündel sortiert mit selbst gebastelten Banderolen und handgeschriebenen Initialen?

»Nein«, antwortete er laut, und Selma stutzte.

»Was hast du gesagt?«

»Nein, habe ich gesagt«, wiederholte Artur.

»Das habe ich schon gehört«, meinte Selma genervt.

»Warum fragst du denn dann nach?«

»Man sagt doch nicht einfach so ins Blaue hinein ›Nein‹.«

Laut rumpelnd schob Selma den Küchenstuhl unter den Tisch, seufzte und verschwand im Fernsehzimmer.

Am Nachmittag fuhr Artur zum Landhandel, um eine neue Gartenschere zu kaufen, da die alte kaputtgegangen war und er Selma versprochen hatte, die Rosen zu beschneiden. Die Neuigkeit von Stig Bengtssons Wiederauftauchen war das Gesprächsthema des Tages, und Artur fühlte sich besonders gut informiert.

»Dieser Gewinn, von dem er gesprochen hat ... Da frag ich mich schon, wo er das Geld herhat. Sicher irgendwelche dunklen Kanäle«, meinte einer der Männer, hob seine Mütze und raufte sich die Haare.

»Ja, das war ja auch ganz schön viel Geld«, konterte Artur.

»Weißt du denn, wie viel es ist?« Das Interesse aller richtete sich auf Artur, der stolz war, im Mittelpunkt zu stehen.

»Na ja, ein paar Informationen habe ich schon, aber mehr sage ich nicht.«

»Ich habe gehört, dass Bengtssons Wagen bei so einem

zwielichtigen Typen in Sjöbo gestanden hat, der Autos aufmotzt.«

Menschenkenntnis, die habe ich schon, dachte Artur grinsend. Das habe ich doch gleich gesehen, dass der Typ nicht ganz koscher war.

»Dieser komische Pfarrer scheint demnächst wegzuziehen«, sagte plötzlich ein kleiner magerer Mann mit einem so großen Stück Kautabak unter der Oberlippe, dass es so aussah, als hätte ihm jemand eine dicke Lippe verpasst. »Ihr seid doch fast Nachbarn, oder, Artur?«

»Nun ja, ich werde seinen Weggang nicht gerade betrauern«, meinte Artur grinsend. »Wisst ihr, warum er wegziehen möchte?«

»Vermutlich hat die Kollekte nicht für die Miete gereicht. Ihm wurde der Mietvertrag gekündigt.«

Der Landhandel ist wirklich gut, dachte Artur auf dem Heimweg. Wenn er jeden Tag hinführe, könnten sie sich das Abo der »Ystads Allehanda« sparen.

Als er am Haus der Hernemos vorbeifuhr, sah er, wie Arne Hernemo den Kofferraum seines Autos volllud. Artur starrte ihn wütend an, doch der Blick, den er zurückbekam, war kaum freundlicher.

»Den Hernemos ist der Mietvertrag gekündigt worden!«, erzählte er, sobald er zu Hause die Küche betreten hatte.

»Das ist doch ganz gut. Aber man weiß natürlich nicht, wer stattdessen einzieht. Hoffentlich ein netter Junggeselle, der zu Disa passen würde.«

»Es gibt niemanden, der zu ihr passt. Sie ist zu verschroben. Die verscheucht doch die Männer.«

»*Artur*, es gibt *tatsächlich* auch verschrobene Männer. Schau dich mal selbst an.«

Wie denn, mich selbst?, dachte Artur, als er ins Bad ging und sich im Spiegel betrachtete.

Die Gedanken kreisten in seinem Kopf. Er hatte beschlossen, Hernemo mit der Bestattung im Garten zu konfrontieren. Natürlich hätte er auch warten können, bis sie weggezogen waren, und dann selbst herumbuddeln, aber wie sollte er dann wissen, wo Hernemo abgeblieben war, wenn er ihm die Polizei auf die Fersen hetzen müsste? Nein, er wollte ihn mit seinem Verdacht konfrontieren und ihm dabei in die Augen schauen – so viel war sicher.

Als er auf dem Weg in die Küche am Schlafzimmer vorbeikam, sah er verblüfft an die Decke. Was zum Teufel hing dort herum? Eine Art Ring mit Federn. Zwar war nächste Woche Ostern, aber so einen Osterschmuck hatte er noch nie gesehen. Und bunt war er auch nicht, wie es sich für Osterschmuck gehörte. »Selma, was hängt denn da für Firlefanz von der Schlafzimmerdecke?«

»Ein Traumfänger«, meinte Selma lächelnd.

»Traumfänger?«

»Das ist was Indianisches. Der soll böse Träume fangen. So einen kannst du wirklich gebrauchen, so wie du heute Nacht im Traum gestöhnt hast.«

»Ja, du und Disa, ihr habt schon Ideen«, meinte Artur lachend. »Traumfänger ...«

»Warte mal kurz ... Ist ja unglaublich, wie langhaarig du geworden bist, Artur.«

Artur strich sich mit der Hand über den Kopf.

»Nein, in den Ohren natürlich, du Witzbold.«

»In den *Ohren!* Na, mit den Ohren kann man zumindest nicht zum Friseur gehen. Und an dieser Stelle die Haare färben, das geht auch nicht. Weiber ...«, brummte er.

Am Nachmittag wollte Selma sich im Fernsehen einen alten schwedischen Film anschauen und hatte Artur zu verstehen gegeben, dass sie dabei ihre Ruhe haben wollte.

»Dann gehe ich runter zur Mistplatte und mache mit den Gartenmöbeln weiter. Dann hast du deine Ruhe.«

»Kann ich mich darauf verlassen?«, meinte Selma lachend.

Artur ließ die Sache keine Ruhe. Vielleicht sollte er jetzt, wo Selma mit dem Film beschäftigt war, zu Hernemo hinübergehen. Er sah, dass Disa im Garten hinter ihrem Haus beschäftigt war und ihn nicht bemerken würde. Natürlich hatte Artur viel darüber nachgedacht, wie er die ganze Sache am geschicktesten zur Sprache brachte. Schließlich war er zum Ergebnis gelangt, dass es am besten wäre, Hernemo nicht zu den Vorgängen im Garten zu befragen, sondern seine Vermutung als Behauptung zu formulieren.

Er ging in den Stall und sah vorsichtig hinaus, um sich zu vergewissern, dass Selma nicht an irgendeinem Fenster stand und ihn beobachtete. Dann ging er mit schnellen Schritten die Straße entlang. Er würde nicht vorn bei den Hernemos anklopfen, denn falls Disa inzwischen hineingegangen war, würde sie ihn dabei sehen. Nein, es galt vorsichtig zu sein.

Deshalb ging er zur anderen Seite des Hauses, wo die Hernemos ihr Auto abzustellen pflegten. Da sah er auch schon Arne Hernemo, der noch immer Dinge in sein Auto packte.

»Wo ist die Leiche?«, fragte Artur mit gebieterischer Stimme.

»Sie ist drinnen. Worum geht es?«

Artur verlor den Faden. Zwar erinnerte Britt Hernemos Aussehen durchaus an das einer Leiche, aber dass ihr Mann ihm zutraute, er habe mit dem Ausdruck Leiche auf Britt gezielt, bestürzte ihn doch.

»Um die Leiche im Garten!«

»Wovon reden Sie eigentlich?«, fragte Hernemo so fassungslos, dass Artur erst recht von seinem Verdacht überzeugt war.

»Wir haben gesehen, wie Sie eine Leiche im Garten vergraben haben, und wir sind vom Gebüsch aus Zeugen des Bestattungsrituals geworden.«

»Vom Gebüsch aus? Sie schleichen also im Gebüsch herum?«

»Nicht nur wir haben das beobachtet«, fuhr Artur fort, und seine Stimme war noch immer sehr entschlossen.

»Ach, womöglich die olle Schrapnelle von gegenüber? Die muss in psychiatrische Behandlung! Da reicht es nicht mehr mit Gebeten an den Herrn, sie ist verrückt.« Hernemo war kreidebleich im Gesicht.

»Und Sie wollen umziehen, habe ich gehört? Aber vorher werden wir Sie zur Rede stellen.«

»Der Herr wird uns eines Tages zur Rede stellen, sonst niemand. Verlassen Sie mein Grundstück, bevor ich die Polizei rufe!«

Artur begann sich unwohl zu fühlen, beschloss aber, seine entschiedene Haltung beizubehalten. »Nur gut, dass Sie die Polizei rufen, dann muss ich es nicht tun. Ich dachte, es wäre gut, wenn Sie bei der Exhumierung dabei wären.«

»Exhumierung?« Jetzt stand Hernemo der Mund offen. »Von was für einem Grab sprechen Sie eigentlich?«

Artur war etwas verunsichert, doch dann ging er in den Garten, während Hernemo ihm mit zögernden Schritten folgte.

»Hier«, sagte Artur schließlich und zeigte mit der Hand auf das neu umgegrabene Rechteck. Da sah er, dass parallel zur Erde Fäden gespannt waren, an deren Enden jeweils ein Papiertütchen hing. Sie sahen aus wie die kleinen Tüten, in denen man Samen kaufen konnte.

»Ja, und?«, fragte Hernemo.

»Hier hat das Begräbnis stattgefunden.« Inzwischen klang Arturs Stimme jämmerlich.

»Worauf wollen Sie eigentlich hinaus?«, zischte Hernemo durch die Vorderzähne.

Artur straffte sich. »Erst haben Sie eines späten Abends einen Plastiksack angeschleppt, dann hat Disa gehört, wie Sie irgendwas gesagt haben wie ›empfange den Toten‹ und ›später zu neuem Leben erwecken‹. Sie hatten Kerzen und anderes Teufelswerk in Ihrem Garten ...«

»Fluchen Sie nicht auf meinem Grundstück«, zischte Hernemo und sah aus wie ein wütender Köter. »Wissen Sie, was Riten sind?«

Artur antwortete nicht, aber ihm war klar, dass Hernemo gerade irgendeine Art von Alibi vorzubringen versuchte.

»Fruchtbarkeitsriten«, fuhr Hernemo fort. »Im Sack befand sich Dünger. Hat die Schrapnelle von gegenüber das nicht kapiert? ›Empfange den toten Ackerkrumen.‹ Damit haben wir den Dünger gesegnet. ›Lass die Erde aufnehmen, was sie später zu neuem Leben erwecken soll‹ – das war die Bitte um gute Ernte.«

Artur zog seinen Kopf ein, sodass sein Hals im Kragen verschwand. Hernemo ging mit raschen Schritten zum Gartenschuppen und kam mit einem Spaten zurück.

»Los, graben Sie«, sagte er. »Graben Sie, bis Sie am Grundgestein angekommen sind. Wenn es hier überhaupt so was gibt«, fügte er unsicher hinzu.

Artur stand mit dem Spaten in der Hand ratlos da.

»Graben Sie! Haben Sie nicht gehört?«

Artur machte ein paar ungeschickte Spatenstiche, während Britt Hernemo erstaunt auf die Vortreppe trat und den Nachbarn anstarrte, der gerade ihren Gemüsegarten umgrub.

»Geh rein!«, zischte Hernemo ihr zu. »Er gräbt nach einer Leiche!«

Artur kam es vor, als hätte er ein kurzes Stöhnen auf der Treppe gehört, ehe die Tür zuschlug.

»Graben Sie ruhig weiter! Wir haben ja ohnehin keine Freude an dem Gemüse, da wir bald umziehen werden. So, los jetzt …«

Artur spürte Panik in sich aufsteigen. Jetzt war Selma sicher schon draußen gewesen und hatte Bescheid gegeben, dass der Abendkaffee fertig war. Sein linkes Knie schmerzte bei jedem Spatenstich. Er fühlte sich miserabel.

»Und, sind Sie auf eine Leiche gestoßen?«, fragte Hernemo eine Viertelstunde später triumphierend.

»Offenbar haben wir die Situation missverstanden. Verzeihung«, sagte Artur, während er höflich seine Schirmmütze lüpfte.

»Ist Ihnen klar, dass das ziemlich schlimme Unterstellungen sind?«

Artur nickte verlegen.

»Wenn Sie Gott um Vergebung bitten, werde auch ich Ihnen vergeben«, sagte Hernemo und klang plötzlich wie ein Pfarrer. »Sprechen Sie mir nach.« Er starrte Artur an, der seine Mütze abnahm und seinen Kopf beugte.

»Der Herr vergebe mir meine verwirrten Gedanken.«

Artur faltete seine Hände und wiederholte den Satz.

Hernemo fuhr fort: »Gib mir die Kraft, die nötig ist, um mich nie wieder Spekulationen und boshaften Gedanken hinzugeben. Amen.«

In dem Augenblick, als Artur »Amen« sprach, ertönte ein gewaltiger Donnerknall.

»Der Herr hat dein Gebet erhört«, schloss Hernemo.

Der Besuch im Garten der Hernemos war richtig unangenehm gewesen. Artur schämte sich und dankte seinem Schöpfer, dass niemand ihn gesehen hatte. Er gelobte, dass er nie wieder die Phantasie mit ihm durchgehen lassen würde. Als er den Garten verließ, kam Hernemo hinterher und drückte ihm eine christliche Broschüre in die Hand.

»Gehe hin im Frieden des Herrn«, sagte er, ehe er weiter sein Auto belud.

»Setzt du bitte Kaffee auf, Artur?«, bat Selma ihn, als er die Küche betrat. »Der Film ist so spannend.«

Artur atmete tief durch vor Erleichterung. Er hatte fast das Gefühl, als habe sein Gebet geholfen. Selma hatte ihn noch gar nicht vermisst.

Als er mit dem Kaffee zu ihr hereinkam, saß sie im Sofa und weinte.

»Die beiden sind so schön anzusehen«, schluchzte sie.

»Das ist doch kein Grund zum Weinen?«

»Stell dir vor, die kriegen sich am Ende gar nicht?« Selma schlürfte etwas Kaffee aus der Tasse.

»In Filmen kriegen die sich doch immer«, schnaubte Artur.

Selma steckte sich wie immer das Baumwolltaschentuch in den Ärmel ihres Kleids.

»Hast du gehört, wie es draußen gedonnert hat? So früh fängt es doch meistens gar nicht an zu gewittern. Was meinst du, wie es Disa jetzt geht?«

»Disa, wieso?«

»Glaubst du nicht, der Strom schlägt in ihrem Körper Purzelbäume? Bei so einem Gewitter muss doch jede Menge Elektroenergie freigesetzt werden?«

Selma bekam kleine Falten auf der Stirn. Ob ein Gewitter wohl die Leute beeinträchtigte, die an Elektroallergie litten?

»Pst, jetzt küssen sie sich.«

Artur ging hinaus und setzte sich mit seiner Kaffeetasse an den Küchentisch. Er hatte doch nur gewollt, dass seine liebe Rosi stolz auf ihn war. Er hatte hart darum gekämpft, Licht ins Dunkel zu bringen, aber je mehr er geforscht hatte, desto mehr Durcheinander war entstanden.

Natürlich lösten auch richtige Polizisten nicht alle Fälle, aber er konnte sich nicht vorstellen, dass jemals einer so gedemütigt worden war wie er im Garten der Hernemos. Und eigentlich geschah es ihm ja nur recht. Ihm war es jetzt egal, wie viel Schwarzgeld Stig Bengtsson in seinem Bankschließfach hatte, was die Initialen auf den Banderolen bedeuteten und ob er sein Auto aufgemotzt hatte oder nicht. Aber ehrlich bin ich gewesen, versuchte er sich einzureden. Und er hatte einfach losgelegt mit seinen Ermittlungen, ohne viel nachzudenken.

In der letzten Zeit waren ziemlich merkwürdige Dinge passiert, das musste er zugeben. Die erschrockene kleine Dame mit ihrem Spazierstock im Tresorraum, die Erweckungsversammlung und jetzt die Sache im Garten der Hernemos.

»Wo ist die Leiche?«, sagte er laut zu sich selbst und lachte. »Tja, lieber Hernemo, und in der Erde war nichts außer Möhren und Dünger.«

»Hast du was gesagt?«, rief Selma aus dem Fernsehzimmer.

»Ich habe Gute Nacht gesagt. Ich gehe jetzt schlafen, Rosi.«

»Tu das. Aber leg die Zigeunerpuppe ein bisschen nett hin, hörst du?«

Auch wenn Artur jetzt einen Strich unter die Rechnung zog, wie er zu sagen pflegte, wenn sich etwas geklärt hatte, drehten sich die Gedanken immer noch in seinem Kopf. Er starrte auf den Traumfänger. Der Anhänger sah beruhigend aus, und Ruhe konnte Artur Jacobsson wirklich gebrauchen.

Womöglich zeigte der Traumfänger an diesem Abend seine magische Wirkung, denn seltsamerweise gelang es Artur gar nicht mehr, den Tag wie sonst Revue passieren zu lassen, denn er schlief gleich ein, und das war vielleicht auch gut so.

Selma lächelte, als sie ins Schlafzimmer kam und ihren Mann friedlich schlafend vorfand. Die Zigeunerpuppe hatte er vorsichtig an ihren Platz gelegt und sogar einen Zipfel der Tagesdecke über ihre Beine gebreitet.

Als Selma wenig später im Bett lag, dachte sie daran, was alles mit ihr geschehen war, seit Disa hergezogen war. Sie fühlte sich in gewisser Weise aufrechter. Das mochte komisch klingen, aber sie wusste es nicht anders auszudrücken. Vielleicht war sie als Mensch gewachsen? Sie bekam Bestätigung, vor allem aber hatte sie viel mehr Spaß.

Sie dachte an die ganzen verrückten Episoden der letzten Wochen. Manchmal fand Selma Disas Auftritte ein bisschen peinlich. Wie neulich, als sie in einem Warenhaus in Simrishamn gewesen waren. Disa hatte plötzlich die Arme gehoben und gerufen: »Stellen Sie die Klimaanlage an! Ich kriege Hitzewallungen!« Einige Kunden hatten verlegen gekichert, während andere erschrocken ausgesehen hatten. Obwohl Disa beinahe siebzig war, behauptete sie, an Wechseljahresbeschwerden zu leiden, was Selma stark bezweifelte.

Aber es gefiel ihr, jemanden zu haben, mit dem man über alles sprechen konnte. »Machst du auch beim Niesen Pipi?«, hatte Disa eines Tages gefragt, und dann hatten sie beide gelacht. Selma hatte auch den Eindruck, als habe sie durch Disa eine neue Sicht auf Artur bekommen. Trotz aller Verrücktheiten, die er sich in der letzten Zeit geleistet hatte, war er im Grunde ganz schön cool, genau wie Disa gesagt hatte. Er trug eine bemerkenswerte Neugier in sich, genau wie Selma, nur war Artur spontaner und dachte nicht so genau nach, bevor er handelte. Dafür lief es manchmal schief, aber immerhin bekannte er sich zu dem, was er angestellt hatte, und rückte hinterher wieder alles zurecht.

Selma spürte eine große Zärtlichkeit in sich aufwallen. Sie hob die Decke an und steckte ihren Fuß in Arturs Bett, doch ihr Mann schlief einfach weiter. Trotzdem ließ sie ihren Fuß in seinem Bett liegen und genoss das prickelnde Glücksgefühl in ihrem Inneren.

15

Am nächsten Morgen hätte Artur sich am liebsten davor gedrückt, die Zeitung zu holen. Er wollte auf gar keinen Fall auf der Straße mit Hernemo zusammenstoßen, aber er musste das Risiko eingehen, weil Selma sich sonst gewundert hätte.

Gerade als er den Deckel des Briefkastens anhob, kam Disa aus ihrem Haus. Sie trug ein langes Nachthemd mit aufgedruckten Marienkäfern, stellte sich auf die Treppe und gähnte so laut, dass Artur zusammenfuhr.

»Guten Morgen, Artur!«

»Schon wach?«, fragte er.

»Die Vögel haben heute früh ein so hysterisches Morgenkonzert veranstaltet, dass ich einfach nicht mehr im Bett bleiben konnte.« Sie kam näher, beugte sich vertraulich vor und sah plötzlich sehr ernst aus.

»Artur ...«

Er merkte, dass es ihr ausnahmsweise schwerfiel, die richtigen Worte zu finden. Aber dann nahm sie einen weiteren Anlauf, und er spürte ein gewisses Unbehagen in sich.

»Sag mal«, sagte sie. »Warst du gestern im Garten der Hernemos und hast herumgebuddelt und Gebete gesprochen?«

Artur ließ den Briefkastendeckel fallen.

»Warst du das? Weiß Selma davon? Sag bitte die Wahrheit.«

»Da lag aber gar keine Leiche, da waren nur Möhren.«

»Ich verstehe nicht, was du meinst. Wolltest du nach einer Leiche graben oder nach Möhren?«

Artur hielt es für das Beste, Disa alles zu erzählen. Im Lauf seiner Schilderung wurde ihr rot gelocktes Haar noch wilder, die Marienkäfer auf dem Nachthemd sahen so aus, als würden sie sich bewegen. Ihr höfliches Lächeln ging bald in ein unkontrolliertes Kichern über, um schließlich in einem polternden Gelächter zu enden.

»Selma hat recht. Du hast sie wirklich nicht mehr alle, Artur!«

Artur schämte sich und senkte den Kopf.

»Ich wünschte, es gäbe noch mehr Menschen wie dich. Genauso verrückt und ahnungslos.«

Er sah vorsichtig zu ihr auf, als wüsste er nicht so recht, ob sie das ernst gemeint hatte.

»Verrate Selma bitte nichts davon. Das war's nämlich. Jetzt ist alles aufgeklärt, und ich verspreche …«

»Selma ist meine Freundin, und normalerweise würde ich Freunden nicht die Wahrheit vorenthalten, aber von dieser Sache werde ich sie tatsächlich verschonen.« Disa kicherte erneut. »Aber dann musst du versprechen, *mir* einen Gefallen zu tun.«

»Ich würde alles tun«, sagte Artur eifrig.

»Selma hat auch etwas auf dem Herzen … und ich möchte, dass du ihr deinen Segen gibst, wenn sie dich fragt.«

»Worum geht es denn?« Artur klang neugierig und ängstlich zugleich.

»Das wird Selma dir schon selbst sagen, aber du weißt, dass du ihr deinen Segen geben sollst. Gehe hin im Frieden des Herrn«, meinte Disa grinsend, holte ihre Zeitung und verschwand in ihrem Haus.

Was hatte Selma nur vor? Die Unruhe in Artur stieg wie Quecksilber an einem Sommertag. Konnte er sich auf Disa verlassen? Doch, das kann ich, dachte er. Verrückt ist sie, aber ehrlich … genau wie ich.

Den ganzen Tag war er auf der Hut. Würde Selma ihn fragen? Und worum ging es eigentlich? Artur war so frustriert, dass er alle Gartenmöbel abschliff. Irgendwie fühlte es sich gut an, so richtig zuzupacken.

Beim Abendessen beschlossen sie, Klas und seine Familie am Gründonnerstag zum Essen einzuladen.

»Disa hat versprochen, mir zu zeigen, wie man Eier auf russische Art bemalt. Björn würde das vielleicht auch Spaß machen. Hast du etwas dagegen, wenn ich heute Abend eine Weile zu ihr rübergehe? Ich weiß, du magst abends nicht so gern allein sein ...« Und ehe Artur eine Antwort geben konnte, fuhr sie fort: »Apropos allein sein ...«

Jetzt kommt es, dachte Artur und kniff die Augen zusammen.

»Disa und ich haben eine Reise nach Italien geplant«, sagte Selma langsam.

»Tut das«, antwortete Artur schnell, und Selma sah ihn verwundert an. »Fahrt da ruhig hin. Das kannst du gut gebrauchen, Selma, mal hier rauszukommen und was von der Welt zu sehen.«

»Aber Artur ...«

Sein Atem ging schwer. Sollte er ganz allein hier zu Hause herumsitzen? Disa und Selma unterwegs, und der verdammte Pfarrer war zu dem Zeitpunkt wohl auch über alle Berge.

»*Artur*«, sagte Selma und hob die Stimme. »Mach bitte keine Witze, ja? Ich meine das ernst.«

»Ich auch. Und ich kann dich morgen zur Polizeistation fahren, falls du einen Pass brauchen solltest. Jetzt finde ich ja hin ...«

»Warum sagst du das in diesem Ton?«

»Ach, du weißt, dass ich nicht gern allein bin, aber ich habe ja Murran und die Hühner.« Er lachte zaghaft.

»Du meinst also wirklich, was du gesagt hast?«

»Klar meine ich das, aber bucht lieber schnell eine Fahrkarte, ehe ich es mir anders überlege.«

Einen Nachmittag wie diesen hatte er schon lange nicht mehr erlebt. Selma summte und sang vor sich hin. Ehe sie abends ging, vergewisserte sie sich: »Es macht dir wirklich nichts aus, wenn ich zu Disa rübergehe?«

»Ich muss das Alleinsein schon mal üben.«

Er schaute durchs Küchenfenster, als Selma zu Disa hinüberging. Ihre Schritte waren so jugendlich und leicht, dass es eine reine Freude war.

Ich könnte sie überraschen, wenn sie nach Hause kommt! Ich mache uns ein paar leckere belegte Brote, dachte er. Schnaps und Bier gibt's dazu, kein Kinderpipi, sondern was Gescheites.

Er beschloss zu duschen und seine Sonntagshose anzuziehen. Als er am Kleiderschrank vorbeikam, blieb er eine Sekunde stehen und holte dann den Schlips mit den rosa Elefanten hervor. Nachdem er sich umgezogen hatte, musterte er sich im Spiegel.

»Die Krawatte ist wirklich flott«, murmelte er.

Er sah eine Weile fern, aber beschloss dann, von seiner Lieblingsstelle aus den Sonnenuntergang zu betrachten. Das war Balsam für die Seele. Die Hühner gackerten, als er durch den Hühnerstall ging, und Murran strich an seinen Beinen entlang. Hinter dem Stall wurde er von einer großartigen Aussicht empfangen. Die Sonne sah aus wie eine riesige orangefarbene Kugel. Ihm stiegen beinahe die Tränen in die Augen bei all dieser Schönheit.

Ehe er wieder hineinging, ließ er seinen Blick wie immer über die Felder schweifen, bis zu Disas Haus.

Er sperrte die Augen auf, schloss sie und öffnete sie wieder. Was zum Teufel ... Dann lächelte er. Der letzte Sonnenstrahl fiel auf Arturs Schlips, und die Elefanten funkelten.

»Da stehen die beiden, wie Gott sie geschaffen hat, und wedeln mit ihren Brüsten«, sagte er zu sich selbst. Es war ein schöner Anblick: Himmel, Natur und Freiheit ...

Eine Weile blieb er noch stehen. Als er auf dem Weg nach drinnen den Hofplatz überquerte, sah er ein Umzugsauto vom Grundstück der Hernemos rollen. Wenig später stiegen die beiden Nachbarn in ihren eigenen Wagen. Langsam verschwanden die Scheinwerfer ihres Autos im Dunkeln. Vermutlich hatte er sie zum letzten Mal gesehen.

»Gehet hin in Frieden«, sagte Artur und hob die Hand zum Segen.

Karin B. Holmqvist

Manneskraft per Postversand

Roman. Aus dem Schwedischen von Annika Krummacher. 224 Seiten. Piper Taschenbuch

Die liebenswerten Schwestern Tilda und Elida Svensson führen ein ruhiges Leben im Haus ihrer verstorbenen Eltern. Doch dann zieht der attraktive Alvar ins Nachbarhaus, und der Alltag der beiden ändert sich über Nacht. Sie leisten sich den Luxus neuer Sonntagskleider und lernen bei Alvar den Komfort eines Badezimmers kennen. Doch für die Renovierung des eigenen Hauses fehlt ihnen das Geld. Als sie beobachten, wie der Nachbarkater nach dem Genuß von Blumenerde aus Alvars Petunientopf ganz ungeahnte Potenz entwickelt, kommt ihnen eine glänzende Geschäftsidee …

»Ein richtiges Wohlfühlbuch, geschrieben mit Wärme und Humor. Eine kleine Perle.«
Folkbladet

05/2164/02/L

Karin B. Holmqvist

Villa mit Herz

Roman. Aus dem Schwedischen von Holger Wolandt und Lotta Rüegger. 224 Seiten. Piper Taschenbuch

Soll das schon alles gewesen sein?, fragt sich Bonita. Ihr Alltag mit der alten Mutter in der Villa am Stadtrand ist nicht gerade abwechslungsreich. Doch dann wird alles anders: Doris zieht wieder ins Nachbarhaus – Doris, mit der Bonita früher eng befreundet war und die dann der Kleinstadt für Mann und Karriere den Rücken kehrte. Seitdem haben sich die beiden aus den Augen verloren. Um so erstaunter ist Bonita, als sie ihre alte Freundin Doris wiedertrifft: Deren Ehe ist längst in die Brüche gegangen, und auch ihren Arbeitsplatz hat sie verloren.
Liebevoll, warmherzig und mit viel Humor erzählt Karin B. Holmqvist, wie es Doris und Bonita gelingt, ihre alte Freundschaft wieder aufzufrischen und ganz neue Zukunftspläne für die alte Villa zu entwickeln.

05/2165/02/R

Rainer Moritz

Madame Cottard und eine Ahnung von Liebe

Roman. 256 Seiten.
Piper Taschenbuch

Ein Appartement am Montmartre, ein erfüllender Beruf, Freunde: Eigentlich könnte Nathalie Cottard glücklich sein. Warum aber bringt sie dann ein Wasserschaden so aus der Fassung? Fehlt ihr doch etwas? Als ihr Wohnungsnachbar, der scheue Robert Bernthaler, auf den Plan tritt, muss sie sich eine ganz neue, entscheidende Frage stellen: eine Pariser Buchhändlerin und ein deutscher Korkenverkäufer – kann das gut gehen?

»Mit ›Madame Cottard und eine Ahnung von Liebe‹ hat Moritz einen Roman geschrieben, bei dem man leise lächelt, laut lacht und tief berührt ist: einfach hinreißend!«
Freundin

»Ein wunderschönes, ein anrührendes Buch über etwas hinreißend altmodisch Modernes: über das Verlieben.«
Hamburger Abendblatt

05/2566/01/L

Donna Milner

River

Roman. Aus dem kanadischen Englisch von Sylvia Höfer.
400 Seiten. Piper Taschenbuch

Natalie ist vierzehn, als der charismatische River an einem heißen Julinachmittag auf der Milchfarm der Wards in den kanadischen Cascade Mountains auftaucht. Mit der sanften Stimme und den aquamarinblauen Augen wird er bald Teil der glücklichen Familie. Doch tragische Ereignisse verändern das Leben aller, und die Idylle endet jäh …

»Das in Rückblenden erzählte Werk ist schlicht großartig. In einer exakten, direkten Sprache zeigt Donna Milner auf, wie ein einziger Moment eine wahre Lawine, eine fast unglaubliche Kettenreaktion an Ereignissen lostreten kann.«
Kulturagenda Bern

»Ein grandioses Debüt, wundervolle Charaktere, ein Schmöker.«
Wilhelmshavener Zeitung

05/2484/01/R